天狗文庫

利休にたずねよ

寻访 千利休

[日]山本兼一 著
陈丽佳 译

RIKYU NI TAZUNEYO
Copyright © 2010 by Hideko Yamamoto
All rights reserved.
Original Japanese edition published by PHP Institute, Inc.
This Simplified Chinese edition published by arrangement with
PHP Institute, Inc., Tokyo in care of Tuttle-Mori Agency, Inc., Tokyo
Through Beijing Kareka Consultation Center, Beijing
Simplified Chinese translation copyright © 2021 by Chongqing Publishing House Co., Ltd.

版贸核渝字（2021）第018号

图书在版编目（CIP）数据

寻访千利休／（日）山本兼一著；陈丽佳译．—重庆：重庆出版社，2021.10
ISBN 978-7-229-15222-2

Ⅰ．①寻…　Ⅱ．①山…　②陈…　Ⅲ．①长篇小说—日本—现代　Ⅳ．①I313.65

中国版本图书馆CIP数据核字（2020）第139975号

寻访千利休
XUNFANG QIANLIXIU
[日] 山本兼一 著　陈丽佳 译

责任编辑：魏雯　许宁
装帧设计：谢颖设计工作室
封面插图：seyo
责任校对：杨婧

重庆出版集团 出版
重庆出版社

重庆市南岸区南滨路162号1幢　邮政编码：400061　http://www.cqph.com
重庆出版社艺术设计有限公司 制版
重庆市国丰印务有限责任公司 印刷
重庆出版集团图书发行有限公司 发行
E-mail:fxchu@cqph.com　邮购电话：023-61520646
全国新华书店经销

开本：889mm×1194mm　1/32　印张：15.25　字数：258千
2021年10月第2版　2021年10月第1次印刷
ISBN：978-7-229-15222-2
定价：85.80元

如有印装问题，请向本集团图书发行公司调换：023-61520678

版权所有　侵权必究

作者简介

山本兼一(1956-2014),毕业于同志社大学。曾在出版社工作多年,著有多部畅销小说,曾数度获得直木奖和松本清张奖,倍受日本文坛推崇。其代表作《寻访千利休》获第140届直木奖,《火天之城》获第11届松本清张奖。这两部作品均被改编为电影,并广受好评。

其他作品有:《花鸟之梦》《雷神之筒》《千两花嫁》等。

译者简介

陈丽佳,2005年取得北京外国语大学日语系学士学位。2011年取得北海道大学大学院文学研究科硕士学位。2017年北海道大学大学院文学研究科博士课程修毕。在北外就读期间与"利休三千家"之一的里千家茶道结缘,渡日后继续跟随里千家札幌支部的茶道老师学习,前后十三载修习不辍,长记,"直心是道场"。

目录 / Contents

001	导读
001	赐死　利休
023	极奢　秀吉
043	知与不知　细川忠兴
061	大德寺拆毁令　古溪宗陈
079	乖张　古田织部
099	木守　德川家康
119	狂言袴　石田三成
137	鸟笼的水槽　范礼纳诺
155	泡沫　利休
173	只在今年　宗恩
191	高丽的关白　利休
209	野菊　秀吉
227	指西为东　山上宗二
245	三毒火焰　古溪宗陈
263	北野大茶会　利休
281	熏茶之道　秀吉

299	黄金茶室　利休
317	玉手　饴屋长次郎
335	等待　千宗易
355	名物狩　织田信长
373	另一个女人　阿妙
391	绍鸥的邀请　武野绍鸥
409	恋　千与四郎
457	梦的过去与未来　宗恩
462	参考文献
463	译后记

导读
从茶到茶道

公元805年,日本高僧最澄自中国留学归来。一身疲惫,却又踌躇满志。

他将在中国习得的佛法带回日本,在京都比睿山修建延历寺,建立了日本天台宗。而同时带回的,还有中国的茶籽,那是他在中国寺院的生活文化中的一部分。最澄将其栽种在比睿山麓的日吉神社畔,形成了日本最古的茶园。直至今日,京都比睿山的东麓"日吉茶园之碑"周围仍生长着一些茶树[①]。

而饮茶在日本的最早记录,出现在弘仁四年(815)空海的《空海奉献表》,表中记录了空海的日常生活。"观练余暇,时学印度之文,茶汤坐来,乍阅振旦之书。"

在饮茶习俗传入日本的初期,饮茶活动是以寺院、僧侣为中心展开的。据史料记载,至815年四月,嵯峨天皇幸游近江时,在唐代生活了长达三十年之久的高僧都永忠亲自煎茶献给天皇,嵯峨天皇对此大为欣赏,由此命令近江等地修建

---

① 典出《日吉神道秘密记》。

茶园。

从第一颗茶籽在日吉神社畔生根发芽开始,茶在日本已经有了上千年的历史。在这千百年的时空当中,它早已开花落地,发展成为举世闻名的日本茶道。在现今的日本,茶道是一种通过品茶艺术来接待宾客、交谊、恳亲的特殊礼节。茶早已不仅仅是茶,而是成为了与宗教、哲学、伦理和美学密切相关的综合艺术,是日本传统文化的代表。

冈仓天心先生在《茶之本》中写道:"茶对于我们来说,是超越引用形式的理想化之物。即:它是关于人生的一种宗教……茶室是人生沙漠中的一个绿洲,在那里,疲倦的征人相会在一起,共饮艺术鉴赏之泉。茶事是以茶、花、画等为情节的即兴剧。茶室中没有一色的调色,没有一点噪音,没有一个多余的动作,没有一句多余的话,一切的一切都在静静地自然地运转着——这便是茶道的绝妙之处。"

从茶到茶道,直至形成以三千家为首的诸多茶道流派,这一条源流下来,有一个名字是无论如何绕不过去的。那就是被称为日本茶道集大成者的利休居士——千利休。正是他,在承接了室町时代的书院茶和草庵茶的基础上开创了寂茶之道,他融于茶道之中的审美意识,也极大地影响了整个日本文化的审美倾向。

茶道经典《南方录》中,如是记载着利休的话语:

"以台子茶为中心,茶道里有很多点茶规则法式,数也数不清。以前，茶人们只停留在学习这些规则法式上。将这些作为传代的要事写在秘传书上。我想以这些规则法式为台阶，立志登上更高一点的境界。于是，我专心致志参禅于大德寺、南宗寺的和尚，早晚精修以禅宗的清规为基础的茶道。精简了书院台子茶的结构，开辟了露地的境界，净土世界，创造了两张半榻榻米的草庵茶。我终于领悟到：搬柴汲水中的修行的意义，一碗茶中含有的真味。"

人生是流转的旅途

天正十九年（1591）二月某日，千利休在地炉中摆上三块已引燃的木炭作为火种。不久，他那一叠半的茶席，便会迎来三位与众不同的客人，也是他人生最后的客人。

是丰臣秀吉派来见证他切腹的监察官。

而他的故事，要从六十九年前的一天说起。

1522年，在征伐不断的日本战国时期，千利休出生于一个商人家庭，原名田中与四郎。

根据千利休的曾孙江岑宗左（表千家第四代家元逢源斋）编著的《千利休由绪书》，"千"姓取自千利休的祖父田中千阿弥的名字。"利休"则是1585年由正亲町天皇（1557—1586年在位）授予的居士号。千利休自少年时期便开始学茶，与其家学渊源不无关系。其祖父千阿弥曾是室町幕府第八代将军足利义政的同朋众（精通各种游艺的近侍），负责茶道。

1538年，17岁的千利休拜在北向道陈门下，学习书院茶。19岁时经道陈介绍，开始师事武野绍鸥，学习寂茶。也是在这一年，利休的父亲田中与兵卫亡故，利休开始使用"宗易"这一法号。

利休所出生的年代，是征伐不断的战国时代，那个时候，茶道是上层武士的必修课。

利休虽是一名茶人，却在政治舞台上发挥着重要的作用。

织田信长（1534—1582）推行"茶汤政道"，即以茶道操控政治的政策。只允许特定的家臣修习茶道，将"名物茶器"作为奖赏赐给功臣们。在当时，一件名物的价值不啻于一座城池。1568年信长进京之后，以京都和堺城为中心，大肆收集各种名物道具，史称"名物狩"。根据《千利休由绪书》的记录，利休在同为堺城茶人的今井宗久（绍鸥的女婿）的引荐下，成为信长的茶头（亦称"茶堂"），且极受重用。利休成为信长茶头的确切时间不详，推测为1573年前后，即利休51岁的时候。

1582年，信长在"本能寺之变"中身亡，丰臣秀吉（1537—1598）成为新的"天下人（霸主）"。秀吉继承了信长构筑的"茶汤政道"体系，并继续重用利休。成为秀吉茶头的利休，逐渐名扬天下。千利休流寂茶的真正确立，正是在利休担任秀吉茶头的时期。同时,利休还作为秀吉的亲信,与秀吉的胞弟秀长分掌内外政务,发挥着重要的政治作用。也是在这一时期,利休从堺城迁居京都,在大德寺的山门前营宅造舍,建造了茶室"不审庵"。

1585年,秀吉就任关白之职,在大内举行了纪念茶会。秀吉亲自为正亲町天皇献茶,担任茶会辅佐的,便是利休。也是在这个时候,利休获得了天皇御赐的"利休"居士号,正式确立了天下第一茶人的地位。

1587年,秀吉征伐九州,利休随行,在博多的筥崎宫举办了茶会。秀吉的京都官邸聚乐第亦在同一时期完工,利休在聚乐第近旁得赐宅邸。同一年,秀吉在京都北野天满宫内举办"北野大茶会",参加者多达千人。秀吉为了向天下人显示其权势威仪,在茶会上展示了诸多引以为傲的名物道具。而这场声势浩大的茶会的主要负责人,便是千利休、津田宗及和今井宗久等闻名于世的茶人。

那个时期,可以说是秀吉与千利休的交好时期,千利休从60岁到70岁这侍奉秀吉的十年,是其茶道艺术之花盛开,硕果累累的时期,也是成就利休之名的时期。

可事情难料,随着时间的推移,二人在艺术追求上的分歧越来越大。秀吉喜好豪华奢靡之风,还命令千利休特制了黄金茶室和黄金茶具。

与此相对,千利休越来越趋向古朴简约,提倡茶道的精神世界应摆脱物质因素的束缚,显出"本来无一物"的境界。

如《南方录》的卷头中记载了利休的这样一段话:

草庵茶的第一要事为:以佛法修行得道。追求豪华住宅、美味珍馐是俗世之举。家以不漏雨,饭以不饿肚为足。此佛教之教诲,茶道之本意。

就这样,二人渐行渐远。接下来更是由于一连串的事件,秀吉与千利休的关系急剧恶化。

1589年,利休捐建大德寺山门的第二层金毛阁。1591年闰一月,利休招待德川家康参加茶会。二月十三日,利休被驱逐回堺城,几日后被召唤回京都,于同月二十五日写下辞世之诗,二十八日剖腹自裁,结束了七十年的生命。

可以说利休是成也秀吉,败也秀吉。

关于利休被处死的原因,最广为人知的,便是利休在大德寺山门第二层的金毛阁上放置了自己的等身木像一事。然而正如本书中所述,利休触怒秀吉的原因众说纷纭,并无定说。《千利休由绪书》中的说法是:1589年,秀吉外出时偶然遇到利休的女儿(秀吉茶头八人众之一万代屋宗安的妻子),见其"貌美难匹,年约三旬,如花盛放",倾心之下,遣人传令,要利休之女到自己府中伺候,结果先后遭到本人及利休的拒绝。秀吉对此衔恨在心,后借金毛阁木像一事,诛杀了利休。

然而真正的历史究竟如何,犹如斧声烛影,难以探寻。

现在离利休的逝去已经过去数百年,茶音在千年的时空中鸣啭,茶釜的汤音在静寂中,宛若仙境的风声渐渐远去。

但千利休临终时留下的辞世之言仍似如言在耳。

人生七十　力囗①希咄　吾这宝剑　祖佛共杀

提我得具足②之一刀剑 今日此时抛与天

对这一代茶圣而言,人生,不过是流转的旅途。

茶道三千家

利休之后,经过其女婿少庵,少庵之子宗旦,在第四代形成了"三千家"鼎立的局面,并延续至今。

宗旦有四子。他将利休留下的"不审庵"交给第三子江岑宗左继承,在家宅中又建造了几间新茶室,与第四子仙叟宗室一起移居其中。这几间茶室即"今日庵""又隐庵"和"寒云亭",后来被仙叟宗室继承。为了区别同一家宅中的两个家庭,遂以"表""里"称之,也就是今天广为人知的"表千家"和"里千家"的由来。宗旦的次子一翁宗守早年离家,在外谋生,成为武者小路附近的漆器匠人的义子,以"吉冈甚右卫门"之

---

①囗(huò):义同"咄",表示用力之声。"力囗希咄"应是来自汉传佛教常见的"咄咄咄力口希"一语。

②得具足:或解释为惯用的盔甲、武器。

名,修行漆器工艺;晚年将家业转让给中村宗哲,恢复本姓,在武者小路建造了茶室"官休庵",开创了"武者小路千家"。由千宗旦三个儿子创建的这三个分支,世称"三千家",传承至今。

以三千家为首的日本茶道随着历史的发展几经兴衰,三千家也逐渐形成了各自的特色。

"表千家"

表千家"不审庵"的庵号取自禅语"不审花开今日春",利休初建于大德寺山门前的宅邸,为四畳半大小。利休自裁后,建于聚乐第近旁的宅邸被秀吉摧毁,身为继承人的道安与少庵亦受到牵连,曾一度蛰居。其后少庵回到京都,在本法寺附近的土地上重建千家宅邸。宗旦继承之后,在1633年前后建造了一畳半大小的新不审庵。其子宗左继承后,又将之改造为三畳台目大小的茶室。

江户中期,随着城市经济的发展,茶道人口也随之大为增长。表千家第六代觉觉斋以降,将以武士阶层为主要受众的茶道,面向具备经济实力的工商业者进行普及。这一变化催生出了新的指导方法和组织,以及新的茶风。这一时期被称为"茶道中兴"。

所谓新的组织,指的就是"家元制度"。身为家元的千家掌门向亲传弟子传授茶道,并收取学费。亲传弟子再向自己的弟子传授茶道,收取学费后,将学费的一部分上缴家元。如此一层一层向下发展,形成以家元为中心的金字塔式系统。

新的指导方法指的就是"七事式"。七事式是一种茶道的游艺,五人一组,同时进行稽古(即修习)。这是由表千家第七代如心斋与其胞弟里千家第八代又玄斋等人共同创造的。

而新的茶风,简单来讲就是在传统茶道中注入了自由豁达的风气。从这一时期开始,千家茶道不再拘泥于利休和宗旦时期喜好的窄小茶室,对茶室进行改建、扩张。茶道具也逐渐花哨起来。

"里千家"

里千家"今日庵"是宗旦将不审庵传给江岑宗左后,作为隐居之所建造的茶室。相传在开席之日,赴席的清严和尚(安土桃山到江户前期的临济宗禅僧)误了时辰,在茶室墙上留下"懈怠比丘不期明日"的句子,宗旦有感此意,遂将茶室命名为今日庵。

三千家的传承发展并非一帆风顺,受到天灾人祸等各种因素的影响,茶道曾一度陷入低迷的状态。表千家第七代与里千家第八代共同创造了"中兴"之后,在时代的激荡当中,千家茶道曾再度陷入窘境。为了在新的时代生存并发展下去,里千家第十一代玄玄斋(1810—1877)进行了一系列的努力。比如在明治五年(1872)的东京博览会之际,为了迎接外国客人,创立了"立礼式"——使用椅子和茶桌的点茶仪式。玄玄斋为第十代认得斋的女婿,为人开朗积极,除茶道以外,还精通花道、香道等,除立礼式之外,还创立了"茶箱点"——使用茶箱的点茶仪式。其后,第十三代圆能斋(1872—1924)致力于在普通民众间普及茶道的学习,并将茶道引入女校教育,在新的点茶仪式方面亦有创建。二战后,第十四代淡淡斋将茶道教育普及到普通学校之中,并在各地寺院、神社举行献茶仪式,同时致力于茶道的海外普及活动。在几代家元的努力之下,里千家逐渐发展为最大规模的茶道流派。

"武者小路千家"

武者小路千家"官休庵",相传是一翁宗守与其父宗旦商量建造茶室之时,由宗旦命名的,本意不明。在一翁百年忌辰之时,大德寺的真岩宗乘和尚的颂文中有"古人云官因老病休,翁者盖因茶休也欤"之句,被认为是"官休"的一种解释。其中"官"指的是名为"茶道指南"的职位。

官休庵在传承过程中,曾几度烧毁,每次都经由当代家主重建。当今的官休庵为1926年由第十二代愈好斋重建而成,大小为一叠台目。

三千家的点前(点茶的各种流程)手法大致是相通的。从点前种类上来讲,以里千家最为繁复,表千家次之,武者小路千家又次之。其他较为明显的区别，比如里千家的薄茶会点出细密的泡沫，表千家和武者小路千家则不甚起泡沫。再比如里千家使用白竹茶筅，表千家使用煤竹，而武者小路千家使用胡麻竹。诸如此类的区别不一而足。

茶禅一味，便是美

茶是中国僧人读经坐禅的好伴侣。中国的僧人在将禅宗传入日本的同时，也将饮茶的习惯带到了日本。留宋归国的禅师荣西著有《吃茶养生记》与《兴禅护国论》两本书，主张用禅与茶两大武器，以拯救末法之世。不过那个时候，茶与禅仍旧是两种手段——吃茶以养生，兴禅以护国。尚未合二为一。

对茶与禅相结合作出了历史贡献的是村田珠光。珠光11岁时，在净土宗的称名寺当了小和尚。20岁时厌倦了出家生活，与师傅和父母发生矛盾后出走，四处漂泊。30岁投靠了著名禅师一休宗纯，寄居大德寺，开始了修禅的生活。在这个过程当中，珠光将当时流行的禅院茶仪、奈良庶民茶、贵族书院台子茶糅为一体，将禅的精神注入其中，从而开创了草庵茶之风气。

那么，何为"禅的精神"呢？禅是梵文"Dhyana"（禅那）的音译略称，意译为"静虑""思维修"等，指的是安住一心，静心思考，使身心平和或体悟某一义理的过程与手段。有手段，便有目的。禅是手段,禅的目的便是"悟"。禅宗的悟,并不是领会了某一具体的道理,而是关乎人生的大命题。除却烦恼,明心见性,不碍于物,以至于到达解脱生死的境地。这也可以说是个人修为的最高追求。每个人都有这样的追求,区别只是达得到与达不到,今人如此,古人亦如此。现代人固然家事公事事事缠身,有万千烦恼,但远远比不上身处战国至安土桃山那个刀兵乱世的武士们。一旦披挂上阵,头颅便别在了腰间,不了悟生死,任何事都没法进行。可不是每个人都能削发当和尚的,于是茶道,提供了修禅的另一条途径。斗室之内,主客分坐,无言点茶。于布置中,于举止中,于神态中,于有限的时间与空间中,寻求了悟,体现了悟。

禅宗的悟,讲求顿悟。然而顿悟并不是不修行。念经坐禅是修行,吃饭喝茶也是修行。于日常茶饭事中,悟得生死圆融,这是禅宗的要旨,亦是茶道的要旨。利休说过一句话:须知茶道无非是烧水点茶。茶道是烧水点茶,却又不是简单的烧水点茶。水要烧得好,茶要点得妙,而这好与妙,却并非刻意为之,而是融于行止。不同时间,不同空间,不同客人,不同道具,大千世界,森罗万象,变幻莫测,变化无穷,皆应对无不如意,不喜不悲,不偏不倚,不多不少,得大自在。此种境界,若非了悟生死之人,焉能为之?此种境界,焉能不是大美!

归来说与待花人

《寻访千利休》一书是山本兼一先生的心血之作、集大成之作。该书获第140届直木奖,并于2013年底被拍成电影。由市川海老藏、中谷美纪等主演,获第37届蒙特利尔世界电影节最佳艺术贡献奖,第37届日本电影学院奖最佳影片提名,第37届日本电影学院奖最佳男主角提名。

这并不是一本剧情小说,它根本无悬念可言。小说一开篇,便点明是主人公千利休的谢世之日。而叙述当中,读者亦会得知,给利休予美的启迪,成为利休美意识根源的那个女子,也是要死的。两场死亡,令故事情节的走向成为定局,而读者所关心的,却正好可以自主人公的生死中解脱出来,去理解和体会文字间所叙述的利休那极大地影响了日本人与日本文化的审美意识。

小说结构堪称巧妙。每一章人物、场景、事件相对独立,犹如残片。仿佛互不相干,实则有迹可循。而这一片片残片拼合拢来,渐渐显现出利休其人的轮廓,其经历的脉络,其思想的核心。枯冷清寂并非寂茶的全部,勘破生死的圆融如意,才是永恒的美。

在山本兼一先生的娓娓叙述中,我们得以穿越数百年的时光,走进那一处庭院,那一方茶室,在千利休的理想中的寂茶里,寻觅无上的美的足迹。

在袅袅茶韵之中，我们似乎听到了千利休借用镰仓时期歌人藤原家隆(1158—1237)来表现自己的茶道的和歌：

山间残雪草争春，归来说与待花人①

——陈丽佳

---

① 原文为"花をのみまつらむ人に山里の雪間の草の春をみせばや"。

赐死

利休

天正十九年（一五九一）二月二十八日 晨

京都 聚乐第 利休府邸 一畳半

一

——意难平。

利休的心底,汹涌着压抑不住的愤怒。

本欲立身于悠然清寂的心境,现实却违离甚远。

他躺在卧房的薄席上,满脑子的懊恼,像要炸开似的。

——那个猴子。

一想起那个男人的脸,他就不由得怒火中烧。

他没有任何非死不可的理由。这一切都是那个无耻小人的错。

那个男人只对女人和黄金感兴趣,下作又狂妄,却成了天下的霸主。出生在这个时代的自己,何其不幸。

夜半时分天降骤雨。雨水打在屋顶的声响,吵得耳根子不得清净。

无论他如何驱赶,那个男人秃鼠似的脸都会一再地浮现在脑海中。心中的怒火亦随之高涨。就像茶釜中沸滚的热水,愤怒在他体内波涛汹涌。

利休一动不动地,瞪视着卧房的黑暗。

雨声大作,金色的闪电将纸门照得透亮。

雷鸣紧随而来。

——悠悠苍天,亦知吾怒么?

如此一想,他的心中便轻快了些。

利休从被褥中起身,打开纸门。黑暗中闪电再临,染得满园金黄。

大颗的雨珠击打着青苔。

"这暴风雨好厉害。"

睡在隔壁的妻子宗恩手持烛台出现。看来她也未曾合眼。

"春天有暴风雨是常事。把烛火熄了吧。"

黑暗中无须两道光亮。雷雨的夜晚,有闪电的光芒足矣。

两人坐在宽敞的内廊上。

不时地,闪电照亮茶庭,雷声轰鸣。在他即将离世的日子,竟得天地如此馈赠。

狂风吹弯了松树与土杉的枝条,雨水击打着柔顺的羊齿和草珊瑚。

闪电与雷鸣的势头越发强了,向聚乐第①步步进逼。

巨大的闪光落在近前,将黑暗自上而下劈成两半。

间不容发地,轰隆声撼摇天地,落在了聚乐第正中央秀吉的三层楼阁附近。

宗恩怕得将身子依偎过来。

这个女人,纵使年华老去,依然生气盎然得不可思议,柔软的肌肤总是散发着甜美的香气。

"我不会认错的。"他说的自然是秀吉的事。

"好。"

---

①聚乐第:日本安土桃山时代(1573—1603),丰臣秀吉所建的政厅兼宅邸。

"你可无妨？"事无大小，利休鲜少会如此慎重地确认。

"我早已料到了。"

"或许会连累到你和孩子们。"

秀吉近来动辄便雷霆震怒。说不准他会嚷嚷着将利休的九族都送上刑场。

"我早明白的。与其看着您向关白①大人求饶，不如连我也一并杀了，心里还更踏实。"

妻子的刚强难能可贵。利休没有说出心中所想，只是深深地点了点头。宗恩一向能从微微的一个侧首或是眼神的变化，领会到利休内心深处的想法。

"与其到了这步田地才去低头认错，我不如早就辞去什么茶头②，找个地方隐居算了。没有那么做是为了……"

要让那个秃鼠见识到令人畏惧的"美"的深渊。

——下作的男人。

然而秀吉终究是排挤掉众多对手，登上了天下霸主宝座的男人，的确有其不可小觑之处。他浮夸的喜好虽然恶俗，但若发挥到极致，却也能达到超凡脱俗的境界。利休也曾对其过人之处啧啧赞叹过。秀吉不是个做事虎头蛇尾的男人。

可惜秀吉不知应对天地悠久心存敬畏。不，是太过无知

---

①关白：日本古代官名，为辅佐天皇司行政事的重要职位。本为"陈述、禀告"之意，由中国传入日本，典出《汉书·霍光金日䃅传》："诸事皆先'关白'光，然后奏天子。"

②茶头：司掌茶事的头领。

了。他认定了无论何事都可以依靠自己的权势来谋取。

真是荒谬至极。

———天下岂会如此称你的心意。

他要让秀吉彻底地明白。

能够撼动天下的,并非只有武力和金钱。

美丽的事物也有力量,足以震撼天地的强大力量。

并非只有昂贵的唐物①和名物②道具才是美丽的。

在枯寂的床之间③焕发出勃勃生机的山茶花花蕾,是何等的神圣。

汤音在釜,如闻松籁,是何等的缥缈。

在幽明的小间④里,细细抚触黑乐茶碗⑤的釉面,又是何等的幽玄。

---

①唐物:中国制品的雅称。"唐"泛指中国,并非指唐代。狭义指宋元明时期的艺术作品。

②名物:茶道具的一种等级。广义指有特殊称谓的所有道具。大分为"大名物"(主要指唐物、足利将军家持有的道具、利休时期受到最高赞誉的道具)、"名物"(利休时期的有名道具)、"中兴名物"(主要指江户初期茶人小堀远州喜好的日本陶器)。

③床之间:茶室中稍高于榻榻米的一个内凹的小空间,三面为墙、上方为天井,一般用于悬挂字画,摆放花入(即花瓶),或展示茶道具等。有人认为床之间起源于禅宗僧侣用的佛坛。

④小间:茶道中指四畳半的狭窄茶室。

⑤黑乐茶碗:黑乐茶碗的烧制始于16世纪末京都陶艺家长次郎。16世纪后半叶,瓦工长次郎在千利休的指导下,使用建造聚乐第之时挖出来的土(聚乐土)烧制成"聚乐烧"。后丰臣秀吉赐"乐"字印章予该族,由是此族所烧陶器称之为"乐烧"。

寻觅此等无心之美，点滴积累，始成静谧坚韧的一服①茶。

——我的一生……呕心沥血，只为了在清寂之中品这一碗茶。日夜钻研，只为了能在这一服茶中，融入生命的无上幸福。

——我顶礼膜拜的，唯有美而已。

我要让那个狂妄的男人见识到美的深渊，挫掉他的傲气——

他成为秀吉的茶头后，日夜耽于此念，转眼间已过去了九年。

——到头来……

利休摇摇头。

没什么可抱怨的。是自己愚蠢，才会与这种下作的男人纠缠不清。

倾盆的大雨没有消停的迹象，微微的靛蓝色渗入漆黑的暗夜之中。新的一天要开始了。

"有一事，不知当问不当问。"宗恩的声音透着更胜平日的柔和。

"何事？"

宗恩说了要问，却没有立刻接话。

"尽管问便是。"

---

① 一服：指喝一次茶。

"是……"她仍是欲言又止。

"怎么了?"

"我想,女人活着,总是逃不开某些无可奈何的烦恼。"

"这话说得奇怪。"

"确实奇怪。可我还是很想问问您。"

"你想问什么?"

宗恩舔舔嘴唇。看来是颇难启齿的事情。

茶庭泥瓦墙的外面,传来马的嘶鸣。

有三千兵士受命于秀吉,从两日前便围在宅子外面。这是担心有哪个大名①会派兵来营救利休。防范得如此严密,正说明了身为美之权威的利休,是有多么地令秀吉惧怕。

"狂风骤雨的,倒也难为他们了。"

兵士们想是连躲雨的地方也没有。

"您心里一直有个念念不忘的人吧。"

宗恩的声音被雨声淹没,利休没有听清。

"你方才说什么?"

"我在问,您是不是有个爱慕的女人。"

"女人……还以为你要问什么,原来是女人。"

"不错。您心中是不是有个比对我还要喜欢的女人?"

利休凝视着宗恩。虽然她已年过六旬,优雅的脸庞上却有着说不出的光彩。他的妻子,正诉说着他意想不到的

---

①大名:日本战国时代的统管者,支配诸国,分封家臣领地。

嫉妒。

与宗恩相识,已是四十年前的事了,那时利休三十岁。

他只看了那白皙的瓜子脸一眼,就被这个稳静又心思敏锐的女人吸引住了。她的神情之间,流露出其柔和的秉性。

那时,利休已有了妻子。宗恩也有一个担任能乐伴奏打小鼓的丈夫。

宗恩的丈夫不久便去世了,于是利休开始照应她的生活。

岁月如斯逝去,在利休五十几岁的时候,他的前妻去世。守丧一结束,便正式迎娶宗恩为妻。

在他三四十岁的时候,也养过别的女人,并育有子嗣。但那都是旧话了。

时至今日再来问他是不是有过喜欢的女人,也没有任何意义了。

今天,是切腹的日子——

"你到底想说什么?"

"我能服侍在您身边,一直很幸福。"

"那还有什么可说的。"

"……可有的时候,即便在床笫之间被您抱在怀中,却仍像是在隆冬的夜空中独自飘荡着似的,孤冷得让我发抖。总觉得您的手臂虽抱着我,心里却抱着另外一个女人……"

"说什么傻话。我对你从没有二心。你岂会不知。"

他没有撒谎。他活了七十年，抱过很多女人，但打心底觉得宗恩是最好的。她是个敏感又有情趣的女人。实际上，没有一个女人比宗恩更合他的意。

"我十分清楚您是爱重我的。可是……"

"够了。我要洗脸。拿新的襦袢①来。"他的声音里透出一丝烦躁。

"是。"宗恩点了点头，却还有话要说的样子。

利休定定地看着妻子。好一会儿，宗恩反抗似的回看着他，俄而咬紧了嘴唇。

"在您最后的时候，不意乱了心神，这般胡言妄语。万请宽恕。"她双手伏地，低下头去。

利休垂下眼睛表示允了，他站起身来，雨势忽地转急，屋顶的柿板②奏起震耳的声响。大颗雨珠肆意地击打着触目所及的一切。

——是雹子。

他凝神向着几乎洗刷了灰暗天色的透亮处看去，只见又圆又大的冰珠子满茶庭飞跳。拇指大的冰雹从天而降。

那一瞬间，他想起了什么。

---

①襦袢：穿在和服里面的贴身衣物。本是葡萄牙语"gibāo"，日语发音是"ジュバン"，汉字写作"襦袢"。

②柿(fèi)板：木瓦。日本传统建筑工艺中有一种被称作"柿葺"的屋顶铺设手法，其中使用的薄板称为"柿板"。板厚二三毫米，层层叠铺。京都的金阁寺即是柿葺的代表性建筑。

——宗恩说的是"她"吗?

宗恩是个聪明的女人。想必她早已在肌肤相亲之中,洞悉了利休的内心,直至深之又深的地方。

那是五十几年前的往事了。

他从未说出口过,也没对任何人提起。

然而,那个女人英气的脸庞,利休未曾有半刻忘怀。那个女人一直栖身在他心中,自然而然地存在着,甚至连他自己都恍然不觉了。

——那个女人。

十九岁那年,利休害死的女人。

(二)

聚乐第的利休府邸中,包括十八叠的大书院①在内,有若干间茶室,利休今天决定使用"一叠半"。

在迄今为止所建的众多茶室之中,这一叠半的茶席,是

---

① 书院:书院风格的和室。在武家用于举行仪式或者招待宾客。根据位置不同,可分为表书院和里书院;根据构造不同,可分为黑书院和白书院。这种武家住宅样式始于室町时期,成熟于桃山时期。最基本的书院式和室包括以下几个部分:床之间,违棚(上下交错的两层书架),书院床,账台构(位于上段间右侧的四扇纸门的小隔间)。银阁寺(慈照寺)中的东求堂同仁斋(足利义政的书斋)即为书院式建筑。

利休的最爱。

说其窄小,的确窄小。

说其足够,又的确有足够的空间。

虽是仅仅不足一坪①的空间,利休却可以在其中尽情地再现出天地星辰的悠久,和凡人俗命的虚幻。

——窄才得趣。

利休如是认为。

虽称之为一叠半,实则为一叠台目②,也就是一又四分之三叠的面积。点前座③正面的墙壁略靠向内侧,但并无压迫感。且立中柱以袖壁④区隔开来,反而有开阔之意。

室床⑤建在下座⑥。这室床虽小巧,但柱子和天井皆涂

---

①一坪:日本1坪约等于3.3m²。
②一叠台目:叠,即厚草席,中文惯称"榻榻米"(音译)。在日本,叠主要有三种大小,即"京间"(一叠955mm×1910mm)、"中京间"(一叠910mm×1820mm)、"江户间"(一叠880mm×1760mm)。利休所建茶室为"京间"叠。台目指四分之三大小的叠。
③点前座:点前指"点茶"的茶艺,点前座即"亭主(点茶人)"跪坐的位置。与之相对的有客人跪坐的"客座"。另,点茶即泡茶,宋·蔡襄《茶录·熁盏》有"凡欲点茶,先须熁(xié,烤)盏令热,冷则茶不浮"的记录;日本茶道在点茶前,也有用沸水温热并同时清洗茶碗的习惯。
④袖壁:房间中起区隔作用的短墙。
⑤室床:床之间的一种,由床柱、床框和落挂(横跨床之间上方的横木)组成,三面墙壁和天井遍涂黏土。京都妙喜庵中的日本国宝茶室"待庵"中有"室床"。《茶道筌蹄》(稻垣休叟著,5卷,1816年成书)中有"室,利休形。二方天井遍涂。妙喜庵处即是"的记录。
⑥下座:末席,身份低微者所居的席位,与"上座"相对。

上黏土，浑然一体，又给茶室添上几分开阔之感。侧面建造了壁橱式的水屋洞库①，便于取放道具。

利休拿短扫帚扫去灰尘，用干布用力地擦拭草席。

"这些事让弟子来做吧。"

这个家中有关茶的事务，一向让这个叫作少严的男人帮忙。虽是个缺乏茶道②创意的人，却颇为勤奋机灵。

"无妨。今日我自己来。"

这是人生最后的茶事③。他想心情愉快地迎接客人。特别是将为主人带来死亡的客人，更要如此。

利休在地炉中摆上三块已引燃的木炭作为火种，当他准

---

①水屋洞库：仕付棚的一种，可以放置茶道具，并配有下水池。仕付棚，指收纳各种茶道具的架子，建造在茶室内点前座的旁边，方便亭主不出茶室即可取放道具，主要种类有"洞库"、"水屋洞库"、"置洞库"、"钓棚"、"炮烙棚"等。

②茶道："茶道"这一称呼实际上出现在江户末期。千利休的时期称为"茶汤"。本书译词采用现代惯用的说法"茶道"。

③茶事：指提供怀石料理、浓茶、薄茶的正式茶会。大致分为以下几个步骤：入席、初炭、怀石料理、果子（浓茶点心）、中立（中间休息）、浓茶、后炭、薄茶。根据茶事的种类不同，或有省略。茶事有如下几种：正午茶事、朝茶事（夏季清晨举行）、夜咄茶事（冬春傍晚举行的夜话茶事）、晓茶事（冬季清晨举行）、饭后茶事（去掉怀石料理的茶事）、迹见茶事（为没能参加正式茶事的客人举行的茶事）、不时茶事（为临时造访的客人举行的茶事）。

备放入粗大的胴炭①时,手却停住了。这是被宣告流放堺城那天,他亲手锯切并清洗过的木炭。切口粗糙,不堪入目。

本以为锯炭的时候,自己是沉着冷静、心无杂念的,原来他竟心乱如此。呆呆地看了一会儿,还是决定就这么用了。若这就是他最终到达的境界,也便欣然受之吧。

利休从怀中掏出一个袋子。袋子是用美丽的韩红花色②上布③裁制的,如今已完全褪色了。

袋子里装着一个小瓶子。

这是一个绿釉扁瓶,瓶体上部较为丰满,大小恰好可以握在掌中。利休一直拿来当作香合使用,但小瓶姿态潇洒、瓶口秀巧,或许本是存放佛祖遗骨的舍利器也未可知。

披满瓶体的绿釉,深浓而鲜艳。

若能在晴朗的夏日清晨,到海边点上一碗浓茶,不知颜色可会仿佛。

在经历了几令人昏然的长久岁月之后,绿釉已褪作银色,单这样看着,心中便不由地生出一股温柔,幻化成嘴边的笑意。

---

①胴炭:茶道中所使用的木炭根据大小有不同称呼,分别为"胴炭"(最粗大的圆柱形炭)、"丸毬打"(长度为胴炭一半的较小型的圆柱形炭)、"割毬打"(丸毬打竖着劈开后的炭)、"管炭"(细长圆柱形的炭)、"割管炭"(管炭竖着劈开后的炭)、"添炭"(最短小的圆柱形炭)、"轮胴"(比胴炭粗,长度相仿)、"枝炭"(使用杜鹃树或栎树的细枝烧制的枝条形炭)。

②韩红花色:艳丽深浓的红色。

③上布:用细麻线平织而成的上等麻织物。

绿釉的色调，比唐三彩的绿色要鲜艳许多。应是几百年前古代高丽的陶器。

这是那个女人的遗物。

渡海而来的那个女人。被强行带来的那个女人。

女人出身高贵。有着极英气的美丽五官。她憎恨着倭人，却又一直超然自若、威严自持。她的眼睛里透射出优雅的光芒，十九岁的他，甚至不敢贸然直视。

——我的茶……原来，是为了迎那女人为客而存在的吗？

从前未曾这样想过，现在，终于明白。这狭小的茶室——

秀吉不喜欢这间一叠半的茶室。第一次邀请秀吉来的时候，他从躙口①进到茶室，立刻咕哝道："像牢房一样又窄又阴暗，要不得。"

的确窄小，又阴暗。

随着年岁日长，利休开始将茶室圈建成狭窄的小间。他不再满足于绍鸥②风格的四叠半，进一步将茶室缩小到三叠、二叠。他向人说，如此才有闲寂之趣且心静不躁，他自己也一直这么认为着。

——然而错了。真正的缘由是那个女人。

---

①躙口：跪入的矮门。
②绍鸥：武野绍鸥(1502—1555)，日本茶道创始人之一，千利休的老师。

他一直想在曾与她共处过的狭窄而枯寂的空间中，好生地款待她一次。

雨，下个不停。

利休打开香合的盖子。

里面放着丸状的练香①。他倾斜小瓶，几丸练香滚到掌中。再倾斜，将练香全部倒出。

利休将钓樟②做成的木筷探入瓶内，取出一个纸包。纸包打开，是两枚小小的碎片。

这是那个女人的小指骨头和指甲。

小小的遗骨，发白干燥，毫无生气。

细长优美的指甲，奇迹般地仍带着樱粉色的光泽。

"今日，就举行你的葬礼吧。"

他低声自语，将遗骨和指甲放在了红色的炭火上。青色的火焰轻轻跃起，包裹住遗骨和指甲。

利休双手合十，吟唱起自创的偈文③。此刻他无心诵经。

人生七十　力囲希咄　吾这宝剑　祖佛共杀
提我得具足之一刀剑　今日此时抛与天

---

①练香：将麝香、沉香等粉末与甲香糅合，配合蜂蜜与糖等材料调制而成。又称"合香"。
②钓樟：日语名为"黑文字"，使用钓樟做成的木筷，也称之为"黑文字"。
③关于利休临终遗偈，有众多解释。此处仅据原文直译。

三天前在堺城的家中写下这个遗偈时，利休狂怒得五内翻腾。"力囲希咄"并没有特别的深意，只是借以抒发愤然的咆哮。对秀吉的愤怒，已压抑不住要向上天爆发。

现在内心则稍安稳。

天地之间，存在着绝对的美。能够尽享这份美丽的无上幸福，是秀吉这等蠢物绝对体味不到的。

三

一叠半的茶席，迎来了三位客人。他们是秀吉派来见证他切腹的监察官。

"这样真的好吗？"

正客①蒔田淡路守②，按捺不住地向正在点浓茶的利休发问。蒔田在不久前开始师从利休学习茶道的基础。想必秀吉是明知此事，故意选派蒔田作为监察官的。

利休没有停下点茶的手。持在阔大右手中的茶筅，仍是豁然而流畅地搅动着。

"主公在等着您服软求饶。您只要认个错，在下马上折返主公尊前，竭诚转达。如此，主公必将收回成命，不复责罚。"

---

①正客：主宾，茶会中地位最高的客人。
②蒔田淡路守(1559—1595)：丰臣秀吉的部下，曾跟随千利休学茶。

利休将浓茶茶碗与帛纱①一同递出。纯白的帛纱。这就是回答。

"敢问我何错之有？"

受此一问，莳田顿时哑口无言。

日前，秀吉的使者传达的赐死理由有二：其一，安放在大德寺山门②处的利休木像，乃不敬之罪。其二，在茶道具的买卖中牟取暴利，堕落为卖僧③。

然而，木像是大德寺僧人为感谢利休捐建第二层山门而放置的，茶道具一事则纯属无事生非。

利休根本没有认错的道理。

自打被流放至堺城，受命闭门思过，世间就开始甚嚣尘上地风传他惹怒秀吉的理由。

有说是因为他反对秀吉出兵朝鲜④，有说因为他是天主教徒，还有说是因为他没有把女儿嫁给秀吉做侧室。

在利休看来，全都是些牛头不对马嘴的臆测。

---

①帛纱：茶道中用于擦拭或垫放茶道具的丝织品。长约27cm，宽约29cm。根据用途有相应的折叠方法，随茶碗一同奉出时，需对折三次。
②山门：禅宗寺院的佛门，又称"三门"，即"三解脱门"，通往解脱之道的三种法门，即空、无相、无愿。大德寺山门的第一层由连歌师宗长于1526年捐建，上层由千利休于1589年捐建，上层称为金毛阁。
③卖僧：原指买卖物品的堕落僧人，也代指骗子。利休只是居士，并未出家。
④出兵朝鲜：丰臣秀吉为进攻明国而欲借道朝鲜，由此引发了发生在朝鲜半岛上的与明国的战争(1592—1598)。后秀吉病故，日兵败退，战争结束。日本称之为"文禄·庆长之役"。

真正的原因，是秀吉对利休心怀嫉恨。

秀吉真正不能忍受的，是利休可以随心所欲地驾驭美，并君临美的顶峰。

秀吉的心事全写在脸上了，一目了然。

"您当然没有认错的道理，在下岂会不知？但这是且渡浊世的权宜之计。只要低头服个软，主公便不会再怪罪。闭门思过也可免了，您再做回您的茶头。"

"这是主公的意思？"

莳田点点头。

"主公秘密授命在下：哪怕是假的，只要做个样子。如此就可既往不咎，尽弃前嫌。"

利休点点头。他并不打算配合这出猴戏。

天井上垂下钓釜链，挂着云龙釜。圆筒形的茶釜中，传出热汤闷滚的悦耳声音。

利休摇摇头。

"茶凉了。"

"茶什么的不重要。您该担心自己的性命。"

"利休贱命一条，不足惜矣。茶更贵重。"

利休撤下分毫未动的茶碗，用柄杓①汲了釜中热汤，洗净茶碗。

---

①柄杓：舀水的长柄工具，多为木制或竹制。日语音为"ひしゃく"，由"瓢箪"的古音"ひさご"讹化而来。

"您太顽固了。"

"秉性如此。"

"可您犯不着为了秉性而丢了性命……"

利休再次开始点浓茶了,莳田只好闭嘴。釜中回响着的汤音,透出不同以往的凄凉之意。这是因为借那个女人的火葬来烧水的缘故么?

新的浓茶端出,莳田缓缓饮下。他用怀纸①擦过触口之处,将茶碗递给了旁边的尼子三郎左卫门②。

莳田看向床之间。

没有字画,也没有鲜花,在实木薄板之上,放着一个绿釉香合。

香合的前面横放着一根长长的花枝,似是供奉的意思。这是木槿的花枝。今年因有闰一月,所以虽是二月,花枝上已萌发出嫩叶。

那个女人看着这花,告诉他这叫无穷花。

"为何用这没有花的花枝……"

"听说木槿在高丽很受人喜爱。花,会在黄泉绽放吧。"

莳田感到不解,但没有追问。

"这个香合可是唐物?"

---

①怀纸:放入怀中随身携带的小张和纸。
②尼子三郎左卫门:初仕于丰臣秀吉,后仕于福岛正则,福岛家没落后成为浪客。

"产自高丽。"

目不转睛地盯着香合的莳田，眨了两三次眼睛。

"说起来，主公曾为此发过火。说利休有一个绿釉香合，是稀世的珍宝。他想要得很，那厮却无论如何都不肯相让。可就是这个香合么？"

利休知道，这个香合只要看一眼，就能激起人想拥有的欲望。他本无意展露，但在博多箱崎的松林，露天点茶的时候不小心用了。他虽用衣袖遮挡着，却被秀吉眼尖地看到了，硬是索去拿在手上观赏了一番。

利休拗不过秀吉给他看了，秀吉当即便要求利休转让。

"让给我吧。"

利休拒绝了，秀吉却不肯罢休。先是出价五十枚黄金，后来竟提价到一千枚黄金。

"请您原谅。这是教给我茶道精神的恩人的遗物。"

利休双手伏地叩拜。秀吉的眼睛停在了韩红花色的袋子上，目不转睛地盯着。

"是女人吧。你向女人学过茶？"

"不是……"

"别掩饰了。我已经看穿了。那你就给我说说那女人的故事吧。到底是怎样的女人？你能看中的，想必是个大美人儿吧。"

秀吉盯着利休，靠近他低声耳语。

"在闺房里是什么模样?说给我听听,我就不再要香合了。来,来。"

利休沉默不语。他感觉神圣不可侵犯的禁区被人粗暴地践踏了。

这件事也仿佛很久远了——

"只要您献上这个香合……"

莳田的低语换来利休的微笑。

"啊,请当在下没说。"

莳田已明白,利休没有献上香合的道理。

利休隔着小袖和服①摸了摸肚子。

"差不多开始吧。"

他将茶道具放回水屋,端出三方托盘②。其上放着藤四郎吉光③的短刀。

利休坐在室床边上,解开小袖的前襟。

三个客人靠边站着。莳田手中拿着刀。

"这里太窄了,没法斩首。"

"那么请看好了,我会割得很彻底。"

利休攥住卷有怀纸的短刀,呼吸有些乱。他一边抚着肚子,调整好呼吸。

---

①小袖和服:现代和服的原型,袖口开口较窄而得名。
②三方托盘:台子的前方和左右两方镂空,上面是用日本扁柏的薄板做成的有边托盘。
③藤四郎吉光:镰仓时期有名的刀匠,通称为藤四郎。

釜中汤音，回响如松籁。

他合上眼帘，黑暗中分明地浮现出女人英气的脸庞。

那一天，他让女人喝了茶。

从那一天起，利休的茶之道，开始通向"寂"的异世界。

极奢

天正十九年（一五九一）二月二十七日　昼

利休切腹前日——

京都　聚乐第　摘星楼

秀吉

一

从三层的阁楼，可以眺望京城的街市和东山的连峰①。三十六峰的新绿沐浴着春光，柔软得令人忍不住想伸手触摸。

——这下痛快了。

秀吉拿扇子敲了一下自己的脖颈。

长久以来梗在喉咙深处的小刺，终于可以拿掉了。胆敢反抗天下霸主秀吉的人，将一个都不剩了。

结束九州的讨伐，攻陷小田原，圆满完成关东、奥州的整治。没收百姓的武器②，在全日本推行检地③。如今连三岁小儿也知道关白秀吉的权势。

天下的一切，尽在秀吉的掌握之中。他只消动动手指，就可万物尽归我有，万民臣服。

秀吉的威光，漂洋过海，直达天竺。上个月，印度副王④的使节千里迢迢地运来了马匹、大炮、火枪、盔甲等贵

---

①东山的连峰:位于京都东面的山峰,有如意岳、稻荷山等,称为东山三十六峰。
②即刀狩令。最早由柴田胜家在越前实行,主要是没收农民手上的武器,其目的是做到完全的兵农分离,加强对庶民的统治。丰臣秀吉在1588年向全国发出刀狩令。
③检地:幕藩领主以征收年贡和支配农民为目的进行的土地测量调查。
④副王:君主的副手,代表君主治理殖民地和属地。印度副王又称印度总督。

重的礼物，盛赞秀吉的丰功伟业。关白的权威已无人可撼动。

偏偏那个男人——天下唯一的一个人，只有那个男人不将我放在眼里。

——不可原谅。简直罪无可恕。

千利休。

秀吉将视线自东山收回，只见聚乐第的跟前兵马成群，包围着利休的宅子。偶尔，马的嘶鸣声乘风可闻。

"看你再如何狂妄！"

他无意识地吐露出声。心中所想经口舌传出，怒火更加汹涌起来。

"……主公饶命！"

一旁候命的小姓①紧张得缩起身子。

"没事。今日是个好天气。"

小姓的表情放松下来。

"主公圣明。今宵想是也能欣赏到美丽的星空。"

摘星楼，顾名思义，从这里眺望到的星空，极富雅趣。

秀吉的聚乐第，占地广阔，楼馆众多。建在池边的这座楼馆高三层，最上层名为摘星楼②，八畳大小，可供眺望。

---

①小姓：随侍贵族负责杂务的小厮。多为少年，也是男色的对象。到了江户幕府时期，小姓成为武家一个官职名，隶属于"若年寄"，负责将军身边的杂务。

②摘星楼：现为京都西本愿寺飞云阁的第三层。

这里有遍贴金箔的床之间。

金色的墙壁上，用淡墨绘制了耸立在霞光中的富士山。

此作出自画师狩野永德之手。右侧山麓延展开来的富士山，高耸入云，影影绰绰而悠然端庄，风韵秀上而品格高然。

摘星楼三面有窗，光线充足，在黎明或薄暮之际，微光洒在金箔之上，自有一种难以言喻的柔润之趣，富士山跃然而立。

若回首窗外，低空中恰有一颗明星灿然闪耀的话，真可谓"去天咫尺，只疑是齐云摘星"的意境。天下虽大，但可以坐赏星空的茶席，别无二处。

连利休都对这一意趣表示叹服。

四年前建成此处时，秀吉叫利休在黎明前来。恰好东山天色薄红渲染，金色的床之间绽放出妙不可言的光泽。

"诚是玄妙。宛若弥勒佛尊临之席。"

"如何，这就是我的茶席。幽玄吧？你可服了么？"

"主公尊趣之妙，在下心服口服。"

只有那个时候，傲慢的利休老老实实地拜服了。秀吉从没有如此痛快过。

然而，只有那一次。

——那个男人，除了那一次，总是用冷冷的目光看着我。

他讨厌利休那种令人不寒而栗的目光。利休的表情充满了审视，透着一股自以为是，看了就生气。

黄金的茶室也好，赤乐①的茶碗也罢，只要我喜欢的布置和道具稍显浮夸，那个男人的眉毛就会微微抖动。

利休那一刻的表情傲慢到令人无地自容。他俯视我的眼光，是那么的冷酷、透彻。

——下贱的嗜好。

虽未出口，利休的眼神却如是说。

那男人的态度是恭敬的，双手伏地，深深地低着头，不给人半点苛责他的把柄。可是他的内心一定很轻视我。藏在他心底的那种狂妄，实在难以忍受。

为何那家伙的眼神如此令人不快？

为何那家伙对自己的审美眼光如此自负？

可恶的是，那家伙从没有看走眼的时候。

这让秀吉恨得牙痒痒。若只是个不得要领的司茶者，骂了出去也便罢了。

利休却不是。

虽不情愿，他却不得不承认利休是非同一般的。

那家伙，只要是关于美的事情，从不犯错。这也更加令

---

①赤乐：乐烧的一种，使用红土烧制。与乐家有深切关系的本阿弥光悦、乐道入的作品很有名。战国时期到江户前期的商人、茶人神屋宗湛的日记中关于利休的章节里，曾提到秀吉讨厌黑乐，喜欢赤乐。

人不快。

不仅是鉴赏道具的眼光，那家伙的布设也非常出色。是当之无愧的天下第一茶人。

那家伙只是把水指①和茶入②的位置移动一格，就能赋予点前座凛凛的气韵。茶席也随之充满令人舒适的紧张感。

可恼的是，这样的布置张弛有度，又不显局促。利休的确将分寸尺度掌握得出神入化。其他茶头皆不得此道——

茶釜在秀吉背后发出咕嘟咕嘟的声音。热水开始沸了。

黄金的台子③上摆放着黄金的茶道具。

今天的茶头是堺城的宗薰④。他是今井宗久⑤的儿子，才四十，是个不赖的茶头。

床之间插着的是燕子花。

金色的床之间耀眼夺目，饰花难选。白花阴沉，黄花暗淡。

---

①水指：盛水的茶道道具，用于储存清洗茶碗、茶筅的水，也用于向茶釜中补水。陶瓷质地的居多，其他也有木质和金属质地的。

②茶入：广义指盛放抹茶的容器，狭义指盛放浓茶的陶瓷质地的容器。

③台子：用于放置水指等茶道具的架子。种类繁多，有真台子、竹台子等，分别用于不同的场合。

④宗薰(1552—1627)：安土桃山时期到江户时期的人物。茶人今井宗久之子。本名兼久。官名带刀左卫门，号单丁斋。曾担任丰臣秀吉的御伽众（战国时期至江户初期存在于大名家的职掌）。

⑤今井宗久(1520—1593)：战国时期到安土桃山时期的堺商、茶人。名兼员，初名久秀，通称彦八郎，后称彦右卫门。号昨梦庵寿林。后名宗久。与千利休、津田宗及一起被称为"茶道天下三宗匠"。

黑漆的马盥花入①中盛上水,紫色的花朵与花蕾随意地依在边上。燕子花与金色的墙壁浑然一体。

这花在京都还要再等一个月才会开。想来是宗薰用快马从温暖的纪州调配来的。

床之间侧旁摆放的黄金台子和茶道具,是在禁中献茶给天皇时,与黄金茶室一同打造的。

仅风炉便用了纯金五贯。加之茶釜、水指、建水②等一套,共约十五贯(56.25千克)重。

在慨然畅谈天下经纶之时,比起狭窄局促的小间,还是广间③的茶席更好。广间到底还是要华美热闹最好。

简素的茶道也不坏。简素的风情令人心平气和。

特别是利休布置的草庵茶室④,颇为有趣。山野风情,让人回想起在乡下度过的儿时光阴,心底祥和得像是要悠然溶化似的。

只是近来那家伙建造的茶室过于狭窄。三叠也便罢了,又不是牢房,一叠半实在是让人喘不过气来。而且也太阴暗。

---

①马盥花入:马盥指洗马时使用的盆。花入即花瓶。马盥花入即洗马盆形状的花瓶。

②建水:盛放废水的容器。

③广间:四叠半以上的茶室。

④草庵茶室:草庵即铺着草顶的简陋房子,借用这种风格的茶室叫作"草庵茶室"。

那家伙为何总是想建造那么狭窄阴暗的茶室。简直莫名其妙——

"主公，石田大人来了。"

小姓通报来客。

"叫他上来。"

秀吉又用扇子敲了下脖颈，背对着金色床之间中浮现的霞中富士坐了下来。

他靠着扶手闭上眼睛，黄金茶釜的汤音入耳，如吹向极乐净土的风声一般。

二

"利休那里有动静么？"秀吉问上杉景胜①。

因为谦信②的养子景胜进驻京都，昨日起秀吉便命他带着弓箭、四百挺火枪和三千兵力，包围利休府邸。景胜穿着上阵的盔甲就来了。

去年夏天，小田原战役之后，秀吉加强了对奥州全域的

---

①上杉景胜（1555—1623）：战国时期到江户初期的武将、大名。丰臣政权五大老之一。本姓平氏，后成为叔父上杉谦信的养子而成为上杉氏。

②谦信：上杉谦信（1530—1578），活跃于战国时期的大名，被后世誉为越后之虎、越后之龙、军神。又称上杉政虎、上杉辉虎，笃信佛教，法名谦信，号宗心，斋号不识庵。

整治，但暴动和叛乱依旧频发，局势不稳。在此关头，震慑北方的上杉景胜率兵进京，归顺在秀吉麾下，此举意义重大。

"一个人影儿都没有，安静极了。"

三十过半的景胜叩拜后抬起头来。

"还以为他会求饶，却一点儿动静也没有。"

"真是个可恨的家伙。"

"不错，那副自以为是的嘴脸令人生厌。"

"话说回来，利休那厮的宅子，就在这聚乐第的鼻子底下。要是对那里出兵，就等于是犯上谋反。如今日本可有胆敢这般鲁莽硬来的人么？"

秀吉缓缓地点了点头。

"你说的不无道理，但看来你不懂茶道。"

景胜点点头。

"臣素日饮茶养生，却不懂那些个风雅的事儿。这些数寄者①当真敢谋反吗？"

以上杉家好武的家风，即便喜欢茶道，究竟到不了浸淫的地步。

"茶道蕴藏着令人疯狂的魔力。你不懂。唉，还是不懂的好。"

---

①数寄者：数寄指茶道等风雅之道。数寄者指好此道的人。

秀吉脑中浮现出利休的弟子细川忠兴①和古田织部②的模样。那两个人不知会生出什么事端——

"您说……魔力吗?"

"不错。茶道是令人疯狂的邪恶游艺。人一旦浸淫茶道,就会忘记自我,沉湎于欲望和虚荣。"

"欲望和虚荣……"

"一旦开始执着于茶道道具和布置,就等于一脚踏入了无底的泥沼。"

"好像确实是这么回事儿。"

"但也有有趣的用途。"

"愿闻其详。"景胜眨眨眼睛。

"假设你有五个从者。只邀请其中两人到狭窄的茶室品茶,展示上杉家祖传的宝物——你道被邀请的二人是何心情?未被邀请的三人又是何心思?"

"想必被邀请的二人会深感荣幸,未被邀请的三人会心生忌妒。且三人会怀疑在狭窄的茶室里是不是进行了什么密谈。"

---

①细川忠兴(1563—1645):战国时期到江户初期的武将、大名。出身足利氏的支流细川氏。先后追随过足利义昭、织田信长、丰臣秀吉、德川家康。有名的茶人,名列利休七哲之一。茶道流派三斋流的创始人。

②古田织部:古田重然(1544—1615),战国时代的武将。以古田织部之名享誉茶道界,通称左介,初名景安。织部之名是由他受封的官职"从五位下织部正"而来。他集千利休茶道之大成,风格大胆自由,在茶器制作、建筑、造园方面掀起了安土桃山时期的"织部风"风潮。

秀吉对景胜的回答很满意。"不错。这就是人。"

"这就是茶道……"

"记住,茶也是用之有'道'的。若是拿来用作诓骗人的手段,当真是便利之极。"

景胜似是信服了。"原来如此。在关白殿下来看,茶道也是一种策略。"

"心之机微处,可撩动也。"

"话说回来臣尚有一事不明,您方才所说的茶道的名物道具。"

秀吉点点头,示意景胜继续讲。

"若是传世的名刀也便罢了,茶入等物,不过土陶而已。一介土块,为何竟值三千贯钱,臣实在想不明白。"

对着露出不解模样的景胜,次客席位上作陪的石田三成①开口了。

"这便是利休那厮的罪状。"

三成虽年轻,却是个极聪明的男人。

"利休将道具以次充好,白白地哄抬价钱,是个无可救药的卖僧。正因他离经叛道之极,殿下才决意惩处的。"

三成的回答未能说服景胜。他露出更加不解的样子。

"臣还是不明白。按理说,卖的人再如何哄抬价钱,若

---

①石田三成(1560—1600):安土桃山时期的武将、大名。丰臣秀吉的家臣。丰臣政权五奉行之一。

033

没有人买也就卖不出。茶道的数寄者，不厌高价，反而喜要高价之物。在下一介莽夫，实在理解不了。听说即便是三千贯的茶入，仍有许多数寄者抢着要买。委实不可思议。"

秀吉拿扇子敲了下自己的膝头。

"你说的不错。这就是茶道之所以邪恶的地方，得到名物道具的人，恃物而骄，误以为自己是个人物了。这就是名物的魔力。"

边说着，秀吉嘴里开始发苦。

最最不惜高价、贪婪地收集天下的名物道具的，不是别人，正是秀吉自己。

金银满仓。兵力火枪、名刀名马、书画等自不用说，美妾与官位，俱都落入吾囊之中，甚至多得令人发腻。聚乐第的壮丽更不用赘述。

——天地之间，更欲何物？

两年前，秀吉看到金钱多得生腻，便将金五千枚、银三万枚堆成小山，派给了公家①和武士。那一日真是痛快至极，但第二天睁开双眼，空虚塞满心头，有如嚼沙。与其做那种蠢事，不如赏玩名物茶入还更能滋养心灵，哪怕茶入只是个土块。

"要知道，传来的名物道具还是很好的。持有者，若能磨炼自己的心智，甚至可以从茶入的釉色看出宇宙深奥的景

---

①公家：侍奉日本朝廷的贵族、高级官员的统称。

色。但若是观者没有那个器量,看在眼里也不过是个土疙瘩罢了。名物是会挑选主人的。"

这话说得有些玄乎,但秀吉虽未全信,也是半信的。道具的鉴赏得自利休的传授。听利休娓娓道来之时,仿佛茶碗和茶入便是个宇宙,从中能够感受到广大无边的气息,很是奇妙。

景胜好像还是没有信服。

——名物何以为名物?

景胜若再追问,秀吉将答无可答。

茶头今井宗薰出来行礼了。他在茶道口①俯首。

"臣准备了粗茶淡饭,不知可否端上来。"

"端上来吧。"

秀吉有些饿了。茶道的乐趣,莫过于享受茶前的料理。

年轻的半东(助手)最先端来的是朱漆托盘,托盘上放着两个朱色碗和向付②。揭开汤碗的盖子,味噌的香气随之飘出。里面是一大块鲤鱼肉和生姜丝。另一只碗中是满满的白粥。向付的碟子中,是一块烤鸟肉,大概是山里的野味。

"虽说是春天了,上杉大人一直待在外头,想来冷得很。"

---

①茶道口:茶室中,亭主进行点前时的出入口。
②向付:餐盘上膳食的摆放形式一般为:右手前摆汤,左手前摆饭,其对面摆配菜。放在对面的料理即称为"向付",盛菜的容器也称为"向付"。

原来这菜式是为了景胜。床之间布置的燕子花也是,可见今井宗薰是个很机灵周到的茶头。

喝下白粥,胃里暖烘烘的。秀吉放下杉木筷子,问宗薰道:"这次利休的事情,堺城的富商们是不是在议论纷纷?"

若说买卖茶道具牟取暴利有罪的话,那么茶道数寄者皆难逃其责。

宗薰摇摇头。

"利休大人虽与我等都是堺商,经商的手法却完全不同,大伙儿曾私下议论,他早晚会受到这样的惩戒。"

"不同是什么意思?"

宗薰想了一会儿才开口。

"听说南蛮有将铜铁变成金子的炼金秘术。"

"真有这种秘术么?"

秀吉很感兴趣。若真有炼金术,就可以随心所欲地控制天下了。

"所谓秘术是假的,炼不出真正的金子。据说有宵小之辈以炼金术行骗,骗取有钱人的钱。"

"哦——这些家伙还真有一手。"

秀吉感叹。这可是个通晓人心的聪明人。

"我等堺商挥汗如雨地搬运货物,拼命地积攒一点薄利。然而利休大人的买卖却完全不同。传世已久的舶来名物,价值不菲尚属当然,利休大人却将新烧制的茶碗、竹筒等也巧舌如簧地说成名物，将价格定得比同等重量的金子还远远高出许多。这位大人有欺世之才，竟无一人怀疑有诈，无不乖乖地将金钱奉上。着实是善为幻术的商人。"

——商人……

他倒忘了。不错，那个男人虽一脸正气凛然，本来不过是个卖干鱼①的。

无商不重利。特别是堺商，利欲熏心，父子之间也会尔虞我诈。

——不，但是……

秀吉歪着头。

还是说不得的不可思议。利休有着稀世的审美眼光。

假若那个男人从一百个竹筒中选一个做花入——那就一定是个非常美丽的竹筒。不论是竹节的高低，还是些微的弯曲度，都透着难以言喻的格调，让人觉得非此竹筒不美。

枣罐②亦是如此。同一个手艺人做的一百个黑漆枣罐摆在那里，那个男人一定会精准地挑出最美的一个。无论如何更改摆放的顺序，他一定会挑中同一个枣罐。

——为何？！

为何他能如此轻易地发现美丽的东西。

——到底是幻术，又或只是骗术……

---

①利休生于和泉国的堺商家庭，商号"鱼屋"，买卖干鱼，租赁仓库。
②枣罐：装抹茶的薄茶茶器。

不，不对。他不以为那是幻术或骗术。否则他也不会一直委任那个男人总管茶道。

秀吉摇摇头。景胜露出讶异的表情。

"此话就此罢了。奥州的情况说来听听，有何动静？"

秀吉边听着东北的情势，小酌了几杯，两汤五菜悠然下肚。

"天阴下来了。"

景胜望着外面。晴朗的天空中，不知何时聚起了灰色的云朵。

"风里带着湿气，今宵怕是有雨。"石田三成轻声自语。

三

这厢吃着烤栗子，那厢宗薰已在黄金的天目茶碗中点好了浓茶。黄金茶碗持在手上颇有分量，却不累人，为了不烫手，碗芯是用木头做的①。

宗薰惯于点茶，他的点前，自然不做作。

——但是……

秀吉侧首。

---

① 黄金天目茶碗的碗芯是木质的，里外用金属板相夹，再涂上金漆，这样便不会迅速导热。

总有些不足。

——哪里不足呢?

他直盯着持着茶筅的手,找到了答案。

宗薫的点前不会装腔作势,也很自然流畅,这一点虽与利休相同,底蕴却全然不同。

利休的点前之中有着执着与气魄,将一座之会①、一碗之茶当作无可替代的对象来热爱着。他怀着这样炽烈的心思,点前却轻盈自若。这就是那个男人的本事——

此念一起,宗薫的点前便显得好生无趣。难得的黄金茶道具也黯淡许多。

饮茶完毕,略说笑了一会儿,上杉景胜向秀吉叩拜。

"没想到好生休息了一番。臣去巡视士兵了。"

"辛苦。有劳你了。"

景胜离开摘星楼后,秀吉站起身来眺望窗外。

都城的天空阴沉沉的。

"桥立壶的事儿办得如何了?"他问身后的石田三成。

秀吉说的是名为桥立的茶叶坛子,可放七斤(约4.2千克)茶叶的唐物,饱满的褐釉景致自不用说,壶体的线条丰满,有着说不出的丰饶之感。

---

①一座之会:来自"一座建立"的概念。一座建立指茶席中主客一体的状态。亭主在招待客人之时,竭尽苦心;另一方面,客人细细领会亭主的用心,彼此心意相通。

此壶原是足利将军家的藏品，又经信长传到了利休手中。

秀吉一直想得到此壶，利休却说什么也不肯相让。利休可能料想到早晚要遭流放，一进二月便将桥立壶寄放在了大德寺聚光院。

"臣今早去过寺里，但住持坚持说就算是关白殿下的命令，也不能交出来。实在是可恶得很，本想斩了那和尚，又怕让难得的名物被血所污，就没下手。"

"无妨。这样很好。斩了和尚也只会做噩梦罢了。"

前天，秀吉命人拽倒了大德寺山门金毛阁的利休木像，钉在利休府邸门前的一条戾桥上，放火烧了。

秀吉从摘星楼上看着围观的百姓和升腾的浓烟，但这样也没能让他心里痛快半分，反而更加怒火中烧。

"叫莳田来。"

候命的小姓脆声领命，下楼梯去了。

莳田淡路守很快便来了。他曾担任过北野大茶会的奉行[①]，是利休弟子当中最能揣度秀吉心意的武士。

"你明早到利休那里去，命他切腹。"

[①]奉行：平安时期至江户时期的一种官职。首次出现在平安时期,担任司掌宫廷仪式的临时职务。镰仓幕府成立后逐渐成为掌理政务的常设职位。丰臣秀吉当权时,有五位重要的奉行,即负责司法的浅野长政,负责行政的石田三成,负责土木的增田长盛,负责财政的长束正家,负责宗教的前田玄以,这五人合称五奉行。

"遵命。"莳田表情僵硬地俯下身去。

"传我的话，如果道歉就饶他一命。杀他也并非我的本意。"

"臣一定尽心传达。"

秀吉眺望着窗外，用手指不停地开合扇子。干巴巴的声音回荡在摘星楼中。

"他……"

"是！"

"有一个绿釉香合。你见过没有？"

"您说香合？"莳田表示不解。

"不错，比翡翠还美丽的绿色，扁平小壶的模样。问谁都说没见过。"

"这，臣也没见过。"

"是么。我只见过一次。命他让给我，他却不肯点头。他有那么好的香合，却从没在茶席上展示过。这是为何？"

"这……臣没有头绪。"

亲近的弟子也不知道的话，定是大有来历的香合了。

"别让他察觉了。他就是快死的人了，若是告诉他我想要，他一定会把香合毁了的。"

利休对茶道具有着不同寻常的执着。他一定会那么做的。

"等他切腹以后再拿来给我。他明日一定会把那个香合摆出来。我料准了。"

莳田不知该如何作答。

"他总是说，茶道只是点茶而饮罢了。屋以不漏为佳，食以不饥为佳……可他对道具却如此执着，简直是岂有此理。若说茶道即为佛法，为何不最先除去我执、妄执？修禅之人，不该是本来无一物①么！"

秀吉越说越气不打一处来，手指不停地开合着扇子。

"这才是那个男人最大的罪恶。"

厚重的灰色云层化雨落下。温和的雨声渗入心中。

——然而，利休为何能够在一碗茶中融入如许的静谧气韵呢？

这个可恼的家伙，只有这一点令人不得不佩服。

——为何要如此执着于茶道？

他终究没有问过利休，若能问一问该有多好。

——现在问，或许也还不迟。

秀吉心中萌生的小小逡巡，被雨声洗刷殆尽。

雨势渐大，淡白色的雨纱掩去了东山的连峰。

---

①本来无一物：出自六祖慧能的禅语"菩提本无树,明镜亦非台,本来无一物,何处惹尘埃"。

知与不知

细川忠兴

利休切腹十五日前——

天正十九年（一五九一）二月十三日　夜

京都　吉田　细川宅　长四畳

一

春天的黄昏中,淀川的渡口一派将暮未暮的光景。山影绰约成朦胧的靛蓝色,向山吹去的风,清新鲜活。

"像是来了。"

细川忠兴低声说道。并排站着的古田织部微微点了一下头。对面可见沿着河岸街道走来的队伍。

"当犯人对待么。"

队伍约莫五十人,骑马的武士混行其中,小心谨慎地护卫着简陋的肩舆。

肩舆被放在了渡口的河滩上,武士下马掀开了菰编的帘子。身着灰色道服的男人从肩舆上下来。

这是要被流放到堺城的利休。

"怎会如此……"

远远地也看得出利休的憔悴。他驼着宽阔的后背,缩着脖子。

似乎是感觉到了视线,利休抬起脸来。发现是忠兴、织部二人,遂舒展了眉头。

忠兴与织部低下头去,利休深深还了一礼。

他对站在身边的武士说了些什么。穿戴着黑色盔甲的武士，是将今日的流放知会给忠兴的富田左近[①]。左近也是茶道的数寄者，利休的弟子。

——秀吉这个人……

对于秀吉如此善用别人的软肋给人添堵，忠兴不禁无言以对。故意将茶道的弟子左近安插到流放利休的队伍中，这等残酷的心思，真是非常人所能及。

利休向二人招手。

本打算远远目送的织部和忠兴，走到利休跟前。富田左近贴心地让步兵们退后，远远地围住。

忠兴快步走到近旁，情不自禁地执起利休的手。利休的手掌厚大而柔软。

"我等已想尽办法，主公早晚会息怒的。"

"真的只需忍耐一阵子。"

织部也握住利休的手，他的话中充满了力量。

利休无力地摇摇头，他的眼下挂着大大的黑眼圈。足见他是多么心有不甘，咬牙切齿。

"感激不尽。只是情况不容乐观，怕是不中用了。"

为了平息秀吉的震怒，利休已亲自奔走。拜托弟子中与秀吉比较亲近的会津城主蒲生氏乡和摄津的芝山监物等人，为他请命，但秀吉没有半分息怒的意思，终致今日的流放。

[①]富田左近(？—1599)：原名富田一白，别称平右卫门尉、左近将监(官名)。安土桃山时期的名将，先后追随织田信长和丰臣秀吉。

"近来主公气焰之盛，实在难以入目。全无半点天下霸主的胸襟。"

古田织部气愤得胡子发抖，利休对他摇摇头。

"二位若是太过招摇，怕会受到牵连。千万小心才是。"

在利休众多弟子当中，织部是个十足的叛逆者。若秀吉真要夺利休性命，难保织部不动兵马。织部在这一带的山城西冈有三万五千石①的领地和兵力。

"可就算是主公，这种做法也太过分了……"

利休用眼神止住织部的不满之色。

"修习茶道……"

话说一半顿住。利休仰望着东方的天空。阴历十三的月亮，朦朦胧胧地泛着红，从山头露出脸来。

"会将人的骄傲与自卑，看得越来越清楚。主公的心思，我早已洞察。即便如此我也无意在茶道上妥协半分。其结果就是今日之祸。利休甘之如饴。"

利休如是低语，他的眼神很安详。这是在超脱了烦闷之后，大彻大悟的表情。

"我想着要将道具分赠二位。若是知道你们来此，就带过来了。现下已差人送往府上了。"

"这怎么使得……"

忠兴摇着头。这样岂非成了决意赴死之人的遗物——

---

①石：表示大名、武家的领地面积的单位。

"我觉得自己命好得很。毕竟是要变成第二个菅丞相了。"

利休的意思是自己像被流放的菅原道真①一样,乃为无根无据的诽谤所害,实则完全是清白无辜的。

"那也太……"织部的声音颤抖着。

利休的眼中泛起泪光。他佯装仰望月亮,擦掉了眼泪。

"红色的月亮也是一兴。如此良宵,该如何布置茶席呢?"

利休强作笑脸,问织部和忠兴。

古田织部望着月亮想了一会儿,轻拍双手。

"既不要花也不要别的。打开窗子,在茶庭里摆上香炉,熏染夜风,师父以为如何?闻着若有似无的香气,茶釜的汤音想必会更显幽玄。"

在这靛蓝色的清艳黄昏,鼻尖荡漾着不知来自何处的阵阵甜香,岂非宛如逍遥在异世界一般。织部这个人,其审美意识颇为大胆,已青出于蓝。

"有趣有趣。茶庭飘香,非此春宵不得此趣。香可用舞车②。"

---

①菅原道真(845—903):平安时期的贵族、学者、汉诗人、政治家。有名的忠臣,曾受到宇多天皇的重用,在醍醐天皇时升任右大臣(右丞相),后遭到左大臣藤原时平的陷害,被贬至九州的地方行政机构大宰府,任大宰员外帅,后在任职地去世。

②舞车:能乐曲名。镰仓的男子离家寻找被父母赶出家门的恋人,中途住在一个叫作远江国府见付的地方(今静冈县),当地有个习俗,在祇园祭的当天,请旅人在东西的舞车上跳舞。男人在东边的舞车上跳舞时,发现西边舞车上跳舞的女子正是自己寻找的恋人。

舞车是取自能曲的香名。

别离的男女在节日的舞车上跳舞时，偶然重逢——此香拿来暗喻人世之哀切、邂逅之侥幸，真是再合适不过了。

"拿什么香合来配呢？月色是红的，若配上绿釉的香合，该是何等的玄妙……"

忠兴一问，利休便合上了眼帘。过了一会儿，若无其事地摇了摇头。

"再不出发就要给富田大人惹麻烦了。承蒙二位前来送行，实在是感激不尽。"

利休深一俯首，转身上了小舟。

步兵们分上了三艘小舟，船夫用棹竿就着河岸一撑，小舟便顺着淀川缓缓的水流行去了。

织部和忠兴一言不发地目送着，直到船头的松明[①]完全消失在靛蓝色夜幕的彼端。

（二）

回到京城，细川忠兴没有回一条的宅子，而是去了吉田山山麓的别庄。

---

①松明：山松多油脂，劈成细条，燃以照明，叫"松明"。北宋·梅尧臣《宣城杂诗》之十八："野粮收橡子，山屋点松明。"明·陆深《燕闲录》："深山老松，心有油者如蜡，山西人多以代烛，谓之松明，颇不畏风。"

他从淀川先差人给妻子迦罗奢①送了信。命她将利休送往一条宅子的茶道具，拿到吉田的别庄来。今晚他不想靠近聚乐第。秀吉的内心，实在太过下作。

忠兴进了宅子，穿过中门，走在月光洒落的茶庭中，看到手水钵②对面的石灯笼亮晃晃地燃着。

——太亮了。

他从腰间的刀上抽出笄③，将灯芯修短。

想是因为他嘱咐别庄的同朋众④们，月夜要点得更亮些，他们便照实做了。但今宵是红月，灯笼的火光该暗些才相称。阴历十三的月亮已升到中天，仍是朦朦胧胧的红色，显得阴森森的。

他拿柄杓舀了手水钵里的水净手。水很是清冷。大概是刚从井里打上来的。

用手巾擦了擦洗过的手，忠兴再度打量起石灯笼来。

这个石灯笼，是不知什么时候利休送的。不枉利休曾大为赞赏这个石灯笼的造型非常协调，果然姿态凛然，无懈可击。虽然放在茶庭里显得太大，也过于刚硬，但他想把这个灯笼放在触目可及的地方。他对这个灯笼十分执着，去丹后

---

①迦罗奢：明智光秀的三女，有名的天主教徒。
②手水钵：盛水的石器。
③笄：日本刀的附属品，收在刀鞘内，用于整理头发的工具。
④同朋众：室町时期以降，在将军身边伺候，负责杂物或是娱乐的群体，类似于中国的弄臣。也被称为"阿弥众"、"御坊主众"。

城的时候，甚至特地请壮丁搬运。

"这个灯笼可否藏在贵府上？"

利休请求他时，不用说，忠兴是当场答应的。

因为秀吉听到灯笼名气后说是想要，利休故意将灯伞打破了一角。

"灯笼已残，恕难献上。"

本是为了制造拒绝的口实，打破一角之后，却变得更像利休喜欢的风格了。比起无可挑剔的完美状态，而将残缺美当作更有意境的对象来欣赏，是村田珠光以来，不拘一格的寂茶[1]茶人们的偏好。

——有月无云枯无味[2]。

比起欣赏万里无云天空下的满月，层云掩映下的幽静之月更惹人怜爱。这就是寂茶的精髓。

茶室的纸门上透出光亮。

他沿着垫脚石，上了外廊。吉田宅内的长四叠茶室没有躝口，而是在朝北的内廊一侧竖了一道纸门。

纸门上人影掩映。这是刚刚为手水钵添了水的人。

"您在？"

他打了声招呼，里面传出父亲幽斋的声音。

---

[1]寂茶：排斥豪奢的道具和器具，重视简素静寂境界的茶道。
[2]原文为"月も雲間のなきは嫌にて候"。村田珠光的名句，出自《禅风杂谈》。

"进来无妨。"

打开纸门,只见幽斋端坐在那里。茶釜的汤音稳静,短檠①的灯火调得很是明亮。

忠兴的父亲幽斋,不仅传授古今②,且通有职故实③、能乐、音曲、料理诸道,皆穷其奥秘。与利休亲厚,同时幽斋自有幽斋的茶道。

"回来啦。我在寻思利休给了你什么东西。"

幽斋的面前放着一个白绢包裹的四方木盒,还未打开。

想到里面可能是那个绿釉香合,忠兴不禁心跳起来。若是郑重其事地套了两三层盒子,正好是这个大小。

"不知是何物。"

"不如猜猜看,他送了什么过来。"

"那太急人了。打开看看不就知道了。"

父亲想必考虑到这是利休给忠兴的东西,有所顾虑没有打开看。但就算是隔着包裹,擅自被人看了也是不快。唯有茶道具,忠兴不想被任何人乱碰。

"真是不解风情的男人。直接打开岂非无趣。见不可见之处,不才是寂茶之道么?"幽斋苦笑。

---

①短檠:矮灯台。底座为长方形的木箱,短柱上方悬空放着灯盘。
②传授古今:特指老师将中世、古今集当中的难解语句的解释,以秘密传授的方式教给弟子。
③有职故实:又称有识故实,是在儒学明经道、纪传道的影响下出现的对日本历史、文学、官职、朝廷礼仪、装束传统进行考证的学问。

"非也。见应见之物才是一期一会。"

被驱逐出京师、做好赴死准备的利休,到底给了他什么呢——利休赠予的东西,等于他对忠兴的评价。

"我打开了。"

忠兴抑制不住急切的心情,解开了白绢的结。里面包着一个桐木盒子,再解开盒子的带子,打开盖子,黄色的布袋出现了。布袋的正中深凹下去。

——原来是茶碗。

紧张的期待,一瞬间消失了。

他取出放在草席上。

打开布袋,里面是长次郎烧制的黑乐茶碗,形态丰满。

仔细一看,发现盒盖的内侧写着"钵开"二字。名字想是取自茶碗平缓张开的姿态。

看着垂下肩膀的儿子,父亲低声道:"失望了是吧。你是不是想要那个绿釉香合?"

被说中心事的忠兴盯着父亲。

"父亲大人也见过那个香合?"

"我没见利休摆出来过。只在他补充炭火,取香出来焚的时候,从手的缝隙间瞥到过一眼,的确是个很好的香合。那个绿釉,是高丽古时的东西。在利休的众多道具中,可说是毋容置疑的一等品。"

"我也是。像是怕被人要去看似的,急急忙忙地就收起来了。"

"是啊。其实老夫看这个包裹的时候,也猜会不会是那个香合,但又觉得不是。那不是你小子能受得起的。"

"那……"

虽不甘心,难道是给了古田织部?又或是蒲生氏乡?还是高山右近呢——利休有七个偏爱的弟子,忠兴自负在七人之中尤得钟爱。

利休到底打算将那个绿釉香合传给谁呢?还是不打算传给任何人呢——思来想去,春天的夜晚变得更加恼人了。

"机会难得。你就用这黑乐茶碗点一服薄茶给我吧。"

幽斋单膝竖起放松地坐着。他不愧是常年奔波于战场的男人,即便老了,也自有从容的气魄。他的五官与落发的头很是相配,脸上渗透着泰山崩于前而色不变的顽强。

忠兴也在十五岁初上战场时从信长那里领了军功状,从那以后,直至二十九岁的今日,他一直奔波于各个战场。虽也磨炼出了不逊父亲分毫的气概,但终究是比不上父亲那种历经乱世的刚毅。

忠兴如父亲所望,坐在了点前座。

地炉上架着阿弥陀堂釜①。这也是利休给的道具,竖起

---

①阿弥陀堂釜:丰臣秀吉命令千利休制作的茶釜,其形状模拟了金汤山兰若院阿弥陀堂的住持澄西和尚像野猪一样的头形,利休委托天下第一的铁匠辻与次郎制作而成。初名"猪首釜"。现存于神户市善福寺。

的釜口和柔和的釜肩颇有雅趣。

他拍手召唤同朋众来做准备。

这间长四叠的茶室是忠兴布置的,保留了部分书院的风格,同时能够体会到简素的情趣。地炉旁边,竖着剥去松树皮的粗中柱,涂了袖壁,隔出点前座。芦苇的天井造得较高,这样夏天也会觉得凉爽舒适。

忠兴也建过二叠台目的狭窄茶室,但那只是为了自己一人点茶自饮、思考事情所用。招待客人多在长四叠。

道具准备齐全之后,忠兴正了正坐姿。叠整帛纱擦拭枣罐和茶杓。端持柄杓,从釜底汲了热水,倒入茶碗中。在热水中挥动茶筅,再用双手捧着茶碗慢慢地旋转,令热度传遍。

——这茶碗十分称手。

他也用过几个乐长次郎烧制的茶碗,但这个"钵开"手感尤佳,润泽的吸附感无与伦比。

用茶杓自枣罐中舀了抹茶,放入茶碗,轻轻拨匀。倒入热水,点茶。

茶碗被递到面前,幽斋一言不发地饮下。他仔细端详了茶碗之后,开口道:"你从利休那里学到了什么?"

忠兴顿感有刀架在脖子上似的。

"您问得可怪了。当然是茶道的精神。"

忠兴姑且作出了回答,但这个回答显然是不合格的。

"还以为你学到了真东西,真是凡愚我儿。近来的人,也不管是否懂茶，竞相装作喜欢寂茶的样子，真是伤脑筋。"

忠兴紧盯着准备起身的父亲。

"请留步。您是说我不懂茶吗？"

"那你说说看你懂茶的什么。"

忠兴被反问得词穷了。掀开盖子的茶釜发出汤音。

"你只是在模仿。利休没这样说过吗？"

忠兴语塞。确实，利休曾这样批评过他——

"忠兴大人的茶，与我的别无二致，如此将难传后世。所谓数寄，须与他人有别。古田大人的茶与我的大不相同，想是可以流传后世的。"

古田织部虽是远远年长于他的前辈，但将他二人相提并论并做如此断言，忠兴等于被烙上了无能的烙印，心何能甘。

自那以后，忠兴一直抱着"如果不能创新，至少成为一个正统继承者"的念头，竭其所能地模仿利休的茶道。

"我认为不论是何道艺，模仿其大成者，都是重要的。"

幽斋摇摇头。

"你错了。你被利休蒙蔽了眼睛。他的确是个了不起的男人，但这并不意味着你可以懈怠自我创造。"

父亲正是喜欢既不被利休，也不被常识拘束的奔放茶道，才说出这一番话来。

"茶很好。与朦胧的月夜十分相称。"

父亲站起身来，忠兴没有再挽留。

三

寝室的纸门被月光映成红色。

忠兴揉捏着迦罗奢洁白的乳房，她喘息着发出甘美的呻吟，指甲紧紧地扣入他的肩膀。

两人激烈的喘息平复，夜深如墨。迦罗奢开口问道："您有心事？"

忠兴凝视着黑暗。

父亲的那一番话，在沉迷于妻子胴体的时候本已忘了，现在却又开始在身体里上蹿下跳。

——也不管是否懂茶……

说给妻子听又能如何？

"没事。"

"那就好。"

听着妻子顺从的声音，忠兴终于还是开口了。

"是茶道的事……"

自己的声音，没入黑暗之中。

"您真是颇爱此道呢。"

"茶道罢了，没什么爱不爱的。"

这是他的真心话。

忠兴是个道地的武人。血腥的战场令他兴奋，为了从这种兴奋中冷静下来，他才开始学茶。绝非是受到时下潮流的推动，抱着轻浮的态度在修行。

实际上，忠兴是个非常勇猛的男人。

由于妻子迦罗奢是明智光秀的女儿，细川父子在本能寺之变以后，被当作光秀派。他们坚持不懈地证明了清白，终于让秀吉认可了丹后的旧领地。

在丹后宴请敌对的武将，并将其一刀斩杀的，正是忠兴。那时他才二十岁。

——我生来就容易热血沸腾。

他自己是知道的。为了平静沸腾的热血，茶，是最合适不过的。

正是在那个时候，他遇到了利休。

他将用来斩杀武将的二尺八寸半（约86公分）的大太刀拿给刚认识的利休看时，利休眼睛登时亮了。

"真是把绝世宝刀！我也有一把相似的太刀。"

他派人将利休的刀拿了来，果然不管是刀形还是刀身的薄厚，都与忠兴的十分相似，两人对彼此的眼光都露出欣赏之色。这就是他们最初的相遇。

忠兴曾用室町风的式包丁[①]技法料理过鹤肉。只拿着厨刀和真鱼箸[②]，对鹤肉一指未沾，为贵人烹制了一道菜肴。

---

①式包丁：身着狩衣（乌帽子、袴），双手不直接接触菜板上的鱼或鸟，使用厨刀料理并装盘的厨艺。
②真鱼箸：料理鱼鸟时使用的长柄木筷或铁筷。

在旁观看的利休偏头低语了一句："为何砧板看着有些矮？"①

忠兴遂问厨房的仆役。

"原尺寸的砧板老旧了，故就表面削去了一分②。"

仆役如是回答。忠兴听了，对利休眼力之敏锐感佩得无以复加。

刀鞘的事情也是如此。忠兴眼光挑剔，自己也费尽心思让匠人打造，却远远不如利休持有的一把古朴刀鞘来得美丽，于是就命人照着做了一把，一直爱不释手。

与利休的种种回忆，不胜枚举。再没有人比利休对美的鉴赏力更可以信赖了。

"你怎么看利休大人？"

迦罗奢并不了解利休，但曾当面打过招呼，最近责罚的事她也听说了。他想听听女人的直觉。

"那位大人……"迦罗奢低语了几字又沉默了。

"怎么？"

"这……"

---

①砧板的故事见于《茶话指月集》。《茶话指月集》是一本收集了众多茶道逸事的书。由千利休的孙子千宗旦的弟子藤村庸轩的女婿久须美疏安编写。于1701年出版。两卷。收录了关于利休、宗旦的逸事约70篇。原文翻译如下：易（千利休）求观三斋（细川忠兴）解鹤之刀法，赞之而后问："俎少矮，何故？"斋问厨者，答曰："定法之俎朽矣，遂削一分去其表。"三斋遂拍手曰："诚感目利如剑。"

②一分：十分之一寸。

"说下去。"

"……妾身可否直言？"

"嗯，你如何想的，但说无妨。"

她犹豫了一会儿，才又开口。

"妾身觉得，那位大人似乎是在害怕着什么。"

"利休大人在害怕？"

"妾身没有与他亲近地说过话，只打过招呼，但利休大人的尊颜是看得分明的。"

"你是说最近吧。"

看起来在害怕，想必是因为利休的周围形势不稳的关系吧。

"不是的。从初次拜会的时候，就有这种感觉。"

忠兴抚着下巴。

——她为何觉得利休大人在害怕呢？

委实不可思议。

迦罗奢是个超乎寻常的坚强女人。忘了是什么时候，园艺师偷窥迦罗奢的起居室，忠兴一刀砍了他的脑袋，气血沸腾的他将人头丢到迦罗奢面前，迦罗奢面不改色地接住了。

她就是这样的女人。忠兴一向信赖她能看透人心的直觉。

"他在怕什么？"

"谁知道呢……"

迦罗奢白嫩的手指与忠兴的手指相缠。

"妾身说不好，比方说，美的东西之类的……"

"美的东西……"

忠兴拖长了声音。

——利休大人不是美的支配者吗？

"你这么觉得？"

"是，妾身是这么觉得……"

如此说来，也不无道理。

在利休桀骜不驯的背后，原来竟畏惧着美的崇高么。

——利休大人，害怕着美的东西。

如此想来，很多事情都说得通了。利休那般细腻执拗地追求着美，并非缘于自负或骄傲，而是因为一味地畏惧——

这不禁让人想问——为什么？

"为什么呢？"

"谁知道呢……"

迦罗奢的手指抚弄着忠兴的胸口。

"也许是个出人意料的无聊理由呢。"

"怎么讲？"

"比方说，不想被心上人嫌弃……"

像是对男人心了若指掌一般，迦罗奢轻轻笑了。

——怎么可能……

忠兴想要否定迦罗奢的猜想，但这猜想却在他心中逐渐壮大真实起来。

大德寺拆毁令

古溪宗陈

利休切腹十六日前，堺城流放前日——

天正十九年（一五九一）二月十二日 昼

京都 紫野 大德寺 方丈室

一

从京城向北一里①的山坳之间,有一个叫作市原的村子。放眼望去是一片郁郁苍苍的杉树林,因为毗邻京城,连农家里都弥漫着风雅的情调。

禅僧古溪宗陈就在这山谷中建了一座寺庙,过着闲隐的生活。

才放完早上的庙粥,就听到玄关有访客的声音。小僧出去应门,没一会儿就顺着走廊跑了回来。

"是利休大人差人来了。"

宗陈虽身在山野,心中却始终记挂着利休。利休此时,应是如坐针毡的境况吧。

"这就去。"

许是大德寺山门的那件事有了什么动静——

前年师走之月②,利休捐建山门,建成了上层的金毛阁。大德寺为了感谢利休的布施,去年在阁内安放了利休的木像。时至今日,秀吉才为此事震怒。

几日前在聚乐第见到秀吉时,宗陈被劈头盖脸地呵斥了一顿。

"我常常要过那个门,你们是要我受利休的胯下之

---

①一里:日本的1里约4公里。
②师走之月:阴历十二月。

辱么?!"

临济宗的本山紫野大德寺供奉着织田信长的牌位，还有为秀吉的母亲大政所①建造的大型祈愿所天瑞寺。秀吉确实会不时地造访大德寺。

古溪宗陈原是大德寺的住持，现在也以长老的身份与大德寺保持着密切的联系。

三年前，宗陈因触怒秀吉，被发配到了九州。是利休安抚了秀吉，为宗陈求得了赦免。

去年夏天，宗陈获赦返京时，看到山门上建起了一座堂堂的楼阁，里面放着利休真人大小的木像。那个木像成了今日的导火索——

宗陈迎出玄关，只见一个满脸悲怆的男人站在那里，他曾在利休的宅子里见过的，记得是叫少严。

"怎么了？是关白殿下那边有什么话说么？"

"不，这会儿还没……只是师父他老人家说大概最近会降罪下来……"

"木像一事，利休大人没有任何过错。完全是借题发挥。老衲再去向关白殿下求求情。"

宗陈已不知为了这件事求了秀吉多少次，秀吉却全无息怒的意思。

---

①大政所(1513—1592)：本名仲，丰臣秀吉的母亲。大政所是大北政所的略称，本是专门尊称任关白者的母亲，后特指丰臣秀吉的母亲。

少严哭着递给宗陈一封信。

"这是师父的遗言。"

"休得胡说……"

"师父他老人家像是已经做好心理准备了。他昨夜写下这封信,意思是以后的事儿都托付给禅师了。"

宗陈急忙拆开折得细长的书信。信中没有铺垫也没有寒暄,只是写着:

问,在和泉国之份。

同上,佐野之问,盐鱼座①租银百两也。

问,指的是千家的本业纳屋(仓库业)的利权。堺城以外,在佐野也有同样的利权,千家把仓库租给盐鱼座租金几何几何。一两银子,等于一钱三分(约16克),一百两的话,按照大米来算,就是三四十石②的租金收入。

其后数行写着有多少田地、房产、财产,以及各个继承人的名字。从上一代继承的部分和利休赚取的部分加在一起,千家的资产相当可观。

"这意思是说让老衲来做继承的见证人么?"

"正是。师父他老人家说,除了禅师,再没人可胜任此

---

①盐鱼座:盐商的商会组织。
②石:音 dàn。1石等于10斗,180.39升。

事了。"

利休既是跟随古溪宗陈学禅的弟子，同时也是援助他的大檀越。

二十年前，利休曾捐赠宗陈五十贯钱，帮助他成为大德寺的住持。此外，利休还一个人出一百贯，千家一族合出两百贯，共捐了三百贯钱。那之后但凡有机会，都会大事布施财物。

想必正是因着利休与宗陈有这种深切的世俗来往，他才把财产继承一事托付给宗陈的。

接下来的一句话吸引了宗陈的目光。

宗易今之家。但，我死后十二个月间
儿母不得开也。

今之家，指的是堺城今市町的宅子。利休命令有子嗣的宗恩要紧闭大门。这是对秀吉的嘲讽。

——他居然如此厌恶秀吉么。

利休作为茶头，在秀吉的面前表现得很是毕恭毕敬。但他的内心对于出身山野、举止粗鄙的秀吉很是轻蔑，这种轻蔑时常流露在言谈举止之间。宗陈一直担心，利休的这种态度有朝一日会触犯到秀吉的逆鳞。

与利休的往来，始于宗陈在堺城南宗寺的时候，至今已三十年。宗陈引导利休参禅宗公案，利休邀宗陈品茗，彼此一向推心置腹。

像利休这样顽固的男人，当真少见得很。

只要是与美有关的事情，利休决不妥协分毫。他从不阿谀谄媚任何人。不管对方是秀吉，还是地狱的阎罗王，都不会相让半步。利休虽比今年迎来一甲子的宗陈年长十岁，却全无枯朽之相，仍在不停地追求新的美，气魄盈身。

哪怕被赐死，也绝不会坐以待毙吧。

"你师父他可还精神？"

"精神。像往常一样，弟子总是被训斥。师父他老人家十分的豁达。"

"是嘛……"

这才像利休。

宗陈继续看信，在末尾处看到了自己的名字。

杨贵妃金屏风　一双
赠古溪禅师也

前些天在聚乐第的利休府邸中，宗陈看到一幅精妙的画作。贴满金箔的屏风上，画着一个皮肤白皙的美人。席地而坐，笑靥温婉，栩栩如生。

宗陈不禁看得入神了。

"禅师也还没从女人的烦恼中超脱么？"

利休笑中带着喜悦，将薄茶茶碗递出。虽说是广间的茶室，但利休会在如此艳情的屏风前点茶，宗陈还是初次见到。

"红颜终枯骨。贫僧虽时刻不忘此念，却还是敌不过美人的力量啊。若真有如此美人，只怕贫僧也会丢下佛法寺庙出奔吧。"

"禅师真是直抒胸臆啊。"

饮完茶，宗陈向利休发问："话说这位美人究竟是何人？看起来不似天女。也不像是故事中的人。倒像是曾在这世上活过的女人。"

利休的脸色微沉。

"这是杨贵妃。"

"不会……"

宗陈小声说到一半。

若是杨贵妃的画他岂会不知？倾国倾城的唐朝美女。杨贵妃的构图是有例可循的，折腰款款，妖艳的美眸流盼，似在诉说着诱惑之意。陪衬的花朵，必是华丽的牡丹。

但屏风上的女人，并无半点媚态。

她身着如天女羽衣般的艳红裙裾，随意地斜坐在那里。五官端正而有凛然之气，水润的眸子注视着放在身前的绿釉香合。温婉的笑靥中带着落寞。

她的旁边，是一株木槿树。笔直延伸的枝条上绽放着白花。白花的正中央，微微地渗出一团紫色。

这构图虽简单，画中的女人却洋溢着令男人无法转睛的艳情。越看越让人有一种想上前揽住那纤细腰肢的冲动。就连断绝了俗世情缘的宗陈，也不禁生出许多烦恼。

女人目视的绿釉香合，利休曾给宗陈看过——

"这是不是高丽的女人？"

宗陈问利休，利休却摇头。

"竟不能让人看出是杨贵妃，画师实在是蹩脚。"

宗陈不觉得有何蹩脚。画中的女人，浑身迸发着勃勃的生命力——

宗陈回想起前几天的这一段事，从这份带着遗嘱意味的财产转让证明中抬起头来。

"这份转让书，还是用不上的好。老衲再去聚乐第向关白殿下求情。无论如何，也要请殿下宽恕利休大人。"

"感激不尽！"

宗陈站起身来，思索着要如何说服秀吉。正在此时，戴着竹笠穿着黑色僧衣的云水僧从小门跑了进来。原来是大德寺的修行僧。

"大、大事不好了！"

"何事慌张？"

"方才关白殿下的使者来传话，说要拆了大德寺……"

不等云水说完，宗陈已系紧鞋带冲了出去。

（二）

宗陈赶到大德寺本寺宽敞的方丈室，只见四个武士背对着会客间的床之间并排坐着。

这四人分别是德川家康、前田利家、前田玄以、细川忠兴。九年前在大德寺举办信长葬礼的时候，宗陈曾见过他们。

"……唯有拆寺一事，万请手下留情啊……"

现任住持在四个使者面前苦苦哀求，不肯放弃。

宗陈在四人面前跪伏下去。

"要拆天下名刹大德寺，敢问是何罪状。还请赐教一二，让贫僧信服。"

宗陈瞪圆了眼睛质问道。前田玄以开口了。

"方才已对住持讲过了，利休的木像乃大不敬，要拆。刻像的不就是大德寺么？关白殿下甚是震怒，斥责此事简直是岂有此理。"

前田玄以原是尾张的僧人，曾追随信长，现在是秀吉五奉行之一，作僧人打扮，主管京城的贵族、寺宇神社、工商业者的事务。京城多有民事案件的审判，玄以的权势格外庞大。

"木像是为了感谢布施者而建,因此就要受到责罚,简直是闻所未闻。借题发挥也不要太过分!"

"听着,我等不是来与你们讨价还价的,只是来传达关白殿下的决定:大德寺当拆。"

"但拆寺一事非同小可。护持法灯的伽蓝①,与武士的城池无异。不能说拆就乖乖就范。"

"这是关白殿下的裁决。已成定局,无可挽回了。"

玄以说完,德川家康接道:"大和尚,其实我等为此事已经尽力了。关白殿下暴跳如雷,本来要把和尚们都钉死的。这实在太过火了,我等也劝了,但关白殿下不消气,只好请大政所夫人出面说和,才总算是免了这钉刑。您得体谅。"

宗陈的太阳穴暴跳起来。

"但是大德寺里有供奉着信长公牌位的总见院,还有大政所夫人的天瑞寺,也打算一起拆毁吗?"

"这自会搬到别处。我等已规劝不了了。"

家康皱起眉头。秀吉会派四名重臣过来传话,就表示这次的处罚是非常严厉的。

宗陈自怀中抽出短刀。他从市原的寺院飞奔出来的时

---

① 法灯:能照破世间迷暗的佛法。伽蓝:梵语 samghārāma 译音"僧伽蓝摩"的简称。意为僧院或众园,后称佛寺为伽蓝。

候，夹在腰带上带出来的。

他取下刀鞘，将利刃放在草席上。

"贫僧誓死保护法灯。若定要拆寺，可先刺杀此身。尔后再拆寺不迟。"

他收紧下巴，瞪视着四名武士。他没有请求宽恕的打算，但也不会坐视大德寺被毁——就这样彼此僵持了一会儿。

不知何处传来黄莺的啼声。

方丈室的庭园布置成枯山水，铺着白沙，划出波纹，点缀着石头。土墙的外面是广阔的院落，种着许多松树。清风拂过，松籁直达天际，听来心旷神怡。

"如此，您尽可自裁。我等见证过后，自当回去禀告关白殿下。大师一命，或可换得大德寺逃过一劫。"

前田玄以严肃地注视着宗陈。

"一言为定。贫僧之志，且看仔细了！"

宗陈解开衣襟，双手握住短刀，对着肚子摆好姿势。他准备一口气刺入腹中。

就在手腕使力的那一刹那，一个洪亮的声音阻止了他的动作。

"且慢！且等一等！"是细川忠兴。

三个武士看向忠兴。

"你有什么好法子么？"前田利家问道。

"在下没有法子。在下只是想,不如先将大师以死抗辩的决心传达给关白殿下如何?真的要拆毁这么大的寺庙,也是相当棘手的事。再说大德寺与大内的关系也很紧密。而且要转移信长公的牌位,也得选好地方,又少不了一番折腾。"

细川忠兴一脸已经受够了的表情。

每个人都被秀吉的心血来潮耍得团团转,着实心烦得很。

回想起七年之前,秀吉要建造信长的菩提寺①。

被指任开山的,不是别人,正是宗陈。

大德寺南面船冈山的大片土地被划拨出来,建材也运到了难波津。取名为天正寺,并由正亲町天皇御笔亲书寺号的匾额。

一切都很顺利。

秀吉与宗陈一起登上船冈山,手指东山。

"那里是有仙气之地。我打算建一座胜过南都②东大寺的卢舍那大佛③。和尚你就来当天正寺和东山的新寺这两大寺的开山鼻祖吧。"

---

①菩提寺:供奉祖宗牌位的寺。也称菩提所。这里的"菩提"指死后的冥福,"菩提寺"即祭奠菩提之寺。

②南都:日本平安时期以降,因奈良为过去的都城,地处京都南面,因别称南都。

③卢舍那大佛:东大寺大佛殿的佛像,以"奈良大佛"之称闻名。卢舍那佛是《华严经》中"莲花藏世界"的核心存在,象征着世界本身。

宗陈曾如此受到秀吉的器重，但是没过多久，天正寺的建设却被中止，东山方广寺的开山祖师也改为任用天台宗的僧人。一切的一切，都是秀吉的心血来潮。

宗陈被流放九州，亦是如此。

他知道是担任天正寺造营奉行的石田三成向秀吉进了谗言的缘故，却无意争辩什么。

本次木像事件的背后，三成的影子也是若隐若现。

——又是那个男人。

然而知道也是无用。不管在耳朵边上窃窃私语的人是谁，做决定的终究还是身为天下霸主的关白秀吉。

秀吉一点点的心血来潮，其结果就是劳民伤财。对于追随他的家臣来说，实在是不堪忍受。

"正是正是。细川大人说的极是。把寺拆了再造，这钱可花不得。想来关白殿下也不是真心想毁了大德寺。"德川慢悠悠地说道。

"那关白殿下真正想要的是什么？"前田玄以问他。

"自然是恭顺。只要尊奉关白殿下，让他明白你们并无二心，他就会消气儿了。我觉得是这么回事儿。哎哎，你们说是不是？"家康看向前田利家。

"确实最近关白殿下的心血来潮好像是有点过头了。如此反复无常，难保不招致民心叛离。君不君，则臣当有劝谏之责。唉，我来说说看吧。我与殿下从年轻时候有朋辈之谊。他还是能听一听的吧。如此可好，各位？"

三个武士对利家的话表示赞同。

"我等就对关白殿下说，大和尚怕得求饶了。明白了？"

宗陈腹中如坠千斤。然而事已至此，别无他法。

"那就这么办了。喉咙干了。大和尚，烦您给我等来碗茶吧。"

"遵命。"

宗陈深深地低头行过礼，命典座①去准备了。

三

方丈的庭园中，春光流溢。白砂闪闪，绿意点缀其中，带给人一种舒适的紧张感。

四名武将面向庭园，靠着扶手并排坐着。

"禅寺中没有点心。"宗陈事先告知过。

前田玄以打开摆在面前的白瓷小瓶，倒了过来。小小的瓶口中滚出几粒兔子粪似的黑块。他用怀纸接住，放了三粒在嘴中，皱起脸来。这是有着强烈独特风味的咸纳豆。一点儿没有黏糊的感觉。

---

①典座：僧寺职事名，禅宗寺院中掌管大众斋粥。

四个僧人捧着放在天目台①上的茶碗出现了。他们分别跪在四位使者面前,放下茶碗。

家康慢慢将茶饮完后开口道:"这个天目茶碗是哪个窑出的?看着不像是建盏。"

建盏指的是在中国福建的建窑烧制的茶碗。以黑褐色的釉药为特征,以有曜变、油滴等花哨风格广为人知。因是前往天目山修行的禅僧带回来的,故在日本称为天目茶碗。

"不,这也是福建的窑出产的。名为灰被,釉药较为朴实稳重。"

家康所饮茶碗,黑釉上叠铺了淡黄色的釉药。虽是天目,却带安详之感,有一种说不出的朴实意趣。

"利休的喜好么……"家康边欣赏着茶碗边低语。

"大人慧眼。"

听了宗陈的回答,家康将茶碗捧在膝盖上,慢慢地旋转观看。"那男人……"

所有人都等着他接下来的话。

"可惜了他的眼光。是不是,细川大人。你不觉得杀了他很可惜么?"

"的确,我是很想救他……"细川忠兴苦着脸点点头。

"请一定救救他。贫僧求求大人。真的没有法子了么?"宗陈将头贴在草席之上。

---

①天目台:承载天目茶碗的茶托。

"他本人道个歉就没事了。只要道歉，关白殿下自会收回成命。他为何不道歉？"前田玄以冷冷地低语。

"他没有道歉的理由。木像是大德寺所造。不是利休居士应当承担的罪责。"宗陈大大地摇着头说。

"木像的事情不过是个口实，大和尚您应该也已看透。问题是利休太顽固。那个男人为何如此拘泥茶道的形式？为何非要将自己的眼光强加于人？关白殿下只是想要利休为自己的傲慢道歉。"玄以的眉头深深皱起。

"利休居士绝没有强加于人。贫僧听说关白殿下喜欢赤乐茶碗，而不用黑乐。"宗陈争辩道。

"不，不单是赤乐黑乐的问题。那个男人的茶道令人厌烦，要不得。装模作样，一副天上地下唯他自己知晓何为美的样子。老夫也不喜欢那个人的茶。喝在嘴里，就一肚子无名火起。"玄以的声音激动起来。

四个使者中唯一年纪轻的细川忠兴语调柔和地接过话来。

"不过是饮茶罢了。何苦如此执着，还生一肚子气呢。"

"非也，执着的不是老夫。是利休。细川大人是他的弟子，所以才喜欢那个男人的点前吧。"

"这，也无所谓喜欢还是讨厌……"

忠兴表示不想争论，将怀纸上没吃完的大德寺纳豆放入嘴中，看向明亮的院子。天上似是有风，传来轻微的松籁。

"宗陈大师，开诚布公地讲，您怎么看利休这个人？据我看来，此人面孔之多，无出其右者。一会儿恭敬一会儿傲慢。一会儿纤细一会儿又比婆娑罗①还无赖。委实变化自如，但不管循着哪一种视线，都一定看得到美。真是太邪门儿了。"

打心底觉得不可思议的家康如是问道。

"的确如此。确实没有像利休居士一样不可思议的茶人。据贫僧所看，那位大人……"

四个人都注视着宗陈。他将素日所感原原本本地说了出来。

"眠于天际，任清风吹拂。"

"哼，禅僧的问答么。莫名其妙。"前田玄以微微摇头。

"非也。我等自称云水而修行，自以为已放下一切，然而人却很难成为行云流水。利休居士超然物外，眼中只看得到真真正正的美。他就是立身于如此境遇的男人。"

"可是那个男人很顽固。若是超然物外，不应更加淡泊吗？"前田利家翘着下巴大声说道。

"上天有严格的法则。符合法则的事物才可获得真正美丽的生命，不是吗？利休居士只是在拼命地顺从天理罢了。"

---

①婆娑罗：日本南北朝时期的流行语。蔑视身份秩序的实力主义，嘲笑、抗拒公家和天皇等徒有其名的权威，崇尚奢侈的行迹与华美的服饰。到了战国时期，演变为下克上风潮的萌芽。

玄以对宗陈的话嗤之以鼻。

"夸大其词。非要如此才能喝茶吗？不就是茶么。"

没人说话。玄以的话很沉重。

"那就承蒙款待了。我等还有重要事务。得回去说服关白殿下，不要拆了大德寺。"

随着利家的声音准备起身的家康，视线落在了天目茶碗上。

"这个茶碗可否割爱？"

"请带走吧。"

对家康来说，这可能会变成利休的遗物——

宗陈不禁浮起这个不祥的念头。他跪伏下去，又想起了利休留给自己的金屏风。

——那个女人。

那不是画师凭空画出来的。那是确实曾活在这世上的女人。一定是利休让画师画出来的。

如此一想，就连宗陈也被烦恼搅得胸口发热激昂起来。

方丈庭园中的沙子，沐浴着阳光，只是一径地泛着白色的光。

乖张

古田织部

天正十九年（一五九一）二月四日 夜
利休切腹二十四日前——
京都 古田织部府邸 燕庵

一

古田织部在京师的宅子,与下京的蛸药师油小路的空也堂①为邻。

天一亮,织部就醒了。他打井水洗了脸,又将茶釜注满清水。

他走入和室,打开所有的纸窗,让清晨的洁净空气流进屋中。这间是前几天才刚刚建好的茶室。

幽暗的茶庭,在淡淡的靛蓝色光芒中苏醒。春天的黎明清爽极了,却不能让织部放下心中的牵挂。

——我得做点什么。

尊师利休触怒了秀吉,搞不好会被赐死。秀吉的怒火很不寻常。

织部为了此事,昨天也去了聚乐第。若是利休能为自己辩白也便罢了,偏偏本人全无此意。反倒是弟子们悬心不已,试图让秀吉转怒为喜。

织部向秀吉低头恳求:"恳请主公宽恕利休居士……"

刚刚从尾张狩猎回来的秀吉捋着假胡子,大大地摇了摇头。

"我不想听那厮的事情。"

秀吉穿着金丝织锦的绯红色羽织袴,光彩夺目,能将这

①空也堂:京都市中京区蛸药师通的天台宗寺、极乐院光胜寺的通称。

般华丽的和服穿得如此称身，也是难得。自去年的小田原大捷以来，秀吉越发地有天下霸主的气派了。

眼下秀吉在对京城的土地进行划分，建造新的街道，大规模地修建环城土墙。去年开始推进的大内营造，也终于到了上梁的阶段。

各地大名纷纷上京，为京城带来了活力，一派热闹景象。秀吉似乎是没时间理会利休的事情。

"那个男人的茶到底是商人的茶。小里小气的，看着不痛快，要不得。武家要有武家的茶道，大大方方的才好。你去研究一派新的茶道。天底下也只有你能做这件事。"

本来的话题被秀吉一下子岔开。

若论茶道工夫，织部未尝有不尽心的时候。他虽学茶于利休，却能自成一派，茶风大胆雄浑。

织部出生于美浓，先侍奉信长，后追随秀吉。他在山崎的明智讨伐战中立下战功，成为天王山①山麓下的西冈城主。回想起过去给信长当传令官的日子，如今执掌连接京师、大坂的要地，石高②三万五千，可谓是飞黄腾达。

织部没有咬着利休的事情不放。若是太不依不饶地恳求下去，只怕秀吉反而更要刁难了。

---

①天王山：京都府乙训郡大山崎町的山。西侧山腰横跨摄津国（今大坂府）与山城国（今京都府）的国境。
②石高：太阁检地以降，将土地生产力换算成米量之后的单位。

织部正要行告退之礼,秀吉扬起朱漆扇子叫住他。

"你过来。"

织部跪行靠近后,又被命令再靠近些。他直上到上段间①,只见秀吉拿扇子敲了敲自己跟前的草席。他再向前靠近,秀吉探身,与他小声耳语:"你可见过利休的香合?"

香合的话,织部也看过几个。利休有许多极好的香合。

"我问的是绿釉的香合。我一直想要得很。桥立壶我也想要,但那个香合更特别。那是一个宛如碧玉的美丽小壶。"

织部听说过秀吉一直想要名物桥立壶。

"我以前斥责过他,他嘴上说'没有名物也可成席,才是寂趣之茶',却又如此执着名物道具,实在不像话。"

不加分辨地一味崇尚唐物、名物,是足利将军时代"书院茶"②的恶习。新式寂茶,首先就是要去除书院茶中奢华成风的毛病。利休每有机会便谈及此事。

"利休那厮把桥立壶寄放在大德寺了。不过那边早晚能

---

①上段间:书院式建筑中的一部分,为君主与家臣会面时所处的空间,比家臣所处的位置略高。

②书院茶:日本的饮茶风俗可追溯到平安时期。镰仓时期盛行以禅宗寺院为中心的饮茶风气。到了室町时期,变为在会所中饮茶。这一时期的会所指的是举办连歌会等集体活动的场所。在六代将军足利义教的室町殿南向会所中,主屋的背面有一个叫作"茶汤所"的房间,在这里点茶,再送进主屋。后来,这种形式的房间逐渐演变为书院式建筑,"书院茶"文化由此兴起。"书院茶"使用中国舶来的茶碗、书画、道具等,受到中国文化和禅宗的很大影响。15世纪后半叶到16世纪之间,出现了以"市中山居"为旨趣的"草庵茶"(寂茶)。草庵茶历经村田珠光、武野绍鸥,至千利休集大成。

弄到手。我挂心的是香合。你是利休的爱徒,应该见过一个绿釉扁平的小壶吧?"

织部知道那个香合。那是利休从不离身的心爱之物。哪怕是死,利休也不会放手。

织部犹豫着该不该说实话。他若说见过,还不知道秀吉会提出怎样的无理要求。

"臣没见过那样的香合。"

秀吉拿扇子敲了下织部的脖子。

"哪怕能打听到那个香合的来历也好。似乎是古代高丽的陶器。那么珍贵的香合,世上总该有人知道,偏偏问谁都没个头绪。到底是谁家的传家宝,你打听出来,就是大功一件。"

织部跪拜。"遵命。"

他抬起头问道:"臣有一事,不知当问不当问。"

秀吉抬起下巴示意织部快说。

"敢问主公为何对那个香合这么感兴趣呢?"

其实织部也一直想问利休那个香合的来历。也因此,他对秀吉的眼光之利感到很是吃惊。

"利休这个男人,看似稳重柔和,实则是鲜有的顽固。为了满足地喝下一服茶,会顽固到不惜一死。他的这身骨气,我是认可的。"

秀吉有着可以看穿人内心深处的敏锐直觉。利休确实是有一根筋的地方。

"不过是碗茶,为什么?他为什么要如此执着于一服茶?"

织部偏着头。他也想知道其中的缘由。

"我总觉得利休执着于茶的秘密就在那个绿釉香合上面。那个香合一定有什么秘密。你去打听出来。"

织部被秀吉的慧眼折服了。他也一直想着同样的事情——

回想着昨日与秀吉的对话,院子已经大亮了。

和室中也充满了朝晖。

织部取出和纸,运笔写下邀请——如肯赏光,请今日过宅一叙。尔后命年轻的小厮送去了利休的宅子。

过了一会儿,小厮回来,交给织部一封折得细长的书信。

封面上一笔一画地写着:"古织公拜谒利"

伊达政宗公上京[1]、今至白河[2]拜访。当速归、前往拜

---

[1] 1591年,伊达政宗与蒲生氏乡一起平定了葛西大崎的起义,但政宗本身为该起义煽动者的事情败露。同时传出作为人质被押在京的政宗夫人是冒牌货,以及起义军城池中竖起了政宗的旗帜等传闻。政宗受到秀吉的传讯,为自我辩白而上京。

[2] 白河:指曾属于京城外、山城国爱宕郡的白河流域。现属京都市左京区,分为南北白河。

谒。如众皆费时，恐将入夜。

惶恐

宴请伊达公，是江户大纳言德川家康的苦心安排。

家康喜欢利休，为了向秀吉表明利休的能力，打着火中取栗的主意，让利休去为伊达政宗接风洗尘。

织部暗想：但愿利休可以顺利完成大任，让秀吉消消气。

（二）

利休来到织部家的时候，已是月上西山了。

织部穿过茶庭的矮门，到茶室外的歇脚处迎接时，利休正站在那里欣赏着如钩的细月。

伊达政宗一事应该已令利休疲惫不堪了，但他身着道服，背挺得笔直，看不出丝毫疲惫之态。还是往常那个飘然自若的利休。

"好个市中山居①的风情。冷杉长得好极了。"

织部的茶庭与利休的庭园全然不同。

---

①市中山居：以"在都会中体会山野的风情"为理念建造的茶室。这一理念是寂茶的重要思想。

冷杉的枝条延展交叠，西边的爱宕山①只能在树丛之间若有似无地窥见。悬于山尖上的明月清澈，有一种道不出的野趣。

织部刚到京城的时候，在鞍马寺看到了高大的冷杉。他被冷杉的古朴雄壮所吸引，便在自己的家中也种了。

"今日晴暖，蒲公英开得甚好。"

为了营造出自然的山野风情，织部在日照充足的地方种了很多蒲公英。这种造园方式，是喜好闲雅的利休所想不到的。

被水打湿的垫脚石，在几盏茶庭行灯的映照之下，发出美丽的光泽。

茶庭用细长的铺路石和红色的石头交错铺就，大胆新奇。织部就喜欢这种出人意表的活泼跳脱的美。

利休会用自然的圆石铺设，比起外观，更注重是否容易行走。利休的才能，在于从随意朴素之中发现深远而调和的美。

织部在修行茶道时，有意识地将师父与自己的审美情趣区分开来。若要与人雷同，倒不如不修行茶道。

利休从高高的手水钵里舀了水，用手把水送入口中漱口。手水钵高，取水时便不必弯腰，可见织部是花了心思的。

---

①爱宕山：京都府京都市右京区西北部，处于山城国和丹波国国境的山。

织部先进入茶室，再次整理了茶席之后，进入水屋等候。

他听到利休从躙口进入了茶席，算准时机，打开茶道口的拉门。

"今日您不辞辛劳，光临寒舍，欢迎之至。"

利休还没有坐在客座，仍停在躙口，他在环视茶室。身材高大的利休在茶室拢膝端坐，显得人小了一圈。

"听闻织部大人建了新的茶室，岂可不来拜见？这茶席，切乎事合乎理。"

织部对利休的话点点头。

三叠的客座居中，右侧是台目的点前座，左侧是一叠的随从相伴席。宴请大名的时候，为了警备随从往往要一同入席。相伴席即是为此设置的。只要立上纸门隔开，就可以营造出武者隐①的空间。

床之间的侧壁上开了一扇小窗，露出用于构建墙壁的纵横交错的细竹，十分的新奇。

"窗子很多嘛。"利休低声道。

"一共开了十一扇窗子。举行清晨茶事的时候，当真是心旷神怡得很。"

利休建造的草庵茶室是微暗的。

---

①武者隐：护卫武士的席位。书院风格的和室中，设计在上段间侧面的空间。

而织部的草庵茶室,却是明亮的茶席。为了让茶室即便开很多窗子,也能酝酿出素静的风情,他花了很多心思。

"从那边的窗子可以看到爱宕山。"

织部抬手示意相伴席的天井。那里是倾斜度很大的副屋①房顶。低垂的香蒲天井上开了一扇顶窗,只要站在下面,就能看到爱宕山山峰的落日和明月。茜色②晚霞渲染纸窗的风情,令人难以割舍。

"确是十分舒适的茶席。充分展现了主人的巧思。"

利休的眼睛停在了床之间。他起身走近,放下扇子,行了一礼。利休的举止动作总是如此,没有任何卖弄或是多余的地方。

挂轴是西行③的作品,用湛蓝色的布料装裱着。

雨打梢头樱　花谢自飘零　徒有惜春意　寸心何以明

利休怔怔地看了一会儿,沉默地行了一礼,入了席。

织部整理了地炉中的火种,添上新炭。他用羽帚④扫干

---

①副屋:正房的附属部分,其房顶是由正房房顶延伸出来的。
②茜色:暗红色。
③西行(1118—1190):平安后期的歌人、僧人。俗名佐藤义清。法名圆位。住在草庵之中,或行脚诸国。著有《山家集》。
④羽帚:用鸟的羽毛制作的小型扫帚。炭手前的道具之一。

净地炉的四周，焚上香。羽帚是用美丽的青鸾①羽毛做的，上面有着圆形的眼状纹。

"恳请拜赏香合。"

织部受到利休的请求，将香合放在了地炉右上角。

这是一个椭圆形的香合。

白色的陶土表面着以铜绿釉之色，又加褐色铁绘②条纹。

织部近些年来一直在钻研如何烧制新的陶器。

他用纸做成模子，画好图样，委托美浓的陶瓷窑烧制。有时候他也会到窑厂去，自己捏制。

织部的陶器搭配白色、绿色、褐色的时候居多，有时也以黑色为主色，又或者突出红色。有时会配以圆形、四方形或三角形的花纹。

利休仔细地端详着香合。

"这是你自己捏制的么？"

扁平的盖子中央微微凹陷，叶子形状的盖钮歪缀在盖上。这形状是织部故意为之，他觉得这样更有韵味。

"在下的陶烧功夫还不到家。"

"哪里，这个香合有意思。自有一股乖张的味道。"

织部深深地俯下头去。在利休而言，乖张怕是最大的赞词了。

---

①青鸾：大眼斑雉。
②铁绘：含有氧化铁的颜料。

"不敢当。这就为您端饭菜上来。"

他回到水屋,厨子已经做好了准备。

织部端出杉木的有足膳盘。向付是整烧鲍鱼,漆碗中是青菜蛤蜊汤,还有米饭。

利休拿起筷子饮了一口汤,然后缓缓地长出了一口气。

"今日神经一直绷着,也不觉疲劳,这会儿喝了热汤,反倒有些发懒了。不知我可否随意一些?"

"在下本就是为此才邀请您来的。您尽管好生休息吧。"

织部用志野烧①的酒壶为利休斟酒。

"伊达大人的阵势很大。他年纪虽轻,却颇有器量。大三日月②形状的盔前饰很称他的气势。"

利休讲述了伊达政宗的阵势是怎生的辉煌。千人以上的陆奥③武士一字排开,想必非常壮观。

去年的小田原一役,政宗姗姗来迟,他通过前田利家向利休拜师。

秀吉对政宗迟来一事大为光火,利休受到政宗的恳求,为之从中斡旋,终于让他得以拜谒。

"不知伊达大人在何处下榻。"

---

①志野烧:安土桃山时期在美浓(岐阜县)地区使用白釉烧制的陶器。
②三日月:阴历三日的月亮。
③陆奥:磐城、岩代、陆前、陆中、陆奥5国的古称。相当于今天的福岛、宫城、岩手、青森4县的范围。

"在妙觉寺①，今日我在那里布置了茶席。"

妙觉寺紧挨着聚乐第。政宗早晚会从秀吉那里得到茶道具的赏赐吧。

"这么说您有阵子要忙了。今宵相邀，倒叫您为难了。"

利休摇摇头。

"哪里，负责接待的是富田左近大人。已经没有我的用武之地了。"

富田左近是伊势安浓五万石的领主，利休的弟子。

"这……"

直到前阵子为止，负责接待的都一定是利休。想到秀吉怒火不息，竟如此露骨地将利休排挤在外，织部不由得叹了口气。

三

织部一边与利休闲聊，一边进劝着料理和美酒。

"这豆腐味道极妙。请问是怎么炖的？"

利休不由得对口中圆滚滚的豆腐发出赞叹。织部本是为了疲劳的师父精心准备的，听到利休的赞赏，很是喜悦。

---

①妙觉寺：位于京都府京都市上京区，日莲宗的本寺（由绪寺院）。山号具足山。

"先把豆腐的边角切成圆形,在锅子里滚动着煎熟。然后用高汤慢慢炖了半日,因此很是入味。"

"如此用心,这豆腐也是三生有幸了。"

不知是不是错觉,利休的笑,有一种说不出的飘忽之感——

"一直以来,承蒙师父您对弟子的茶道多有教诲。"

织部的语气怀旧起来。

在这十年当中,织部的确向利休学习了诸多事情。

刚认识的时候,利休在某日正午①茶席之上,说起濑田唐桥②的拟宝珠③:"那座桥上有两个拟宝珠,样子甚是非凡。"

那时织部还不完全相信利休。只因利休作为茶人的名声太过显赫,反而让织部怀疑他是不是欺世盗名。于是他当场离席,骑马赶去了濑田。

他挨个查验了唐桥栏杆上的铜质拟宝珠。所有的拟宝珠皆由同一个铁匠打造,其模样却果然有着细微的差别。他反复看了三遍,发现的确有两个拟宝珠的样子胜过其他。

织部返回京城,问利休那两个拟宝珠是不是东西的这个

---

①利休生活的时代,一日两餐,巳时(9—11点)吃午餐,申时(15—17点)吃晚餐。后世所谓"正午茶事",当时是在上午10点左右举行的。

②濑田唐桥:有中国风格栏杆的拱形桥。

③拟宝珠:栏杆等柱子上端的宝珠形装饰物。多为青铜制。古田织部验拟宝珠的故事见于久须见疏安的《茶话指月集》。

和那个。利休听了高兴地拍手道"正是正是"。

自那以后,织部对于利休的审美能力,再没有任何怀疑。

利休曾提出与织田有乐、细川忠兴一起制作舀洗手水的柄杓。每个人削制的柄杓都有模有样的,但都不像利休的柄杓那样完美,有着凛然坚定的姿态。他那超群的美感和灵巧的手艺令弟子们敬畏不已。

然而利休却并非一定喜欢完美无缺的东西,这种乖僻的地方,与织部是一样的。

织部曾经打碎过一只高丽的井户茶碗①,以之为"散漫之物"。因为他不喜欢那种没有紧张感的样子。因正好裂成四瓣,便重新粘好继续使用,利休见到了十分赞赏。织部听到利休也曾打破过花入和灯笼,着实吃了一惊。

利休是位严师,对待弟子们却从不高傲蛮横,只是一径表现出对美的谦逊。

织部曾不用薄板②,直接将竹笼花入放在床之间上。利休见了,感佩道:"此道你可为我师。"

自那以后,利休放置竹笼花入时,也不用薄板了。

忘了是什么时候,利休曾劝诫过高徒们。

---

①井户茶碗:高丽茶碗的一种,制作于李朝时期。以枇杷釉、竹节高台、梅花皮为特征。主要有大井户、小井户、青井户、井户胁。

②薄板:垫在花瓶等下面的薄板。在叠床(铺了榻榻米的床之间)或在榻榻米上放置花入时使用。

因他听说由于自己在新茶开封茶事①的时候用了古朴的圆形茶釜，弟子们就到处寻找相同的茶釜。

"诸位还称不上是真正的数寄者。如果我用了圆形茶釜，那么敢用方形茶釜的才称得上是茶人。只会模仿别人，又有什么乐趣？"

织部深表赞同——一点不错。

那之后，织部特别注意选择与利休不同的道路。

利休是可以从日常起居中发现自然美的天才。只是由于他重视协调感，往往欠缺活泼。

织部则发挥武家的特点，致力于大胆有活力的茶风。近来，他的钻研终于开始成形了。

织部请利休暂时离开茶席后，收起了挂轴。

在床之间侧壁的窗子上，挂上鹤首②花入，插了一枝黄色的连翘。

他本想将挂轴收起来，又改了主意，将诗的部分摊开放在床之间上。

挂轴的边上，摆上适才用的香合。

织部重新审视了一下，自感此举甚为浅薄，却未做改动。他若不这般提醒利休，只怕利休的性命堪忧。

---

①新茶开封茶事：阴历十月初,给存放新茶的茶坛子开封时举办的茶会。
②鹤首：开口处像仙鹤脖子一样细长的酒瓶或花入。

他摆上风格粗犷的古伊贺水指，水指前放上肩冲茶入①。铁链垂钓着扁平的姥口茶釜②。

从平缓的肩线到釜体有十二条纹路围绕成同心圆。热水沸得正好。

织部敲响了南蛮铜锣③，然后在水屋中做点前的准备，茶室中传来利休入席的声响。

织部估计好时间，打开了茶道口的拉门。

他郑重地行了一礼，拿出茶碗和建水，一言不发地点着浓茶。

织部喜欢大茶碗。上了大量黑色釉子的茶碗，触口处厚实，体态充盈，观之有安定之感。

利休沉默地饮着茶。

茶釜中的汤音消逝在夜晚的静寂之中。

饮完浓茶的利休，将茶碗放在膝盖上端详。

织部将烛台递到利休近旁。

"这个茶碗有意思。"

"美浓的陶工们对这种大胆的陶烧也颇有兴趣，是以在烧制之时经营意匠，使其中的意趣更上一层楼了。"

---

①肩冲茶入：肩部有棱角的茶入。
②姥口茶釜：姥口即没有牙齿的老太太的嘴。在茶道中，指肩部隆起、开口处凹陷的茶釜、香炉、水指等。
③南蛮铜锣：在茶会中用于通知客人入席的道具。铜锣在传入日本时，被称为南蛮铜锣或南蛮钲。

"茶之一道，贵在解放心魂。大可放手去尝试。"

织部正决意说出心里话，利休却像要阻止他似的，继续说道："听说高丽有沓形①的茶碗。"

"沓形？"

"不错……"

利休放下茶碗，用手比出三角形。

"好像是有些细长的形状。我一直想坐船去采购，顺道去看一看高丽。"

秀吉从几年前开始就宣布要攻打明国。大约不久就要成行。这样一来会道经高丽，践踏高丽的国土。届时能否踏实地进行交易还是个疑问。

织部从前就感觉到，利休对高丽有着不同寻常的感情。

"师父……"

织部双手伏地，低下头去。

"您万万不能轻贱自己的性命。如此下去，主公只会更为震怒。早晚会下严惩之令……"

利休偏着头，"我不记得自己做过什么错事，也没什么可辩白的。"

"主公他……"

利休举手打断织部。

"我不想听。你不用说了。"

---

①沓形：碗口呈不规则椭圆形的茶碗。

织部咬住嘴唇。

"不过，有件事我可以对你说。这个香合是古新罗的东西，是我的心上人的遗物。"

利休从怀中掏出一个已经褪色的袋子，握在手中。他从中取出绿釉香合，放在草席上。

绿釉在烛光的照耀下，发出银色的光芒。香合的姿态潇洒凝练。

"不论谁想要，我都不会给。与其拱手让人，我宁愿将它摔得粉碎。"

利休握着香合的手高高举起。他的表情严峻，一副要将香合摔在茶釜上的决绝模样。

没一会儿，他眯起眼睛，放下了手，将香合放在膝盖上抚摸着。

"唉，若真下得去手，我早就毁了它了。"

织部定定地看着利休手上的香合。两人所处的茶室，似乎彷徨在深深远远的黑夜尽头。

木守

天正十九年（一五九一）闰一月二十四日 晨
京都 聚乐第 利休府邸 四叠半

利休切腹一个月前——

德川家康

一

——利休是打算在茶席上杀了我吗？

德川家康看着利休府邸的大门，抚着自己的喉头。两层的门，上方是简洁的虫笼窗①，瓦顶优美地隆起。放眼京城，如此优美的大门也不多见。这是一道优美又潜藏着强烈意志的大门。

——茶人最擅长做表面功夫。真是，奇怪的东西成了世间的潮流。

利休邀请家康出席清晨的茶事。

家康来到京城后，借住在富商茶屋四郎次郎的家中。早上出门时，茶屋担心他会被利休谋杀，拦着他不让去。

"搞不好茶里面会有毒。还是称病不去为妙。"

正如四郎次郎所言，家康确实感觉到了危险。当下伊达政宗有谋反的嫌疑，家康曾说和过政宗，也许会被视作同党。

家康于前日早政宗一步抵京。秀吉去尾张狩猎了，还未及拜谒。等秀吉回来，还不知道会如何处置他——作为秀吉夺取天下的最后一步，家康的性命有着重大的意义。

"利休应不会如此乱来。"

---

①虫笼窗：主要指灰泥建筑二楼的竖格子窗，不能开闭，主要用于通风和采光。

如果家康因赴茶席而亡，无疑就是利休下毒，脱不了干系。

"听说南蛮有慢慢让身体麻痹的毒药，喝下后好几天才会毒发身亡。这样利休和关白殿下就可以撇得一干二净了。"

四郎次郎的话在家康的耳边盘旋不去。他觉得嘴中异样地干渴发黏。

府中的年轻小厮到大门来迎接了。

院子里有一间独立的袴付（等候室）。撮尖的屋顶，其隆起的角度很是绝妙。这宅子的主人，似乎不将自己的审美渗透到每个角落里就不踏实。就连在前引路的半东所穿袴服的沙沙声，听起来也那么爽利悦耳。

今日的客人，只有家康一人。

作为随从而来的本多平八郎等六人和茶屋四郎次郎，过后会进入相同布置的迹见茶席①。

袴付的床之间挂着一幅墨宝，仅用隶书写了一个"闲"字。家康偏着头——这是心要闲静②的意思么？

若"闲"取训诫之意，则令人反感。若解为理想的静寂之境，也说得通。利休那厮，挂这幅字的目的究竟何在——

---

①迹见茶席：在茶会之后，为了照顾没能参加茶席的人，专门举办的展示道具和茶席旨趣的茶席。

②闲静：《淮南经·本经》有"质真而素朴，闲静而不躁"句。日语中"闲"有多种训读法，"闲静"是家康揣测的意思之一。

半东端来了盛着温开水的汲出茶碗①。家康含了一口，一股说不出的柔和之感在口中化开。想来是将甘美的井水，用讲究的茶釜慢慢煮沸的吧。

"不过是一碗温开水，就这么好喝。"家康低声道。

"的确。不过是不起眼的温开水，却馥郁得很。"

本多平八郎表示佩服。茶屋四郎次郎只是看着温开水却不喝。

纸门外面洒满了清晨的阳光，小鸟婉转啼叫。若是在如此好日子里被杀，也许是天命吧。

"茶席已准备停当，敬请入席。"

看到半东来迎接，家康站起身来。他整理好茶羽织②的领子，穿上雪踏③，迈出袴付，踏上石板，低头穿过上抬的簀户门④。前方就是茶庭，茶道的世界。跟着来的本多平八郎和年轻武士隔着簀户门目送家康。

茶庭中的青苔和垫脚石被水打湿了，在树梢掩映的春日阳光下，闪闪发亮。

家康在歇脚处稍坐了一下，只听到对面传来水声。似乎

---

①汲出茶碗：茶道中，在等候室使用的小茶碗。从准备间"汲"热水或樱花茶等到茶碗中，再端"出"来给客人而得名。
②茶羽织：茶人所穿的短羽织。
③雪踏：在竹制草鞋鞋底贴上皮革的鞋子。鞋底不易损坏，且不会湿透。据说是千利休发明的。
④簀户门：在门框上嵌入竹帘子，可以看到外面的门。

是向手水钵注水时，故意发出的声音。

不一会儿，利休出现了。

自从在信长的安土城初次会面以来，家康每有机会必饮利休点的茶。在他的印象中，利休是个身材高大的男人，同时也是名极为优秀的茶头。只是看不透利休心里在想什么，让家康觉得有些可怕——

穿着褐色道服的利休无言地在家康面前弯下了腰。

毕恭毕敬行了一礼之后，利休调转脚步，先一步走上了垫脚石。他的背影没有透出什么异常的气息。若是连主人要谋害客人的杀气都察觉不出，家康也不能在乱世中活到现在了。

又是一道门。像斗笠似的茅草顶，连着两扇簧户门。

这里的茶庭，不知道布下了几层结界，越往深处去，越有一种被带入另一个世界的错觉。

前方看到了土墙。墙下方开着一扇四方的窗子。走在前面的利休低头弯腰穿了过去。原来不是窗子，而是一道矮门。

跟着进去的家康站直身体后，不禁吃了一惊。

眼前茶庭中的一草一木无不清丽，像是利休亲手打磨过一般。就连在阳光下闪耀的羊齿，也跟得了利休令似的，迎风摇摆着。

这个茶庭，恰似一处闲静的桃花源。柿板屋顶的茶室，其素静的风情令心怀戒慎的家康慢慢放松下来。

他取了手水钵的水洗手净口。洁净的水舒爽极了,他又拿柄杓舀水洗了洗脸。

——每日能够享受清清爽爽的晨光,也是人生一件大事啊。

清冽的水,令心神为之一振。

或许"闲"之一字,既不是训诫,也不是憧憬的境界,而是欲得闲静的强烈决心——

家康边思索着边拿起手巾。

(二)

家康将腰间的长短刀放到轩下的木架子上。

小小的矮门稍稍开着一道缝。用手一拨,门板便轻轻滑开了。他双手成拳一撑,跪入了茶室。

这是一间四叠半的茶席,闲静而明亮。光线透过两扇纸格子窗,温柔地洒在席间。晨光清澈如斯,沐浴其中,仿佛连身体深处也被净化了。

正面是床之间。挂着一幅四行的五言诗。

虚空忽生白

古今谁覆藏

壶中天地别

日月发灵光

看来是禅僧的偈颂。家康看到落款写着紫野宗陈。这是主持信长葬礼的大德寺长老。

"虚空忽生白……"

家康口中念叨着。不知"白"指的是什么。

他垂下视线，看到地炉中的茶釜。盖子打开着一条缝。不闻汤音。茶釜圆润的模样，让人有种上下摩挲一番的冲动。

家康背对着床之间坐下，深深地叹了一口气，紧绷的心弦一下子松懈下来。这个茶席清净而祥和，甚至让他开始觉得"生死又有何异"。

茶道口的白色拉门打开了。利休跪伏在那里。

"大人自关东远道而来，旅途辛苦了。这几日总算有了些春意，良辰不可辜负。关白殿下吩咐在下要尽心招待大人。若能使大人在此好生休息一番，便是在下的万幸。"

家康前日才刚刚到京，尚未拜谒秀吉。

"关白殿下可有什么吩咐？"

"是。关白大人身边的人来传话，说是德川大人旅途劳累，请宽心休息。"

身边的人大概是石田三成吧。那家伙很聪明。他非常清楚,只要杀了我,坂东的局势就会大乱——

"就这些?"

"仅此而已。"

家康摸着下巴。他本以为秀吉会有什么口信,没承想却被"四两拨千斤"了。

今日的招待是秀吉直接下的帖。虽说秀吉本人没有出现,但在众多上京的大名当中,单单邀请他一人,家康不禁怀疑这其中是否有什么特别的缘故。

秀吉与家康素来各执己见,不甚和睦。

要杀他也好,笼络他也罢,什么表示都没有,实在让人心里发毛。

利休再次俯首行礼。

"请您不必拘束,好好休息。"

利休退回里面后,家康又从心底舒了一口气。看来并非要取他性命。

他转头慢慢打量起室内。

这四叠半的茶席很是不可思议——极尽闲雅,透过纸窗射入室内的晨光凛然神圣,却又有一种令人心神荡漾的舒适感。在这里,仿佛可以卸下背负已久的重担,小憩片刻。

其他的茶头可没有这个能力。

家康去过的茶席多不胜数,每个茶头都有些毛病,或是有意无意地炫耀，或是莫名地令人反感，再不然就是意趣低俗。而这四叠半的茶席看上去平凡无奇，却给人一种凝练沉静之感，真是前所未见。

家康心想：这茶席的姿态，正是利休的才能所在吧。

茶道口打开，利休端着葫芦炭斗①出现了。他将茶釜提到一旁，在地炉内撒上湿灰②，放入炉炭。利休的每个动作都是那么凝练。不仅炉炭摆放得恰到好处。就连用羽帚清扫炉缘的手势，也是轻盈自如。

他拿起香合，用火筷从中取了一颗丸状练香放在炭旁，又取了一颗放在离炭稍远的位置。

"借香合一看。"

在家康的请求下，利休将掌中的香合放在了地炉边上。

这是一个模样略大的扁圆形香合。黑漆螺钿，深深地吸引着人的视线。

家康把香合拿在手上仔细端详。

立于波浪上的妖兽当是麒麟。螺钿的工艺十分精妙，麒麟栩栩如生。

---

①炭斗：盛炭的容器。竹编炭斗居多，也有用葫芦或木头削制的。
②湿灰：炭点前的一个步骤，在干燥的炉灰上撒上湿灰。湿灰以炉灰为原料，首先浸入水中过滤渣滓等，再进行干燥。干燥到一定程度时使用粗茶茶水着色，干燥与着色要重复数次。完成后在保有一定湿度的状态下用筛子再次过滤，筛出颗粒均匀的湿灰。成品的湿灰要放入密封容器中保存，留待冬季的炭点前时使用。

"这是高丽的螺钿？"

"不，此乃明国的工艺。"

"好东西。"

"的确。"

螺钿将透彻的晨光折射成七彩虹，更添清丽之色。

"有一事相问。"

"您尽管问。"

"那挂轴上的'虚空忽生白'当怎么讲？"

利休将茶釜放回炉内，拿羽帚又扫了一遍。

"白就是光。从黑夜的虚无中诞生的晨光，无人可以遮挡。壶中天地与俗世不同，日月皆绽放着永恒的光辉。我想应该是这个意思。"

"原来如此。"

家康盯着利休的脸点点头。不知道是不是上了年纪的关系，还是有什么挂心的事情，利休看起来有几分憔悴。

说起来，茶屋四郎次郎曾说过，利休和石田三成之间有相争不下的事情。秀吉不在，掌管内务的亲信之间，发生龃龉也不奇怪。

"请容我暂且退下，为您准备些粗茶淡饭。"

家康徐徐地点点头。

"想必都是独具匠心的美味，我很期待。"

"承蒙夸奖。"

利休深深俯首之后,轻轻关上了拉门。

独自留在茶室中的家康,心情变得轻快了些。对家康来说,丰臣家的衰弱,是最大的喜事。

一直以来,家康被迫对秀吉种种逆来顺受。去年封地被换到关东八州①,虽是屈辱至极,但家康忍下来了。如今秀吉势力庞大雄厚,难以相争。

约一个月前,秀吉的弟弟秀长病逝了。

那之后丰臣家多少会有些变化。失去顶梁柱的家臣之间,一定会生嫌隙。而这嫌隙早晚会——想到这里,家康心里就轻快起来。

茶道口打开,利休捧着膳盘出来。两个黑漆的碗,分别是米饭和热汤。另一个向付红碗,放了几片干烧鲍鱼。

利休持着搭配了副盖②的热酒壶劝酒。

"来一杯如何?"

家康拿起朱漆的酒盏。他一口饮下利休所斟之酒。口感清爽,好酒。

他掀开碗盖,呷了口味噌汤。汤里下了大块的豆腐和白萝卜丝,味噌的味道很爽口。

"这是什么味噌?"

---

①关东八州:指相模、武藏、安房、上总、下总、常陆、上野、下野。

②副盖:茶席料理中使用的酒壶,除了同样材质的原装壶盖以外,还会有另外一种材质的副盖。当使用同一个酒壶先后提供不同的酒时,会换上另一种壶盖以示区别。

"寻常的味噌而已，只是涂在青竹上烤过，所以没有曲霉的味道。"

的确是很美味的酱汤。家康喝第一口的时候，对这精致的味道感到很是佩服。喝第二口的时候就有些懊悔了。自己一贯喝的是味道浓厚的三河味噌①，两相对比，不禁觉得自己的口味很低俗。

他尝了口米饭。米饭是才蒸好的，还没来得及焖，很有黏性。想来是估计好家康入席的时间，点上灶火，这会儿刚刚蒸熟的。

向付是将成串风干的鲍鱼拿水泡开了，再慢炖入味，直到炖得软软的。鲍鱼上撒了细磨的花椒味噌。搭配的小土豆也十分入味。

鲍鱼是绝佳的美味，但家康开始思考别的事情了。

以前在安土、堺城或是小田原被利休款待的时候，他曾对其料理之精致感佩不已。在茶头中，再没有人像利休这么细心周到了。

但转念一想——利休是不是聪明过头了呢？

聪明人会受到器重，但聪明过头的人却会招人嫌弃。要有点儿破绽示人，才能招人喜欢。

能想到"利休"这个居士号的智者很擅长观察人心，分

---

①三河味噌:又称八丁味噌。产自爱知县。

毫不差地看透了利休的秉性①。"利"当是"锐利"的意思吧。太过锐利的人，会被敬而远之。不管是商人，还是茶头，哪怕是武士，都很难保持"和"的状态。偶尔要收一收锐利的心思才好——

家康想着心事自斟自酌。

利休端来了新的料理，又举起酒壶为家康斟了一杯酒。

黄濑户②的碟子上是装盘成球形的拌青菜。家康夹了一筷子放在舌头上，春芹的苦味在口中散开，细细嚼来，发现里面混合着小鸟肉、鱿鱼丝、小鱼干、木耳等各种味道和口感。拿来做下酒菜正合适。

另一碟料理是醋拌鲤鱼。用醋拌了鲤鱼、瓜干、蓼、柚子、金橘。此外还可吃出鲣鱼和梅子干的味道，应是事先用这两种材料调过味的。

家康悠哉地边吃边喝着。

"来一杯？"

利休被家康劝酒，遂接过酒盏。

"却之不恭，且容同饮。"

---

①关于利休的名字：广为人知的利休的名字，是天正十三年(1585)由正亲町天皇赐予的居士号。关于起名者的说法不一，有大林宗套、笑岭宗欣、古溪宗陈等，皆是曾任大德寺住持的名僧。"利休"的含义主要有两种说法，一是"名利皆休"，一是"休其锐利"(即不自溺于才能，追求已磨去锋芒的老锥子的境界)。

②黄濑户：美浓烧的一种，室町末期到桃山时期，以美浓为中心的地区烧制的古陶。其特征是以铁釉的暖黄色为主体，加之铜釉的绿色花纹。

利休慢慢地倾酒入口。

家康目不转睛地看着利休喝完后用怀纸擦拭酒盏的动作。他的手很是赏心悦目。不论让利休做什么,他的姿态都是那么优雅得体。

家康本想打听秀吉和聚乐第的情况,现下也没这个心思了。他询问了宗陈的偈颂和秀吉赐予的茶釜。利休适时地退回水屋,端了饭桶和八寸①出来。其时机之妙,观之不厌。

家康近来很少有独处的时候。

喝酒的时候总是和亲信们在一起。大早上地独自一人悠闲地自斟自酌,也是件很奢侈的事,他打心底放松下来。在这悠然而逝的时间里,不仅旅途的劳顿,就连五十年人生的疲劳都消解了。

茶釜的汤沸腾了。咕嘟咕嘟的声音为放松的身体注入了新的生命和活力。

家康添了几碗饭和几块香物②之后,肚子吃得撑了,酒意上来,有些陶陶然。

他又吃了烤麸果子③、栗子、昆布。喉咙渴了,想喝茶了。

---

①八寸:怀石料理中,主客在交杯换盏之时食用的下酒菜。
②香物:腌菜。
③麸果子:一种有代表性的日本传统零食。将以谷朊粉为主要原料制成的麸,裹以黑糖制成。

三

家康暂时离开茶室。日头仍不甚高。他如厕小解，洗完手，坐在歇脚处，忽然觉得中了利休的计。

他跟着利休穿过几道结界，行至此处，恍惚间以为到了仙境或是世外桃源。然而这里不是别处。这里是葭屋町路的利休府邸，京城内紧挨着聚乐第的地方，越过树梢就可以看到秀吉的三层楼馆。

利休竟在这凡尘俗世的正中央，创造出这样的天地。家康既觉得痛快，又感到可怕。

——这样的茶头……

控制起来想必很难。不，说到底，利休本来也不是屈居人下的男人。他只是一心一意地追求着自己的茶道世界。对他来说，即便是客人，也不过是茶席中的一种陪衬吧。

家康回到茶席。

床之间的挂轴已被收起，取而代之的是古伊贺①的花入，花入中插着一枝红山茶，配以枝物②。

釜汤发出悦耳的声音。

放在定座③上的水指，形状像芋头一样，尾部是膨胀的。

---

①古伊贺：伊贺烧是在日本三重县伊贺市烧制的陶器。是中世纪便存在的屈指可数的古陶。
②枝物：插花花材的一种，松、梅、樱等木本植物的统称。
③定座：道具或茶入应处的位置。

水指前面，放着装了茶入的布袋。

明明是同一个茶席，布置变了，便酝酿出与初座①完全不同的华美气氛。

利休手持红色茶碗出现了。他把茶碗放在水指前面，又返回水屋取了建水出来。

他坐在地炉前，从建水中取出盖置②放在地炉边上，再把柄杓放在盖置上，行一礼后，开始了点前。

他从布袋中取出茶入，叠整帛纱；用帛纱擦拭茶入和茶杓，揭开茶釜的盖子；用柄杓舀了热水倒入茶碗，在热水中挥动茶筅。用茶巾③擦干茶碗，用茶杓自茶入中取茶粉放入茶碗。每一个动作都是那么流畅而精练。

他倒入热水，开始点浓茶。中途适当追加热水，令浓淡适度。

利休将茶碗放到地炉边上后，半东静静地出现，将茶碗端到家康面前。

家康端起红色的今烧④茶碗，看着碗内。美丽的绿色浓茶浓稠而均匀。

---

①初座：正式的茶事的前半部分。有炭点前、怀石料理、点心。其后客人离开茶室稍作休息。后半部分称为"后座"，点浓茶和薄茶。
②盖置：放茶釜盖子或柄杓的道具。有竹制、陶制、金属制等。
③茶巾：擦拭茶碗的麻布。
④今烧：与古老的传统陶器相对的概念，指新烧制的陶器。历史上指利休时期的乐烧等。

这里面不可能有毒。

家康含了一口，品出这是极好的浓茶。

"敢问浓淡可还适口？"利休问。

"很好。美味极了。"

茶的醇厚滋味，在醉热的身体中扩散开来。

家康把茶碗捧在膝盖上端详。红色的表面上涂了一层朦胧的黑釉。

"这茶碗叫什么名字？"

"木守。"

秋天摘柿子的时候，为祈祷来年的丰收，会故意留一个柿子在树上，谓之"木守"。不知这红色茶碗为何取这个名字。

"这名字有什么由来吗？"家康问利休。

"只是个微不足道的缘由。我把长次郎烧制的几个茶碗摆在一起，让弟子们挑选自己喜欢的，最后剩下来的就是这个。"

原来如此——莫名其妙地，家康竟觉得很有道理。

——这个男人，真是稀世的骗子。

利休刚刚的回答，让家康明白了他被称为天下第一茶人的理由。家康也终于明白了众多大名、武士尊利休为师的理由。

利休的弟子们都很有眼光，他们挑剩下的茶碗，自然是不好的。

利休却巧舌如簧地称之为"木守",将其捧为名物。这不是了不得的诡辩么?这样的男人,让他只做个茶人可惜了——

"世上伯乐难求。你做茶人太屈才了。如果你在聚乐第待不下去了,可随时投奔江户。你做我的智囊,可以得到万石的报酬。"

醉意上头的家康,对利休的茶道已是心服口服。如果能把如此头脑精明的人收为自己的谋士,一定愉快得很。

"承蒙盛赞,利休心领了。"

利休笑着。

"炭该添了。"

回过神来,发现汤音已平缓。利休移开茶釜,添上新炭。

家康站起来,打开了纸窗。最近腹背发福,容易出汗。他松开领口,迎着茶庭吹过来的风,舒爽极了。

"来碗薄茶可好?"

背后传来利休的声音。

"啊,有劳了。"

家康望着茶庭里从树梢间洒落的阳光回答。

茶筅的声音听起来很是悦耳。

他回到席中,端起薄茶的茶碗。淡绿色的泡沫细密地浮在表面,没有泡沫的部分沿着碗内的曲线形成弓形,像是阴历四日的月牙一般①。

无意间抬眼,正看到利休用手压着怀中,像是在藏着什么。

"那是什么?"

家康放下茶碗站了起来。太大意了——

他将手伸进利休怀中,指尖碰到一个用布袋包着的小瓶似的东西。

他抓出来,打开颜色鲜艳的布袋,里面是一个赤红的玻璃瓶。

——毒药瓶。

他狠狠地盯着利休。真是个大意不得的男人。

"这是香合。"

"别想糊弄我。分明是毒药!"

家康打开金制的盖子,只见里面是丸状的练香。

——怎么可能?

他取出所有的练香,再没看到别的。

利休从草席上捏起一颗滚落的练香,用指尖揉碎。一股甜甜的香气忽地飘散开来。

利休将变成粉末的香含入嘴中,低下头去。

家康只是怔怔地看着美丽的玻璃小瓶。

---

①关于有泡沫与没泡沫的部分:点薄茶时故意在细密的泡沫中留下月牙形的空白处(没有泡沫的部分),形成池中望月的构图。

狂言袴

石田三成

利休切腹一个多月前——

天正十九年（一五九一）闰一月二十日　昼

京都　聚乐第　池畔四畳半

一

爬上通向大德寺山门二楼的陡梯，京城的街景豁然开阔。松树绿海的前方，可以看到上京鳞次栉比的房子和东山。早晨的阳光很温暖，风却很冷。

"那里就是船冈山。"

古溪宗陈站在前面介绍着，石田三成听了点点头。

不知何时，秀吉曾说过要在船冈山建造大寺院。自己的主子总能想得出一件又一件的大型土木工事，让他吃惊不小。眼下，在秀吉的指示下，京城里修建起一条条的大街小巷，整个都城被土墙和壕沟围绕着。天下尽在秀吉的掌控之中。

"聚乐第在那边。"

远处的三层楼馆看起来小小的。那里的主人，现正在尾张狩猎。在秀吉回来之前，三成有任务要完成。

"外面不用看了，给我看看里面吧。"

年轻的云水打开丹红的门。扁柏浓郁的味道扑面而来，眼前的空间空荡荡的，别无一物。大德寺山门曾在应仁之乱时烧毁，后来只重建了一层，利休捐建了上一层的楼阁。就是这金毛阁。

天井上绘制了一幅巨大的龙。线条大胆雄浑，是长谷川等伯的画作。梁上绘着反卷而上的白波，柱子上则是威立的金刚力士。天井四隅装饰着金色的可爱仙女雕像，串着五颜六色珠子的璎珞兀自垂下。

——这可真是。

三成对精心的装饰心生感佩。利休这个男人，不论何事都周到细心，没有疏漏。简直面面俱到得让人生恨。

宽阔的空间正面，安放着一尊立像。

这不是佛像，而是照着身形高大的利休雕刻的真人大小的彩色木像。着黑衣披袈裟，戴着头巾，手持拐杖，一副即将远行的姿态。

三成盯着利休像。

眼帘半抬，似有所言，令人毛骨悚然。跟本人真是像极了。

想到雕像的匠人竟看透了利休那执拗的内心世界，三成不禁苦笑。

——真是棘手的男人。

不过是个茶头，却无比地难控制。

如果利休公开评论政事，也还有打压他的理由，可他却绝不会说出不该说的话。他总是能揣度到人心的机微之处，行事周全，精明得让人恨得牙痒痒。

尽管如此，利休却又总是一副桀骜不驯的样子，仿佛自己身处天地的中心。也许他自以为隐藏得很好，偶尔却会在脸上流露出来。

他的确是天下第一的茶头。

虽然只是挑选道具、布置茶室、点点茶，但只要一经他的手，就会像涌出漫天星辰的泉水一般，丰饶尽现。虽不甘心，但利休的审美眼光已达到了神韵缥缈的境界。

——但就是看着不顺眼。

那个男人总是俯视着别人。

他一定觉得除了自己以外，众人皆是蠢物。看着木像那懒洋洋的眼神，三成肚子里又涌起对利休的怒气。在受命秀吉之前，三成就已经对利休不堪忍受了。

"有什么不妥吗？"宗陈忧虑地问道。

"不错，有大大的不妥。"

三成回身盯着宗陈。身着墨染僧衣的老僧脸色沉了下来。

"您有何不满之处吗？"

"岂止不满。为何放这种木像在这里？难道这座庙不供奉释迦牟尼，反而将利休当作尊贵的正佛来膜拜吗？"

宗陈摇摇头。

"您此话说得奇怪。这金毛阁是千家全族上下鼎力捐赠的。利休大人为了本寺，不光捐了银钱，还多方奔走，集结木材，雇佣木工，奉建土木，差遣画师，无不尽心。这木像乃是为了彰显其功德，何来不妥？我等也事先向关白殿下通报了安放木像一事。"

"我没听说过。"三成大大地摇了摇头。

"我等通报给秀长大人了。"

"秀长大人已仙逝,眼下死无对证。"

秀吉的弟弟秀长在正月里病逝了。秀长对利休寄予了全身心的信赖,不仅随之学茶,还凡事都喜欢征询利休的意见。

因此秀长和利休两人在秀吉面前进言时,年轻的三成等人根本没有插话的余地。这样自然就形成了对外秀长执政,对内利休主事的格局。

秀长死后,风向就变了。

其实,秀吉虽然之前一直重用利休,但内心一直有所不满。

"彰显捐赠者的功德,是每个寺庙的惯例。敢问这样做有何不妥?"

宗陈强硬地瞪着三成。他虽是个老僧,却生得一副无所畏惧的相貌。

"这是陛下和关白殿下都要经过的山门。区区一个茶头,穿着草鞋,立在山门之上,让陛下和关白殿下从其胯下钻过,简直是大不敬!若要赞美他捐赠的功德,上梁的时候挂个牌子就够了。就算要摆放木像,为何不放在不起眼的角落?"

"这……"

"你还有什么话说?"

三成回瞪过去，宗陈哑口无言。他无话可说。

三成调转脚步，走到围廊。

朗朗青空，轻轻春风，快哉快哉。

——这个木像放得好。

有这么合适的口实，就可以对利休兴师问罪了。

三成对自己深深点了点头。

（二）

三成一回到聚乐第，就钻进池边的四畳半茶室。他给地炉添上炭，在五德①上架上古朴的大釜。

三成喜欢茶道。他自己也会做亭主，招待客人。

他尤其喜欢忙里偷闲，一个人坐在茶室，倾听茶釜的汤音。听着热水沸滚的声音，有如悠游仙境一般。

架在炉中的大釜，样子虽有些粗野，但铁质的表面手感柔滑。随着木炭的火候，变幻自如地演奏出多彩的汤音。现

---

①五德：日本古时房屋中有围炉里（即地炉），在围炉里中煮饭烧水时需要用到名为"自在勾"或"五德"的铁架子。早期的五德（日语发音ごとくgotoku）为三足，足上架铁环，当时称为"灶子"（日语发音くどこkudoko），是模仿古代的鼎制作的。现代为人熟知的五德，其形状是桃山时期的茶釜铸造师们创造的。由于茶道的兴起，出现了用于茶室内的小型"茶炉"、"风炉"，这时，灶子改变了使用的方向，铁环在下，三足在上。人们随之将"kudoko"的发音逆读为"gotoku"，五德为该发音的借字。

下才把大釜的表面浇湿架在火上，水滴掉在炭火上，发出细微的声响。

——该怎么对付那个男人呢……

三成双臂交叠端坐着。

时至晌午，被池水反射的阳光，在白色的纸门上耀眼地舞动着。比起直接眺望池水，欣赏纸门上七彩闪耀的光芒，要幽玄美丽得多了。

三成认为茶室最重要的就是要舒适明亮。

为将者的茶道，要有徒手攫风暴般的胆色，又要有明察秋毫的纤细。

他在床之间摆放了一个大茶叶坛子，用焦茶色的网兜装着。这是南蛮船①运来的坛子，令人联想到踏破万里波涛的海船。观之可蓄养恢宏的气宇，令性情丰富开阔。

——说起那个男人的茶道……

利休行事可鄙而短浅，哪怕是摆出同样的茶叶坛子，他也可以百般捏造出许多由来典故，强说价值几何。而将这种愚论奉若圭臬的弟子们又是何其浅薄。可见世间的糊涂之辈多不胜数。

茶釜发出咕咕的闷声，热水开始沸腾了。

三成一动不动地倾听着汤音。

---

①南蛮船：日本称16世纪后半叶到17世纪来日的葡萄牙人和西班牙人等西方人为"南蛮人"，他们所乘的贸易船则称为"南蛮船"。

倾听热水沸腾的声音，可以洗心净虑。让他有一种"活着真好"的庆幸。

——我要有大智慧。

三成暗自发愿。

关白殿下的治世之路，才刚刚起步。各地大名虽表示归顺，但谋反的火种却此起彼伏地出现。在推进检地和刀狩令的过程中，难保不会生出什么矛盾。稳固好不容易建立起来的新政权，是今后的重中之重。

秀长既亡，眼下在主公一手培植的家臣当中，能主持大事的只有自己。加藤清正[1]和福岛正则[2]等一干人，多是骁勇的武士，但现在已不是单凭武力治国的时代了。关键在于如何笼络人心。有时也需要用到狠毒的策略。

要做的事情堆积如山。

关白殿下打算借道朝鲜出兵明国，需要集结数量庞大的将士、粮草、军船。能做此算计的，还是只有自己。他自负能胜此重任。

思虑着天下未来的工夫，热水沸腾，发出汩汩之声。那声音中饱含着力量，在四叠半的茶室中，有如瀑布一般，波涛滚滚。

---

[1]加藤清正(1562—1611)：安土桃山时期至江户初期的武将、大名，先后追随丰臣秀吉和德川家康。

[2]福岛正则(1561—1620)：安土桃山时期至江户初期的武将、大名，先后追随丰臣秀吉和德川家康，其母与丰臣秀吉的母亲是姐妹。

三成伸手取下放在架子上的柄杓。

架子上还放着没有装袋的肩冲茶入，和青竹制成的盖置。建水用了红杉木桶。

三成再次打量这一套道具，拧起脖子来。

——这套茶道具，是那个男人的创意么？

在传统的书院茶道中，使用这种粗野的木桶，是无法想象的。足利家的将军们推崇唐物，喜好华丽的摆设。

如今寂茶受到追捧，在简朴的茶室中，使用有乡野气息的道具。三成的茶道，若从大处着眼，也属于寂茶的范畴。

自己岂非居于利休的下风么——不快的念头在脑中闪过。

——不，并非如此。

三成立刻摇了摇头。

寂茶并非利休首创。他听说，在利休之前，已经有堺城的武野绍鸥等好几个寂茶茶人。

——那个男人到底做了什么？

利休总是摆出一副茶道的一切皆由自己所创的嘴脸，但追根究底，他新创了什么呢。

三成思索了一会儿，对自己点点头。

——那个男人将茶室变得又窄又暗。

据说最初建造四叠半茶席的是武野绍鸥。四叠半的空间很充足。

而利休建造的茶席,却是三叠、二叠、一叠半。实在是难以理解他为何要建造如此狭窄的茶室。近来大家都模仿利休,流行建造窄小得要命的茶席。

——宽敞。

利休的弟子们如此交口称赞。

据说,天井是倾斜的,贴着竹编的薄席。床之间的柱子也全部涂上,与墙壁浑然一体,营造出纵深的空间感。因费了这种种的心思,使得只有一叠半的房间显得宽敞。正是如此这般的茶席,才拥有可与乾坤相持的玄妙。

简直是胡说八道。

狭窄的房间肯定只会狭窄。会感觉到宽敞,不过是让人用障眼法哄骗住了而已。

为何没人说那个茶室很窄?简直不可思议。难道利休有妖言惑众的能力。

那般扭曲的茶道,对武家来说一无是处。

总窝在阴暗狭窄的茶室里,想法也会变得可鄙萎靡又阴险,这是万万要不得的。为将者,要有大气魄。

——话说回来。

三成突然有些好奇。

那个男人为何要建造那么古怪的茶室?

阴暗朝北的茶席也确有其好处。

在幽微的光亮中,人生的孤独与寂寥会蓦然浮上心头。

微暗的黄昏时分，淡光悄移，身处其中，能够深深体味到命运的无常。人有时应当真切地去感受自身的卑微。

但也没必要特地建造那样的茶室。

那样的茶室简直就像——

三成想不明白了。

大釜中的热水激烈地翻滚着。

对，那样简直就像是间牢房。难道那个男人，一直背负着年轻时候身陷囹圄的恐怖记忆不成？

三成越想越远了。

他用热水温着茶碗。

这是一个筒状的高丽云鹤手茶碗[①]。

此类茶碗虽说是青瓷，但表面近乎灰色，因经常使用云鹤花纹而得名。他手中的这个茶碗，碗体上下的纹样是用轻盈的白色线条刻绘的，前后左右则是在圆环中绘了小菊花模样的图案。这样的图案看起来像是狂言师袴服的花纹，因而这种茶碗被称为"狂言袴"。

这个茶碗别有名称，叫作"挽木鞘"。大概是因为碗体很深，形似刀鞘的缘故吧。

[①]高丽云鹤手茶碗：高丽茶碗的一种，又称"云鹤茶碗"，为区别于后世的"御本云鹤"，又称为"古云鹤"。"云鹤"的名字来自茶碗上的图案，除了飞云舞鹤以外，还会使用牡丹、菊花、蔓草、葡萄、石榴、丸纹等多种图案。其中使用丸纹图案的云鹤茶碗，由于与狂言中最具代表性的角色太郎冠者所穿的袴（和服裙裤）上面的丸纹相似，故称为"云鹤狂言袴"。

这其实是利休的茶碗。本是秀吉赏给他的。因为比起姿态丰腴的大井户茶碗，狂言袴的样子更为洒脱，所以叫利休拿到这里来用的。

　　三成在深深的茶碗中放入足量的浓茶，用茶筅细细地搅拌着。他点的浓茶浓淡适度。

　　——饮茶可令头脑清醒。

　　三成如此相信着。

　　他慢慢地倾斜茶碗，品尝着馥郁的味道。含在口中的浓茶，化为舒爽的风吹过心田。

　　有主意了！

　　就让那个男人穿上狂言袴吧。

　　他到底会带着什么样的表情匍匐在地上呢？想到这里，三成不禁面露微笑。

三

　　浓茶的余味近似清爽的醉意，让三成有些陶陶然的。茶道口外面传来小姓的声音。

　　"前田玄以大人、久阿弥大人到了。"

　　"有请。"

　　玄以是秀吉的京奉行。久阿弥是秀吉的同朋众，常随侍左右。

贵人口的拉门是可以站着走进来的，门一开，出现两个光头的人。二人落座之后，玄以先开口了。

"法衣的衣袖太长，钻那种躙口的时候，真是麻烦透了。亏他能想出那么让人光火的机关。"

躙口这种矮小的入口又被称为潜口，据说最早出现在茶室，是利休在天王山建造待庵的时候。待庵的潜口高二尺六寸（约79公分）。近来利休建造的茶室潜口变得更矮，只有二尺二寸高。

"无分贵贱，皆要低下头去，以谦虚的心情吃茶。此乃最重要的茶道精神。"

久阿弥学着利休的样子，露出苦笑。他这是在取笑利休。

"真是，他是想让我们对什么低下头喝茶啊。那个男人的第一条罪状，当属建造躙口一事。"玄以整理好了苏木染的法衣下摆才小声开口。

"利休的确是蛮横又傲慢。茶这东西，当放宽了心品味，才能与五脏亲和，延年益寿。在五脏之中，茶之苦尤其对心脏有益。心乃五脏之王。茶是最适合王的饮品，本当尊而重之，那个男人却宣扬那些不入流的道具，把饮茶搞得像是苦行似的。他的茶道实在是荒唐至极。"

久阿弥看来是盛怒难忍了，将心中恶气一股脑儿地宣泄出来。在一心维护奢华书院茶的久阿弥来看，寂茶就是歪门邪道。利休则是其中毋庸置疑的最大异端者。

面对两位半老的客人，三成徐徐颔首。

"寂茶自有寂茶的精妙之处，但那个男人太极端了，阴郁得很，完全不能让人放松心情。关白殿下近来甚是不悦，出发前留话让在下想法子收拾了那个男人。"

三成将青花食盒放在玄以面前。圆形的盖子上是一只昂扬飞腾的龙。

"的确如此。"

玄以取下盖子放在一旁。

里面放的是切成四方形的烤点心。将小麦粉和白味噌揉在一起，擀平，在上面涂上红味噌，烤熟，再撒上罂粟籽。小麦中的糖分使得点心带着些许甘甜。细细嚼来，咯吱咯吱的口感很是有趣。

三成用热水烫热狂言袴茶碗的时候，玄以正用木筷挑起点心放在怀纸上，用手拿着吃。

"在下今早去大德寺，到山门上看过了。"

"有何收获？"

"在下以为那木像可作第一桩罪责。"

玄以用怀纸抹着手指，点点头。他是个大鼻子小眼睛、精力旺盛的男人。

三成点好浓茶，递出茶碗。

玄以略举高茶碗表示感谢后,才开始喝。他不紧不慢地喝完,将茶碗放在草席上,用怀纸抹干净碗边,放在久阿弥面前。

久阿弥高举茶碗,深深低头行礼,又将茶碗正面转向左侧,才端起胳膊,一丝不苟地将茶喝完。

"若要问罪,还是拿茶道具做文章的好。那个男人牟取暴利,万不能坐视不管。对此大为恼火的人应不在少数。"玄以低语。

"住吉屋和万代屋已是迫不及待了。那两个人能用得上。"久阿弥放下茶碗,小声道。

住吉屋宗无和万代屋宗安都是堺城的茶人。

秀吉从堺城延请了八位茶人。

利休、今井宗久、津田宗及、山上宗二、重宗甫,以及久阿弥刚刚提到的宗无、宗安,再加利休之子道安。

八人各较茶道之趣味深浅,而利休的布置与点前,无论何人观之,都觉大放异彩。万代屋宗安虽迎娶了利休的女儿为妻,却仍对岳父抱着敌忾之心。

"枉他得朝廷敕封了'利休'的法号,却还买卖道具牟取暴利,确实罪孽深重。"

三成低声附和。利休这个法号,是秀吉在大内举办茶会时,特由正亲町天皇敕封的。这个男人地位超然,对付起来也甚是棘手。

虽说只是要流放一个茶头,但大名中有很多利休的弟子。此事还须准备周全,事无巨细地列举罪状,断了他的后路,方能令世人服气。

"木像一事可否不提?老夫怕也要被问责。"

玄以舔舔嘴唇,他是掌管庙宇神社的,难免要被追究监管不周的责任。

"想来不会有大惩。最多呵斥两句罢了。"

玄以对三成的话点点头。

"不如先将木像处以磔刑①,二位意下如何?"

久阿弥端详着手中的茶碗,小声建言。

三成的眉头舒展开来。有趣——

"你这个坏坯子。"玄以目瞪口呆地咕哝道。

"哪里。这是他歪曲茶道正道的罪行。您想想,最最厌恶利休的是主公,小小余兴,有何不可呢?"

"老夫真是吃了一惊。尔等同朋众就如此容他不得么?"

"形同天敌。"久阿弥的眉峰深深皱起,"未知石田大人打算如何行事?"

"让那个男人穿上狂言袴。"

三成的话让久阿弥有些不解。这说的是他手中的茶碗。

"敢问是怎么个由头?"

----

①磔刑:日本的磔刑指将犯人钉在十字架上,用长枪刺死。与中国的磔刑不同。

"这个狂言袴茶碗乃是大名物。主公十分地爱惜,赐给了利休。我等可借此逼利休回礼。"

玄以拍了下膝盖。"你这是要他交出桥立壶。"

不论秀吉如何想要桥立壶,利休一直不肯放手。秀吉为此大为光火,此事聚乐第无人不知无人不晓。

"桥立壶也是其一。还有一件……"

"什么?"

"有一件事,必得向利休那厮讨个说法。"

"哦?"

"听说那男人私藏着一个绝妙的香合,却从不示人。"

玄以和久阿弥露出不解的样子,看来他们并不知情。

"听说那是正仓院①所藏御用之物中也没有的物件,堪比国宝的香合。"

"他居然私藏了如此宝物!"前田玄以探身向前。

"听说出征九州的时候,利休在箱崎海边露天点茶,主公见过那香合,只一眼便迷上了。主公以千金求之,利休那厮却一味拒绝。"

"还真是个傲慢的男人。不过老夫倒想看看,究竟是怎样的香合。"

"在下也没有见过。据说是颜色比琉璃玉还要鲜艳。"

"削玉制成的香合么?"

---

①正仓院:奈良市东大寺大佛殿西北的藏宝库。

"不，说是陶烧的。若是个好东西，在茶席上摆出来也便罢了，利休却不论宾客还是弟子，概不示人。"

"老夫还以为茶道具这种东西，是为了在人前炫耀才不惜高价求购的。想不到那男人还有如此秘密。"玄以摸了摸鼻子。

"好像是有段风流往事。"

"啧，原来是女人，无趣无趣。"

"原本的故事再俗套，对讲故事的人来说，却是再好不过的话柄了。在下即刻将这狂言袴还给利休，无论如何，也要把那香合换来，收为这聚乐第的宝物。"

三成闭上眼睛，想象着那从未见过的美丽香合。

然而浮现在眼前的，却是金毛阁的利休像。

那远行的身姿。

若真想远行，那就直奔十万亿佛土①吧。那里是最合适傲慢茶头的归处——

池水被风吹皱，白色纸门上的阳光剧烈地晃动起来。

大釜中的热汤，正鼓着有力的声音沸腾。

---

①十万亿佛土：《佛说阿弥陀经》中说："从是西方，过十万亿佛土。有世界，名曰极乐。"此处引申为极乐净土。

鸟笼的水槽

范礼纳诺

利休切腹一个月又二十日前——

天正十九年（一五九一）闰一月八日 昼

京都 聚乐第 三叠

一

"听好了,日本人的风俗习惯,在世界上属于非常奇异的一类。对你们来说可能不好受,但要清醒认识到这一点。"

在到聚乐第谒见关白秀吉之前,耶稣会东印度观察员亚历山德罗·范礼纳诺[①],坐在四个年轻人面前开始讲话。这四个人皆身着绣着金边的黑色天鹅绒长袍。

他们正在关白殿下分配的京城寓所中。这里本是秀吉的住所,故而屋宇精巧,庭园潇洒秀美。若论这方面的功夫,日本人确实非常优秀,展现出出众的才能。

伊东满所、千千石米凯尔、中浦朱利安、原马尔蒂诺四人[②]点点头。他们十三岁时离开日本,如今回国,已是年过二十的青年了。

经过长途跋涉,四人最终谒见了西班牙国王和罗马教皇,

[①]范礼纳诺:全名亚历山德罗·范礼纳诺(1539—1606),耶稣会意大利籍传教士。中文名字为范礼安。
[②]天正十年(1582)日本九州地区天主教大名大友宗麟、大村纯忠、有马晴信向罗马教廷派遣了以四名少年为中心的使团。这个使团由耶稣会会员范礼安发起,于天正十八年(1590)回到日本。正使:伊东满所(Mancio、伊东佑益),大友宗麟的代理人。宗麟的血亲。日向国主伊东义佑之孙。1612年死于长崎。正使:千千石米凯尔(Miguel、千千石清左卫门),大村纯忠的代理人。纯忠的侄儿、晴信的从兄弟。后放弃天主教信仰。副使:中浦朱利安(Julião、小佐佐甚五),1633年在长崎殉教。副使:原马尔蒂诺(Martinão),1629年被放逐,在澳门死去。

在欧洲各地受到了热烈的欢迎。此行成果斐然,不枉范礼纳诺将他们从地球的另一侧带过去。印度以东地区的耶稣会传教活动,广为梵蒂冈的枢机①们所知,受到很高的赞誉。

他离开八年再回到日本,发现政治局势已经发生了巨大的变化。

暴君信长被杀,继位的秀吉发布了传教士驱逐令。传教士们被赶出京师,藏身九州。

范礼纳诺之所以被准许入境,是打着葡萄牙·印度副王(总督)使节的旗号,而不是天主教牧师的身份。四个青年则被当作副王使节的随行人员。

范礼纳诺也确实带来了国书和豪华的礼物,准备送给秀吉。在那之前,他有话要对四个年轻人讲。

"你们的任务很重大。试想一下,在这个国家,只有你们四个人亲眼见识过欧洲。若是被关白殿下问话,你们要注意措辞,不要坏了他的心情,告诉他欧洲有多么美好,罗马是多么幸福的城市,岛国日本的人们对世界是多么无知。你们要告诉他地球有多么宽广。如此一来,顽固的殿下也会对天主教变得宽容的。"

他不由得加重了语气。

---

①枢机:罗马教皇治理天主教会时主要的助手和顾问,由教皇亲自任命,其地位仅次于教皇。担任枢机的人本身很多是主教,因穿红衣、戴红帽,常被非天主教人士称为"红衣主教"。

实际上，范礼纳诺这会儿相当焦躁。

去年七月，他们回到出发地长崎，立刻向秀吉请求谒见。但直到十月，才收到了上京的命令。

他们立刻向京城出发，中途却在播州室津①被拦下，不得已住了三个月。

好不容易得到准许，从大坂来到京城，才发现过去建造的教会和修道院都被拆除了。秀吉心血来潮下个命令，耶稣会苦心建设的设施，霎时间就冰消瓦解了。胡斯托（高山）右近②等为了捍卫信仰，将领地、财产通通放弃了。

范礼纳诺一行人本以为迎接他们的会是欢喜与赞誉，迎头而来的却是残酷的现实。

"有一事不知当问不当问。"伊东满所开口了。

"什么事？"

"我等在欧洲见识到了美轮美奂的圣堂和壁画。梵蒂冈宫殿之庄严，举世难匹。"

"那是传递上帝光辉的杰作。"

范礼纳诺眼中浮现出西斯廷教堂中米开朗基罗所绘的雄

---

①位于兵库县。
②胡斯托（高山）右近：高山右近（1552—1615），日本战国时期的天主教大名，利休七哲之一。12岁时，跟随父亲皈依天主教，圣名"Justo"。又名高山重友、彦五郎，右近为自封的官位。丰臣秀吉打压天主教，1587年，很多天主教大名选择放弃信仰，而高山右近坚持天主教信仰而抛弃了领地和财产。

伟壁画。对人类来说,那才是美的极致。

伊东满所似乎有话要说。

"我小的时候过着贫穷的生活,没有在这个国家见过气派的宫殿。上京的路上,我在大坂见到关白殿下的城堡,说实话,对其高大感到很是吃惊。那个城堡不输欧洲的建筑。还有这座寓所,其清净整洁又当何论?虽然比不上欧洲的雄伟,但这个岛国自有其与众不同的美学,超越了优劣之分,不是吗?"

范礼纳诺舔了舔嘴唇。

事到如今,这个青年竟说出这番话来。他花了八年时间将欧洲的优越性传授给他们,一回到故乡就是这副德行。日本人真是大意不得。

"你说的事情我不是不明白。若论大小,确实关白殿下的大坂城是非常气派的建筑。只是牢固程度又如何呢?只是在木头柱子上涂上泥土建造起来的城堡,是否太寒酸了?设想一下,一旦被炮击,立刻就会崩塌吧。"

"这个,的确……"

"在建筑和艺术方面,日本没有一样可以胜过欧洲。你们不是用自己的眼睛清清楚楚地见识过了么?"

伊东满所对范礼纳诺的话点点头。但是,他似乎并未完全信服。要找个更容易理解的例子教导他。

对了,那个话题可以。

"日本人凡事都做得过度,其中最让我不可思议的,就是茶道。日本人的古怪、奇异，在茶道里表现得最明显。"

"您说在茶道里？"

"不错。为何日本人要聚在那种挤死人的房间里，就为了作作索索地喝那种难喝的饮品？又为何没完没了地欣赏那些破烂儿似的土块陶烧，赤裸裸地互相恭维？这种愚蠢的习惯，找遍全世界也没有，我想你们也已非常明白了。"

出身贫寒的四个青年在少年时代没有喝过茶，回国以后，受到九州大名们的邀请，才体验到了茶道。

"我不能理解茶道。我觉得狂热于茶道的日本人，脑子是不是有问题。"

千千石米凯尔的低语，令范礼纳诺大为畅快。

"正是如此。日本人的美学，从世界的标准来看，明显向完全相反的方向扭曲着。全世界都没人能理解，那种寒酸的道具，到底是哪里值得耗费重金在上面。"

"是……"满所沉着声音应和。

"辉元阁下有个自夸的容器吧。装茶叶的坛子。你们可记得他在那容器上面花了多少钱？"

他们在室津偶然邂逅也准备上京的毛利辉元，后来被邀请到他的寓所。他盛情地向他们展示了一个茶坛，这是要献给关白殿下做新年贺礼的。

"怎么可能忘记。四千达克特[①]。"

[①]达克特："ducat"，欧洲从中世纪后期至20世纪期间的流通货币。

答话的是中浦朱利安。四千达克特相当于日本的银币两千五百枚。

"很好。那么你们也知道那个坛子本来是做什么用的？值多少钱了？"

"本是装丁香胡椒一类调味料的容器，船上堆着好几千个。在澳门的市场上，只要拿出一达克特，就可以买到一两百个。"

范礼纳诺缓缓点头。为了那种杂物花费重金，日本人的美学和价值观，实在令人不敢恭维。

"单看这件事，就知道日本是个与文明隔绝的边陲之地。为这个岛上的人们启蒙，正是你们的重大使命。明白了？"

范礼纳诺如此嘱咐过后，从草席上站了起来。没有椅子的生活害他腰疼得不得了。

"差不多出发吧。"

看着起身的四个青年的凛凛身姿，范礼纳诺满意极了。

（二）

关白殿下的新城馆，在破落猥杂的都城中，重现了自然的森林，有池水，有深邃的树丛。范礼纳诺听到这些都是人工建造的，遂叹了口气。

——要想品味自然，去山里不就行了。

范礼纳诺理解不了日本人的感性。

宅地中央的三层木制建筑，在洁净这一点上，胜过欧洲所有的建筑。但是样式缺乏变化，显得单调，结构脆弱，说明白点，就是寒酸。关白殿下取"集悦乐欢喜"之意，将这座宫殿命名为聚乐第，但说穿了这里就是他的私人娼馆罢了。

为了树立印度副王使节的威仪，范礼纳诺雇了十几个居住在长崎的葡萄牙人，扮作随从。因为日本人是那种容易受到外在条件影响的民族。

一行人进到宫殿中最宽敞的广间，便看到事先送到的印度副王的礼物摆在那里。

米兰制的盔甲两身。

金银镶嵌的西洋剑两柄。

用钢铁转轮和打火石点火的步枪两挺。这是日本还没有的最新式火枪。

色彩丰富的挂布四张。

这些物品被漂亮地摆放在一起。

此外还有日本劣马望尘莫及的神骏阿拉伯马，和从印度运来的美丽的野战帐篷。身负华丽马具的马拴在玄关前。

范礼纳诺再次打量广间的时候，不禁惊叹出声。

盔甲的左右竖着西洋剑和步枪，但在那前面，插着一枝山茶花。

花枝插在竹制的花筒中，枝头生着一朵圆圆小小的红色花蕾。其下缀着几枚叶子。

这装饰看来如此简单，却展现出惊人的力量，与钢铁的兵器毅然相持。

——这是一种表演。

范礼纳诺以前曾访问过信长的安土城，因此知道这种装饰是被称作同朋众的和尚们的工作。范礼纳诺不能不承认，巧妙地行走于宫廷的这些人，在保持室内清洁、如何绝妙地摆放小小的日用器具或装饰品等等事务上面，可说是世界上最有格调的负责人了。

立在冰冷盔甲前面的山茶花的枝条，与其说是单纯的装饰，更让人觉得是一种强韧的意志。

若摆放的位置偏那么一点点，就只能沦为礼物的陪衬了。

现在摆放的位置，明确地表现出强烈的意志，有一股压倒兵器的气势。

——关白并不稀罕副王的礼物。

范礼纳诺从山茶花中看出了这层意思。

说起来，范礼纳诺和四个年轻人在澳门等了一年又十个月，才总算等到了返回日本的许可。其间来自日本的过路船几度经停，若要发出准许，早就应该到了。

范礼纳诺今天本打算说些软话,请求关白准许传教士逗留,但他的想法变了。关白大概听不进任何的乞求。这一朵山茶花,已将拒绝的意思说得很清楚了。

等了一会儿,关白秀吉出现了。

他身穿裁剪得长得离谱的湛蓝色衣装,这是这个国家的礼服。以此表示对副王使节的敬意。

范礼纳诺遵照日本的礼法行了拜礼。双腿并拢坐在地板上,臀部落在脚跟上,这种姿势十分憋屈,但若不照做,会有损日本贵族的心情。

罗德里格斯修道士担任通译官。

范礼纳诺郑重地陈述了得以拜谒的喜悦,呈上了印度副王唐·杜阿尔特·德·梅内塞斯的国书[1]。

随从们打开华丽的盒子,从中取出一个蔓草花纹镶边并绑着金色绳子的大羊皮纸。信上称赞秀吉统一全国的伟绩已传到印度,希望他可以大开方便之门,让在日传教士继续逗留。罗德里格斯朗读了日语的译文。

范礼纳诺饮下关白的赐酒,又得到百枚银币和小袖和服的赏赐。

"本官希望今后可以跟印度副王有更深的来往。"

---

[1] 1587年,丰臣秀吉发布了《传教士驱逐令》,勒令传教士在20天以内离开日本。葡占印度总督唐·杜阿尔特·德·梅内塞斯(Dom Duarte de Menezes)闻讯后立刻用葡语修书一封,并随附各种礼品,命亚历山德罗·范礼纳诺转交给秀吉,恳求他网开一面。

关白的随从如是传达后，罗德里格斯翻译给范礼纳诺。范礼纳诺中规中矩地致了谢辞。

关白暂时回到里面，一行人被赏了饭。

待他们用餐完毕，关白再度出现，这次他换上了红色和金色的华丽便服。四个年轻人演奏起从欧洲带回来的击弦键琴和竖琴，并随乐歌唱。

之后关白问了四人许多问题。他们谈了很长时间才告一段落，关白站起身来。

"老夫带你们看看宅子里面吧。"

关白心情很好，边走边说个不停，话多得罗德里格斯都来不及翻译。

"其实老夫犹豫过是否要让你们看京城。你们已经看到了吧，京城里因为战乱一片狼藉。眼下正在着手改造京城的布局，这不是一朝一夕就能完成的。"

范礼纳诺回答了一句"您说的是"，跟在后面。

"这宅子如何？"

关白带他们看的房间，其木板门和天井上绘满了树木花草或小鸟的精美图案。虽没有欧洲绘画中的奔放大胆，但描绘之中展现出非常纤细的美学。

范礼纳诺由衷地赞叹道："真是美极了。"

"我听满所说，你们那边的大教堂，比老夫的大坂城还要壮大？"

范礼纳诺一时不知该如何作答。总觉得心气儿被那朵山茶花压制住，口舌都不听指挥了。

"若论大小，的确略胜一筹。但若论精巧，这个国家的匠人当是世界上最心灵手巧的。"

他说出真实的想法。在工艺的精密方面，日本人确实有着卓越的能力。

"这样啊。"

关白带着他们参观了宅邸内一处又一处的房间。既有贴满黄金的房间，又有只是白纸铺就的屋子。站在围廊上定睛一看，屋顶的瓦，皆用黄金绘制出草木花卉的纹样。关白特别喜欢这种豪华的感觉。

"有间好屋子给你们看。"

关白穿上鞋，站在长着美丽青苔的庭园中。

三

范礼纳诺穿着夹趾的鞋子，在铺路石上步履艰难地走了一会儿，池畔出现了一座小小的建筑。

这种寒酸的小房子，若在欧洲，只够拿来养鸭子，日本人却喜欢在里面品尝难喝的饮品。

"从这里进去。"

关白打开鸭舍出入口似的简陋木板门，弓腰钻了进去。

范礼纳诺看了一眼内部，是个脑袋快要碰到天井的屋子。关白在对他招手，只好跟着进去了。

"进不来所有人的。通译官和满所进来就好。"

罗德里格斯修道士和伊东满所如言弓腰钻进小屋中。狭窄的房间中坐下四个大男人，顿时膝盖和膝盖都贴到了一起。

令人吃惊的是，在这么狭窄的室内，居然还有一个小小的地炉，其上架着一个茶釜，热水正沸腾着。

"如何？坐在这种屋子里，南蛮人是什么感觉？"

"觉得很窄。"

范礼纳诺老实作答。罗德里格斯将他的话翻译成日语，关白听了，仰天大笑。

"窄，才能心静。窄，才能敞开肚皮说话。"

罗德里格斯翻译成"切腹"，但范礼纳诺明白那并非指日本人喜欢的切腹，而是"推心置腹"的修辞。

室内只有三叠的空间。有几扇小窗嵌着竹格子，像被关在鸭舍里一样，有一种封闭感。四个大男人就坐在这里面。就算是哪里的蛮族监狱，也还更宽敞些。

正面墙壁处的床之间高出一截。这是摆放装饰品的空间，又一朵山茶花的花蕾映入眼帘。

范礼纳诺瞬间屏住了呼吸。

这里插着的，与方才广间里装饰的山茶花是同一个人的手笔。山茶花的花枝上，有一朵红色的蓓蕾和几片陪衬的绿叶，随意地斜插在古色古香的竹筒里。

明明只是一朵花，却让范礼纳诺感觉到了一种反抗不得的压迫感。

若是欧洲人，大概会选择盛放的花朵。但那样一来，山茶花就不过是个装饰罢了。

圆圆的坚硬花蕾，蕴藏着即将绽放的强韧生命力。

那潜藏的生命力，支配着整个空间，化身为压倒一切的意志，引满待发。特地以花蕾为装饰，想来是出于对生命神秘的畏惧吧。

白色的纸门静静地打开了，一个男人深深地俯首行礼。

"欢迎诸位远道而来。我将为诸位献茶一服。"

范礼纳诺低头还礼。这个男人就是用了山茶花花蕾的和尚吧。

男人抬起头，是个上了年纪的老人。

老人身形高大，面目柔和，却让人读不出他的表情。

老人将道具搬进来后，弓背坐下，打开了釜盖。用柄杓掬了热水，温好茶碗后又倒掉。用竹杓从小壶中舀出茶叶磨成的粉末，放入茶碗。

范礼纳诺将分到的甜点心放在嘴中不嚼，为了要解一解饮品难喝的味道。

茶好了，关白先喝过后，用纸擦拭碗边。上面还残留着黏糊糊的绿色液体。这碗茶要轮流喝。或许对于边陲之地的野蛮人来说，像这样使用同一个餐具共同饮食，是确认同伴关系的重要仪式吧。

范礼纳诺闭着眼睛喝下。

他没有感觉到以前那种令人痛苦的味道，反而感到一股清凉，实在不可思议。这个老人或许是高超的茶道名匠。

他用纸擦过茶碗边缘，递给了罗德里格斯，罗德里格斯喝过，又递给满所。

"借茶入一看。"

在关白的请求下，和尚将小壶和装壶的布袋一起摆在了草席上。

"如何？你们看了觉得怎样？"

范礼纳诺将布袋拿在手中观看。

淡绿色的纺织物上镶织了金线，描绘出可爱的草纹。

"这个袋子在欧洲会大受女士们欢迎吧。用来装宝石正合适。"

"哼，南蛮人为何要在那些个石头上花费几千达克特的银币，老夫完全不能理解。"

关白皱起老鼠似的脸笑了。

范礼纳诺大方地微笑道："地球的那一侧和这一侧，很多事情都是正相反的。"

"看来是的。"关白点点头。

"我想欧洲也没有人能理解,为什么日本的贵族们要在这种小壶上耗费重金。"

"但茶入至少还可以用来装茶。宝石只是个装饰,不是什么用处也没有吗?"

"确实如此。"

反驳也没有意义。范礼纳诺只是浅浅地微笑着。

"你倒说说会为这个茶入出多少钱?"

范礼纳诺将圆圆胖胖的小壶放在手掌上。外面虽是大晴天,但纸窗只能透过些许的光亮,褐色的小壶看上去唯有暗淡而已。这仍然只是个土陶之物,无论如何仔细端详,他也不认为这是什么有价值的东西。就算拿来做餐桌上的盐罐,也乏味得很。

——只能拿来做鸟笼里的水槽罢了。

他虽这样想,却不能说出来。

"实言相告,这个东西不值高价。"

关白点点头,遂笑着对和尚说:"利休,在南蛮人面前,大名物绍鸥茄子[①]也上不了台面哪。"

老人深深低下头去。

---

① 绍鸥茄子:圆茄子形状的茶入。大名物。汉作唐物。因武野绍鸥曾持有,故称为"绍鸥茄子"。与似茄子(又名百贯茄子,曾出现在"北野大茶会"上)、付藻茄子(又名九十九发茄子)、珠光茄子一起,并称为"天下四大茄子茶入"。

"是。这位南蛮人是个实诚人。这不过是个捏土烧制的东西罢了。将此物奉为至宝的，都是些愚蠢的数寄者。"

当范礼纳诺听到罗德里格斯翻译的"愚蠢"这个词时，顿时浑身一僵。他担心关白会不会露出暴君本性，雷霆震怒。

"茶道的数寄者是愚蠢的么……"

关白摆出凶险的表情。

"正是。只有天下的愚者，才能从一介土块中发现美。"

老人深深地俯首过后，便开始收拾道具。他的一举一动比范礼纳诺之前见过的任何一个和尚都要漂亮。

"敢问一事。"

罗德里格斯翻译了范礼纳诺的话。关白以眼神表示准许。

"我听说，即便是相似的小壶，也有很多是一文不值的。到底是有什么不同呢？"

这是他最想问的。司茶的和尚，就像欧洲的宝石商一样，从千百个相似的物品当中，挑选出唯一的传奇之物。

范礼纳诺直勾勾地盯着老人的脸。这老人生着一副无所畏惧的相貌。

"我就是准则。我选中的东西，自会成为传奇。"

范礼纳诺从老人的话中，听到了他作为美的"传教士"那不可动摇的自信。

153

泡沫

天正十九年（一五九一）一月十八日 晨

京都 聚乐第 利休府邸

利休切腹两个多月前——

利休

一

尚未破晓,利休已睁开了眼睛。

从厚重的睡海深处挣脱出来,迎接他的是寝室中寒彻骨的黑暗。这黑暗严丝合缝,深邃而浓重,看不到尽头,像是通往黄泉的道路。

他一动不动地躺在被褥里,目不转睛地看着,却什么也看不见。唯有漆黑的静寂,充斥着视野。

——黑暗是通向死亡国度的入口么。

思及此,胸口紧紧地揪起来,难以呼吸。他挣扎着摸摸脸,以此来确认自己还活在这个世界上。额头上汗津津的。

脖颈的寒意令身体微微颤抖,他拉紧了搔卷①的领子。

这个正月里,利休年满七十了。

虽自觉身体还很健旺,但想想年纪,阎王随时都可能请他去喝茶。

近来常常如此,在黎明前的黑暗中醒来后,裹着被子陷入沉思。

——我这一辈子,活得毫无意义。

每每回首往事,心头总会涌起无尽的悔恨。嚼沙般的空虚感,折磨着衰老的肉体。

——茶道,真的有意义么?

---

① 搔卷:和服形状的带袖棉被。

像这样凝视着伸手不见五指的黑暗，不禁觉得为了茶道耕耘至今的大半辈子，全无半点意义。

一直一直以来，他的脑子里只有茶道。

怎样做才能让人在一服茶中获得满足。为此他倾注了全部的心血。只为了能让人心情愉快地喝下他点的茶，绞尽了脑汁。

功夫不负有心人，他终于使寂茶成为了一种意趣深远的茶道。

利休的茶，既迥异于室町风格的华丽书院茶，也不同于村田珠光开创的枯冷寂茶。

他创造出了独特的茶道世界，在闲寂的风情中，饱含着光彩与丰润。

既不铺陈华丽，亦不追求刻意的简素与枯冷、制造那种浅薄的闲寂。既非樱花般的娇艳，亦非寒山般的冷萎枯淡。利休的茶，是别开天地的。

茶道的精髓，在那深山残雪间争春小草的勃勃生机之中[1]，在那圆润娇小的山茶花蓓蕾的坚韧生命之中。

这就像是那恋爱的力量——

在这光辉而坚韧的生命力之中，孕育着珍贵的美的源

---

[1]典出镰仓时期歌人藤原家隆(1158—1237)的和歌:山间残雪草争春，归来说与待花人(原文:花をのみまつらむ人に山里の雪間の草の春をみせばや)。

泉。利休一直努力着,要把这种无形的东西呈现在人们眼前。

一径追求乡野之风的枯寂茶席,并不能令客人有悠闲自在的感觉。

枯萎之中要蕴含着蓬勃的生命萌芽。利休抱着这样的理念,在道具和布设上费尽了心思。

夏天如何显出凉意,冬天如何生出暖意,运水,添柴,烧水,点茶,供奉神佛,施予他人,我亦同饮——

这便是"增之一分则太长,减之一分则太短"的茶道的极致。这也是人们从简生活的心态的极致。

利休造就了这样的茶道。

这样的茶道,岂可不美?

利休要让他的客人,在他创造的市中山居的氛围下,悠然放松,同时又带着舒适的紧张感,饮下一服茶,度过满足的一刻。

他成功地做到了这一点。

利休作为天下第一的茶头闻名于世。这是毋庸置疑的荣耀。

然而,空虚感却如影随形般地纠缠着他。

——那些东西,都是过眼云烟。

天下第一的称号,根本不值一提。

他唾弃地想着。

在漆黑的暗夜中，回首迄今为止的人生道路，满溢而出的，全都是没有选择另一条路的悔恨。

——如果，那个时候……

忏悔的念头在利休的脑中挥之不去。为此他总是在黑夜中辗转反侧。

利休十九岁那年，堺城的家中，关押了一个高丽的女人。

——如果带着那个高丽女人顺利逃脱了的话……

带着那女人秘密地逃出堺城，再向摄津的福原或播磨的室津逃亡。从那里乘船，一直向着西方，过海到达九州。在九州的某个地方应该有开往高丽的船。若到不了高丽，就去壹岐或对马。再从那里找船——

女人美得不可方物。她不是盛放的花朵，而像蕴藏着生命力的娇艳花蕾一般，凛然难犯。

恋爱——他对她，并非是那种愚蠢的情感。

该说是——畏惧吧。面对那份毅然的美丽，十九岁的利休甚至感觉到了恐惧。

若是到了高丽，会变得怎样呢？

带着女人回到她的故乡。学习高丽的语言，在那里生活，做个商人——

利休摇摇头。他真能做得到吗？

然而，那样的人生，也曾是有可能的。

他的企图被识破，逃亡以失败告终。

不，也许是他最后胆怯了。若是计划得更周密些，也许已经顺利过海了——

这份懊悔化为泡沫，在利休心底的黑暗中浮现又消失。

年轻的他，曾天真地以为这种烦闷很快便会烟消云散。人到老年，懊悔之念却日益深重。泡沫执拗地浮起又破裂，朽烂馊臭，腐蚀着他的内心。

回过神来，发现纸门已染上了隐隐的靛蓝。天开始亮了。

利休从被褥中半坐起来。

他的脑子很清醒。再如何满怀悔恨，新的一天也会开始。心中再充斥着怎样的黑暗，也还是想快乐地活下去。

他竖起耳朵。

睡在隔壁的妻子宗恩似乎还没醒。

利休悄悄起身，三两下地换下单衣，穿上小袖，将薄席叠起。一走到内廊，就感觉冷得厉害。

黎明的天空，阴沉沉的。

他穿过厨房的土间[①]，来到里院。踏着寒霜，站在井口边漱口。洗了脸，用手巾擦干了，直起身子。

当为之事，茶道而已。他拿起水桶，汲了拂晓的井华

[①]土间：建筑物内没有铺地板，裸露出地面的空间。

水①。充满阳气的拂晓之水是最适合点茶的了。他才拿柄杓舀水含了一口，就听到脚步声。

"师父早安。"帮忙茶事的少严也起床了。

"啊，早。今早的水格外甜。春天到了啊。"

"真的？"利休将柄杓递给少严，他呷了一口，点头道："的确很甜。"

利休将汲水的活儿交给少严，自己去了放炭的屋子。炭由打杂的仆役量好长度，用锯子细心地锯齐，洗好放在太阳下晒干。利休从中亲自一根一根地确认挑选。看不上眼的东西，哪怕是一根炭，他也不愿将就。

炭屋的木板门开了一指宽的缝隙。

——是谁忘了关么？

他疑惑地用手推门，没想到一推便开了。

利休向内一瞧，顿时僵在当场。

炭屋的梁上挂着一个人。

是一个穿着浅红色小袖的女人。无力垂下的双脚上，套着白色的足袋。

抬头一看，那痛苦扭曲的脸，却是女儿阿三！阿三上吊死了。

---

①井华水：凌晨2点到4点间汲取的水。

（二）

利休一径叹着气。

妻子宗恩小声啜泣着。

广间铺了薄席，其上横放着阿三的遗体。

利休点上线香，供上水和米饭。他在阿三脸上盖上白布，诵完枕经[①]，身体中的力量像被抽干了似的。女儿上吊自杀的事情，令他迄今为止的生活与作为，都失去了颜色。

"……可怜的孩子。"宗恩喃喃地道。

"可怜……"

他不知该说什么好，只是坐在枕边，呆呆地看着遗体，在心中祈祷她升天成佛。

女儿三十五岁上下，还在女人最美好的年纪，有着楚楚动人的美丽。

她不是利休和宗恩的孩子，而是前妻阿妙的孩子。

利休与前妻共育有一男三女。阿三是第二个女儿。

"要是硬把她送回万代屋就好了……"

对于宗恩的话，利休没能点头。

阿三早在十几年前就嫁给了堺城一个叫作万代屋宗安的男人，一直没有生养，夫妻关系亦不甚和睦。大约去年春天

[①]枕经：原指在将死之人的枕边诵经，送其上路。现在演变为死后立刻进行的仪式之一，枕经即意味着为死者第一次诵经。

的时候,阿三忽然出现在紧挨着聚乐第的葭屋町路的娘家,说不想回夫家去了。

利休曾劝她回去。

"万代屋有子嗣了。"

阿三喃喃地道。又说宗安的妾室生了个儿子。还说那年轻女人住进家里,大摆排场,没有自己的位置了。想必她每天都过得很痛苦。

阿三的丈夫万代屋宗安是利休的弟子,被提拔为秀吉的茶头八人众之一,在京城里也置了宅子。利休时不时会在聚乐第看到他,但总是不能深谈女儿的事情。

"阿三说想住在娘家。"

"给岳父大人添麻烦了。"

说完这两句谈话便结束了。

从那以后,阿三便在娘家与利休一起生活。刚回来的时候,她的表情总是很阴郁,日子久了,才慢慢变得开朗起来。京城里有很多庙会和娱乐。阿三常常和宗恩一起出去。

宗恩和阿三结伴去摘野草的时候,碰见了在东山山麓狩猎的秀吉。

秀吉对阿三一见倾心。他立刻派使者到利休府邸传令,要阿三到聚乐第伺候。

"恕难从命。"

阿三本人毅然放言,使者语塞,便放弃说服回去了。

自打发生了这件事，阿三便几乎不再外出行走，总是闷在家中。

她的生活绝非郁郁寡欢。她与宗恩一起，将宽敞的宅子布置得赏心悦目，偶尔还会装饰出令利休都吃惊的出色插花。

"或许送她去聚乐第伺候还好些……"

利休对宗恩的话摇摇头。

"没用的。"

若是将阿三送去聚乐第伺候，必遭秀吉染指。他不以为那样阿三会幸福。

"也没见她有什么不对劲的地方，是有什么排解不开的烦恼么……"

利休此话一出，宗恩立刻抬起脸来。太阳虽已高起，但厚厚的云层低垂着，广间里仍很阴暗。

"您没注意到吗？"宗恩问利休，她的眼神像是看着怪物似的。

"你指什么？"

"当然是阿三的事情。"

"我知道。我是问阿三有什么不对劲吗？"利休反问道。

"那孩子最近一直郁郁寡欢。年底的时候我不是跟您提过吗？"

"这……"利休露出不解的表情。他不记得听过这件事。

"您不记得了么……"宗恩板起脸来,"我拜托过您,最近阿三的样子有些奇怪,请您跟万代屋说说。"

"……有这回事?"

"您真是……总是这么有头没尾的可太耽误事儿了,我拜托您去好好商量一下离异的事情,您也点头了。"

"啊……"说起来好像是有这么回事儿。

"您没跟万代屋提吗?"

年底到正月这段时间,利休与万代屋在聚乐第见过几次面,但都没有谈及阿三的事情。

"万代屋宗安在钱上面很计较。为了钱的事儿,他一直对我怀恨在心。"

他与宗安的话题总是围绕着茶道具。并非讨论茶道具是否有闲寂的风格,而是价值几何。

前阵子利休做中间人,让宗安花一千五百贯买了一个茶坛。

宗安为这件事情很生气。

"您一开始就打算坑我是不是?"

那个茶坛原为博多的神屋宗湛[①]所有,先是由利休做中间人,让石桥良叱花一千贯买了下来。良叱是利休长女的夫婿。

[①]神屋宗湛(1551—1635):战国时期到江户前期的博多商人、茶人。著有记录秀吉时期茶会的《宗湛日记》。

宗安后来得知良叱最开始是花一千贯买入的。

"您要是一开始就卖给我，我就不至于损失五百贯钱了。转手加价也是人之常情，但我以为最多加个一两百贯。"

当时，良叱来求利休，说需要采买绢布的本钱。事出突然，利休找不到其他买家，才找了宗安。

"如此，下次我想法子让你赚回来吧。"

没过多久，宗安来拜托利休为井户茶碗估价。井户茶碗是来自高丽的舶来品，其特点是有着舒缓的姿态以及浅褐色的朴素釉面。这种茶碗落落大方，受到每个茶人的喜爱。

宗安拿来的井户茶碗虽不算差，但也并不出众。

"可值五十两银子吧。"

宗安不高兴了。"好歹不能卖到三百两吗？"

"内侧虽不错，可惜外侧太俗气。最多只能值五十两。"

宗安一脸怀疑。"我就觉得外面看起来也好得很。瞧瞧，这流淌而下的白色纹样，不比大高丽还来得出神入化吗？"

大高丽是利休所持井户茶碗的名字。枇杷色的釉药，安详沉稳，高台周围烧制出的梅花皮[①]颗粒，塑造出一种难以名状的蓬松感。

"您的那个大高丽，现在值多少钱？"宗安问。

"嗯，即便贱卖，也不会少于一千两银子。"

[①]梅花皮：茶碗的釉子由于烧制不充分，未能完全熔化，萎缩成类似于鲨鱼皮的状态。

天正年间，银子与铜钱的兑换比率不稳定，粗算的话大约合两千贯铜钱。

"同是井户手的茶碗，为何价钱差距如此之大？这个茶碗也并不差。"

宗安将自己带来的茶碗在膝盖上旋转着仔细端详过后，抬起脸来。

"虽不差，也不好。并非所有高丽茶碗都是好的。"

"敢问哪里有什么不同？"宗安的眼睛竖起来。

"你这个茶碗太过枯冷，没有光彩。看着没有能触动人心的地方。"

"我看着挺能触动人的。"

"那你自己估价三百两便是。我的估价就是五十两。"

宗安似还有话要说，但最后只是默默地收起了茶碗。

利休只顾着讨论茶碗的事，便没有谈及阿三的话题——

"您总是这么心不在焉的，老想着别的事情。"

妻子宗恩责备地看着利休，仿佛在说这是他的罪过。

利休挪动膝盖，在阿三的枕边焚上一炷新的线香。

"您人在这里，心却好像不知道飞到哪里去了……"

受到这样的指责，利休也只能咬紧牙关罢了。

宗恩注视着阿三脸上的白布，止不住地啜泣。

三

利休差人去请了古溪宗陈。将近晌午的时候宗陈来了。

宗陈诵完经的时候,阴沉沉的天空终于露出了晴意。明亮的阳光照在纸门上,院子里的栗耳短脚鹎叽叽喳喳地啼叫着。

"话说回来,那个男人到底要夺走多少才肯罢休?"

那个男人指的是秀吉。秀吉夺走了很多利休持有的名物道具。虽然是以不菲的银子交换,但其中很多道具都是利休不愿出让的。所以从感情上来讲,跟被强抢差不多。但秀吉还想要更多,诸如桥立壶等道具。甚至,他还想夺走利休的女儿。

"我就像一只被抓住的山雉,被人一根一根地拔掉羽毛。"

利休吐露了心声。正因为遇到了秀吉,利休才能够完成独树一帜的寂茶世界,同时他也付出了巨大的代价。

过了很久,万代屋府上的管家来了。他在阿三的枕边合掌祭奠之后,传话道:"我家主人宗安正在关白殿下面前伺候,不便亲来祭奠。"

他低头在草席上放了一个纸包。里面是银子,大约有三十枚。

利休有些不明白。这个若是奠仪就不合情理了。阿三本是万代屋妻子,理应娘家人给万代屋包奠仪才对。

"按理说，本应由万代屋收殓遗体，但无奈小的们的屋宅窄小，人手又少。此话实难启齿，丧事可否由您这边来主持呢？"

利休不由得与宗恩互看了一眼。宗恩也是一脸吃惊。

"可是，如今阿三只是偶然回娘家居住。她仍然是万代屋的妻子。若是屋宅窄小，向寺庙借地方便罢了。若是人手少，可以派我家里的人过去。"

"是，您说得极是。"

管家一再地点头。但点头归点头，却全无收殓遗体的意思。

"那墓地怎么办？是不打算让阿三进万代屋的墓吗？牌位怎么办？是不能放入万代屋的佛龛吗？"

"不，这得跟我家主人好好商量……"

一脸为难的管家擦了擦汗。

"……有何不可呢？"宗恩低声耳语，"就在这里供奉吧。阿三还躺在那里呢，这样争执谁收殓不收殓的，多可怜啊……"

利休垂下头。他为忍不住激动起来的自己感到羞耻。

沉默了一会儿，利休小声道："阿三的确太可怜了。丧事就由我们来办吧。"

听到这话，万代屋的管家带着松了一口气的表情回去了。

为慎重起见，利休也通知了所司代①，所司代便派了人来。其他地方皆未通知，但仍然来了不少吊唁的客人。

到了傍晚，一时没人进出了。

一动不动地躺在微暗房间中的阿三，实在是可怜极了。

门开了，少严探出脸来。

"棺材送到了。要沐浴吗？"

"热水烧好了？"

"是，都准备好了。"

"那抬过去吧。"

利休站起来，将女儿抱在双臂中。重量与冰冷，如同生命的悲歌。

土间里的盥洗盆已经放满了热水。利休将阿三的遗体放在横铺着的草席上。遗体已经完全僵硬了。

利休抬起冰冷的手臂，用盆中的热水清洗。上一次碰触阿三的手，还是在她孩提的时候。

"让女人们来洗吧。"

他无法直视亲生女儿的皮肤。

利休回到了广间。残存的光亮将室内映成靛蓝色，桶状的棺材摆在那里。

他闭上眼睛，一动不动地坐着。

---

①所司代：负责维护京城治安的机构。此时担任京都所司代之职的是前田玄以。

安静的黄昏时分。

家中静悄悄的。放在广间角落里的台子上的茶釜轻轻地沸腾着。

心中空荡荡的。脑中吹着寂寥的风。

阿三被男人们抱了回来。白色的寿衣在黄昏的薄暗中十分耀眼。他们将阿三的尸身放在褥子上，点燃了蜡烛。阿三的入殓妆很美。利休诵起经文。

——为什么？

再问也没有意义了。唯有结果摆在眼前。

"来碗茶吧。"

利休自言自语着，坐到了台子前面。他用天目茶碗点了一碗薄茶，端到阿三的枕边。

想给女儿喝下。

——啊。

利休想到了什么，站起身来。他打开纸门，从大书院床之间的插花中抽了一枝水仙。他将水仙花浸在茶里，用花将茶滴在阿三美丽的红唇上。

附着在红唇上的绿色的茶，带着令人毛骨悚然的恶意，令利休的心狂乱地挣扎起来。

在利休内心的黑暗中，数不清的泡沫破裂，散发出馊臭的味道。

只在今年

利休切腹约三个月前——
天正十九年（一五九一）一月一日 晨
京都 聚乐第 利休府邸

宗恩

一

——薄情的人。

一直以来,宗恩不知有多少次想这样诘问利休。但每次话到嘴边,她的舌头都会僵住。

面对面的时候,她说不出口。利休身上有某种强烈的气息,让她无论如何也开不了口。

她将油灯的灯芯剪短调暗,钻进被褥,这时正好传来除夕的钟声。寒夜中,余音袅袅。

"……喂。"利休在纸门对面召唤她。

事情不同,利休的声音也会有不同的抑扬顿挫。若她分辨不出,就会惹利休不悦。

刚才那轻轻的召唤是——

宗恩默默地打开纸门,双手伏地行了一礼,进入丈夫的寝室。

利休仰躺在薄席子上。尽管宗恩已经看惯丈夫的睡姿,仍是不由得屏住了呼吸。

——他那生命的源头是多么的强韧啊!

她不禁又一次感到吃惊。仅仅只是立在那里,却如天上地下唯我独尊一般的坦然自若,仿佛不知惧怕为何物。

年轻的时候,这样的利休让她觉得无比的可靠。

多年相伴之后,她也感觉到丈夫的几许傲慢。天下虽大，像利休这样自信满溢的男人却不常见。

宗恩并不讨厌傲慢的男人。她以为优秀的男人就是这样的生物。男人要想贯彻自己的人生道路，必须拥有勃勃欲发的自负。

利休有着超乎寻常的敏锐审美眼光和卓越的才识，他作为茶人，获得了天下第一的声望和财富，就算稍稍变得骄傲自大也是情有可原的。

只是，如果可能的话，她希望利休能在傲慢之中，能有一些疼护妻子的心思。希望他能更关注自己的妻子——如此想望，不正是作为女人极自然的感情吗？

可利休为夫……

宗恩在心中摇摇头。多想也是无用。

枕头边上有一盏矮行灯。

床铺上的利休，大眼一眨不眨地盯着天花板。

按照利休的习惯，宗恩熄了行灯的灯火。

黑暗厚重深沉。

她掀起搔卷的一角，钻了进去。

身材高大的丈夫的皮肤总是火热的。火热，是否象征着生命力的强大？

利休的大手无声地钻入领口，爱抚宗恩的酥胸。在揉弄之下，她不由得发出喘息。

腰带被解开，宽阔的手掌和修长的手指从腰部游走到大腿内侧，宗恩感觉自己仿佛不再是人，而是成了一个茶碗。一向如此。

她很清楚自己被温柔地疼爱着。自己确实是被珍视着的。然而丈夫的手掌抚触着的，是她，却又不是她。自己并不是作为有血有肉的人被爱着，而是作为道具被赏玩着——这种感觉始终萦绕在她的心头。

宗恩不知道世上的老人们在闺房之中有多强健。而利休是完全不见衰弱的。他老当益壮，精力充沛。

火热精壮的身体重重地压向宗恩。

交合的肌肤吸附在一起。生命力被从每一个毛孔中吸走。

嘴唇被吻住。甚至黏糊糊的舌头也让她感觉到薄情的欺骗。

丈夫的力道更大了。

宗恩的心是冷的，身体却升起甜美的热度。这让她格外难过。道具在被爱的时候也会感到快乐。她不甘心，但女人似乎就是如此。

……

动作停止了。

黑暗，静寂。交叠在一起的胸口，心脏剧烈地擂动着。

"你……"

"……嗯。"

"是个好女人。"

"……"

每次在黑暗中，丈夫脸也不看地与妻子欢好的时候，都会这样耳语。

妻子每次听到，心中都会生出另一种黑暗。丈夫的言语，反而让她感到不安和无助。

"谢谢您的垂爱……"

她一如既往地回应着。她没有勇气继续说出"但是……"。无论如何，她也问不出口。

除夕夜的钟声响着。今晚，也许可以问出口。

"您……"

"……怎么？"

她故作撒娇的样子，将脸颊靠在丈夫肩头。

"没什么……"她还是不能将真正的心情说出口，"您着实年纪不小了。"

"彼此彼此。"他在笑。看来没有惹怒他。

"那个……"

"嗯？"

现在能问得出。"您不后悔吗？"

"……什么事？"

"您选我做妻子，真的不后悔吗……"

丈夫在黑暗中沉默了。即便每一寸皮肤完美地贴合在一起，躺在那里的丈夫，也与陌生人没什么差别。

"当然不后悔。可以做我妻子的女人，只有你一个。为何要问这种事？"

宗恩的前夫能乐小鼓师已经过世很久了。

年轻的利休跟随小鼓师宫王三太夫学习歌谣。那时，宗恩对丈夫的弟子利休，怀着淡淡的仰慕之情。

利休为丈夫先亡、无以为生的宗恩，在堺城的安静地界买了座宅子。还给了她许多的钱粮。利休的好，令她感动得流下了眼泪。

宗恩委身于利休，是在服丧期过后。

那时利休还不是有名的茶人，但生气勃勃的，光彩耀人。他对宗恩，是温柔关爱的。

利休当时已有妻室，宗恩却不介意。即便是做妾，只要能得到他的疼爱，就很高兴了。

利休的前妻去世，宗恩嫁入千家，已经过去十多年了。

——此人难得。

她最初是这样想的。利休才是应该用一生去侍奉的丈夫。她感谢神佛，让她能在这个世界上与他相遇。

然而在一起生活的过程中，男人和女人的缝隙间开始慢慢沉积渣滓。美好的感动或许只是误解——十年的时间，让她充分认识到这件事。

除夕夜的钟声又响了。宗恩下定决心说了出来："我很清楚您十分疼爱我。只是我总觉得，还有更适合做您妻子的人。"

喉咙火辣辣地发干。但她仍然，没能说出真正想问的事情。

（二）

"拿火来。"

按照利休的吩咐，宗恩用纸烛①借了隔壁屋子短檠中的火，点燃了枕边的行灯。

这行灯是利休让指物师②做的。

四方形的外框是用细杉木做的，底部微微外张，样子极是潇洒。

利休做了纸模，且指定了每一处细节的工艺，稍不满意，便让指物师重做。

如此而成的行灯，有着慑人的美丽。仔细看去，会觉得若非是此形此状，就不会有如此凛然的风格。

利休的才华，出众得令人震颤。他作为茶人所拥有的审

---

①纸烛：室内照明用具的一种。将松木削成长45公分、直径1公分的木棒，顶端烤焦，涂上油，点火使用。因手持的一端会用纸裹住，故称为"纸烛"。
②指物师：做家具的人。

美眼光，是当之无愧的天下第一。

感觉如此纤细的人，更适合作为遥不可及的憧憬，远远观望。作为丈夫，则另当别论了。

"为何偏偏今夜提起此事？你为何会认为有比你更适合做我妻子的女人？"

丈夫盘腿坐在褥子上，盯着宗恩的脸。

"……妾身失言了。"

"我不是要你道歉。我是在问你缘故。"

"是……"

宗恩从作为侧室得到一座宅子的时候开始，一直尽心竭力地侍奉利休。

那个时候，利休还叫作宗易，是个有如出鞘宝刀般光芒闪耀的男人。

他十分守礼，甚至到了过分的程度。哪怕面对侍妾和婢女，也绝不会有狂妄自大的言行举止。

即便如此，宗恩与利休同处一室的时候，仍然会感觉到他的神经敏感得一触即发，让她喘不过来气。

正因为利休是个绝不会恶言相向的男人，宗恩就更加在意他脸色与语气的细微变化。她总是拼命地想解读出其中是否暗藏着不满或轻蔑。

有一天夜里，不知道是看哪里不顺眼了，走进客厅的利休，既不坐也不说话地就回去了。

"前儿个晚上您是怎么了？"

利休晚上再来的时候，宗恩惶惶恐恐地问道。

"山茶花……"

那晚床之间的花入里插了一枝花蕾。

"您讨厌红山茶吗？"

"不是，红色的倒是无妨，只是有点开得太过，俗气了。我待不下去。"

宗恩素知利休喜欢圆润坚硬的山茶花花蕾。本以为略略绽放的山茶花也算有兴致，就插到花入里了。

"您要是不喜欢，吩咐一句，立刻为您换下来就是了。"

"那种煞风景的事，我不喜欢。"

利休闭上眼睛，他的表情仿佛在说此事无聊至极。

那以后，宗恩为了家中的布置操碎了心。

利休会送来各种各样的道具，但每天哪怕选个花入拿出来摆，她都要怀着惴惴不安的心情，考虑哪个花入才能让利休满意，插什么花怎么插才能让利休欢喜。

这厢想着绽放的山茶花是断断用不得的，那厢看着今日开得正好，自己倒拿来装饰的时候也是有的。宗恩实在是搞不懂，可行与不可行的界线在哪里。

利休来的晚上，她总觉得作为女人的自己在被评头论足、称斤论两。就连在漆黑一片中被疼爱的时候，她也从不敢放松大意。

年轻的时候,她就是这样如履薄冰般地陪伴着利休。

还未成为正妻之前,宗恩为利休生了两个孩子。两个都是儿子。

宗恩虽有婢女伺候,但有了孩子以后,只顾照看孩子,免不得会有怠慢利休的时候。这种时候,她会尤其在意利休的脸色。

"宝宝最近很爱笑。"

给利休看孩子,他也会像一般人那样哄哄抱抱。但他看起来对这种寻常琐事没有太大的兴趣。他的眼睛,总是看着远方。宗恩总觉得,他在透过她,看着某个别的女人。

两个儿子都在不到十岁之前就病死了。

两个孩子死的时候,利休都没有流露出太多的情绪。

——他不伤心吗?

宗恩甚至觉得:为了追求美的极致,是不是要连作为人的温情都要践踏得一干二净?

然而当她发现利休在寝室里独自哭泣的时候,才知道他并非感觉不到悲伤,而是在竭力忍耐着。

"生命短暂,所以美丽……"

察觉到睡在身边的宗恩醒了,利休喃喃地说了这句话。

从那个时候起,利休的茶道渐渐有了迫人的力量。

宗恩知道,除了前妻和她,利休还有一个女人。那个女人也生有子嗣。即便如此,在前妻亡故的时候,利休仍说要正式迎娶宗恩为妻。

"我真的可以做您的妻子吗？"

宗恩这样问利休。比起欢喜，她更觉得困惑。

"当然。再没有女人像你一样合我的心意。"

那时的那句话，她信以为真。

然而一起生活十多年后，她深切地明白了，什么是真什么是假。

女人的直觉告诉宗恩：丈夫一直在隐瞒着什么。他真正心爱的女人，既不是亡故的前妻，也不是宗恩，更不是另一个妾室，而是另有其人——

钟声又响了。然而她深重的烦恼，岂是敲一百零八下钟，就能烟消云散的。

"您其实并不需要我吧？我明白的。"

"这话没头没脑的。要是没有你，我会很为难的。"

"只是为难而已吧。"她有些气呼呼的。这点小小的反抗还是被允许的吧。

成为利休的妻子以后她才知道，没有比利休更难伺候的丈夫了。从家中一切调度到打扫的方式、挑选早晚餐要用的一个碟子、每块酱菜应如何摆放，事无巨细，只要不合利休的心意，他就会怫然不悦。

当利休不满意餐盘上盘子摆放的位置，自己重新摆过的时候，宗恩就会后背冷汗直流。

就连盛饭的方式、料理装盘的方式，也全都要求有独特的美感。若是做不到，利休的眉间就会阴沉下来。极不满意的时候，他就会皱起眉头。

为了不让他露出不悦的阴沉之色或皱眉头，宗恩不知费了多少心思。作为丈夫的利休可曾想过吗？

就算是在家中行走，宗恩也是无比的小心翼翼。偶尔拉上纸门的时候发出声音，引来利休不悦的视线，都会令宗恩感到痛不欲生。

长年累月一再隐忍的情绪，随着除夕夜的钟声，决堤迸发了。

"这些年来，我无时无刻不在想如何才能伺候得您心满意足，但我已经再也撑不下去了。"

不出所料的，利休露出一脸困惑的表情。活该！

"还以为你要说什么，原来是傍晚的事儿么……"

利休说的是大年夜的事情。宗恩一大早就开始指挥着家里上下，为准备正月里的大事小事忙得团团转。

傍晚在厨房，她起身时一阵晕眩，没拿住盛年糕汤的漆碗，掉在了地上，碗身磕掉了一小块，掉了漆。

正好在场的利休，眉间明显地阴沉下来。

——冒冒失失！

宗恩以为会受到严厉的责难。不，并不是她以为。利休的眉间明白地表示出了这个意思。

"谁都会有失败。我并没有责备你。"

他嘴上确实没说。但是丈夫用比责骂还要严厉十倍百倍的目光,斥责了宗恩。

"您是既薄情又狡猾的人。嘴上虽然不说,心里已经谩骂过了吧。这点事情我还是懂的。"

"说什么傻话。"

"是。我是傻瓜,所以实在不能令您满意。"

利休苦笑着躺下,背对着宗恩。

"该歇息了。"

宗恩的眼角发热、湿润了。懊恼的眼泪喷涌而出。

除夕夜的钟声已敲完。

宗恩在黑暗中盯着丈夫的后背,怀着深深的烦恼,怔怔地坐着。

三

广间床柱上挂着的竹筒中,装饰着结柳。长长的柳枝有一丈左右(约3米),利休将之打了一个圈,余下的部分垂到床之间的草席上。这包含着"好事往复来"的祈愿。此外再配以淡红和白色的山茶花花蕾,营造出艳丽的风情。

挂轴是古溪宗陈的墨宝,落落大方,却又紧凑不松散。

松无古今色

这是赞赏千年不变的常绿的禅语。

前方放着金莳绘①的香合,上面绘有今年的生肖兔,看上去栩栩如生的。

利休背对着床之间坐下,等候在一旁的长子和女婿双双伏地行礼。

"恭贺新春。"

长子道安祝贺新年。他是前妻所生。

"啊,今日春景极好。"

这个季节的京城,天空中飘浮着薄纱似的白云,常常会突然地落起雨来。今日是个大晴天,梅花也含苞欲放。

"的确,特别是鸟儿们也欢快得很。是个好兆头。"

接话的是赘婿少庵。

少庵是宗恩带过来的儿子,与利休的女儿阿龟成亲,入赘千家。阿龟是利休的侧室阿长所生之女。

利休一族的血缘,像葛藤一般相互缠绕、难解难分。

在客厅一角候着的宗恩,将漆涂铫子壶和酒盏放在托盘

---

①金莳绘:将金箔研磨成细粉,涂在漆器表面,绘制出图案或文字,在没干之前,撒上金银等金属粉末(这个行为称为"莳"),再打磨,从而使图案固定在容器上。通过这种方法绘制出来的图案就叫作"金莳绘"。

上，挨个斟上屠苏酒①。

道安和少庵共同修行茶道，两人同岁，皆是四十有六，因而彼此心里较着劲儿。即便见面，也从不见有和乐融融的时候。现下也是，虽对面而坐，喝着屠苏酒，彼此的视线却是错开的。

下人们端来了膳盘。按照宗恩的指示，上面放着年糕汤的碗、小鱼干、芝麻牛蒡。年糕汤用了白味噌和饼状年糕，并溶了黄芥末在里面。

三个男人在宽敞的客厅里一言不发地动着筷子。初春的阳光映在纸门上。他们间或闲谈一些茶人们的事情，直至用膳完毕。

膳盘撤去后，道安正了正坐姿。

"父亲大人。"他的语气郑重其事，"您今年古稀大寿，儿子欢喜至极。"

"不知不觉已是这把年纪了。真是人生如梦啊。"

"我等也是痴长年纪。再磨磨蹭蹭的，很快便要老了。"道安微张着嘴。似乎是有什么话要说，"今天是元旦，父亲大人若能赐教新一年的目标，儿子当铭感五内。"

利休对道安的话有些不解。"什么目标……"

---

①屠苏酒：一种延年益寿的药酒，于正月初一饮用。南朝·梁·宗懔《荆楚岁时记》："正月一日……长幼悉正衣冠，以次拜贺，进椒柏酒，饮桃汤，进屠苏酒……"

"茶道的未来。"

利休双臂交叠,凝视着空气。

"我死了,茶道也就亡了。好茶者或许会越来越多,但净是些有形无神的茶人,没人能点出真正的茶。"

道安点点头。

"茶道的未来怕是如此。儿子道安,虽力量微薄,愿尽力弘扬茶道。除了此事,还有这个家的茶道的事情。父亲大人已经古稀。眼下虽是十分壮健……恕儿子失礼,不知何时便会发生什么不测之事。为了以防万一……"说到这里,他闭上了嘴。

"你想要我留下遗言?"

"不错。毕竟天下的名物道具都聚在此处。倘若父亲大人有个万一,届时这些道具不慎散失了,岂非一大憾事?儿子以为全部交给一个人来继承为好。"

睁大眼睛听着的利休,从鼻子里哼了一声。

亲生儿子道安,名列秀吉茶头八人众末席,与利休一同为官。人称他是刚毅有骨气的茶人。

"在东山大佛寺内殿设一茶席,谁可当此任?"

曾经,秀吉这样问过利休。那时利休回答道安可胜任。

只是,在京城的茶人之间,少庵的声名远远高过道安。人们称之为稀世的数寄者,他的茶柔和静谧,超乎人们的想象。

候在一侧的宗恩屏住了呼吸。这是自己的儿子与利休前妻之子的家业之争。她直想堵上耳朵。

利休站起身来，打开了纸门。

院子里洒满了明亮的阳光。良久的沉默之后，利休望着外面开口道："得去给主公贺年了。下去准备吧。"

利休就这样头也不回地站着，道安和少庵只好默默地离开了广间。

宗恩下去准备新道服时，利休出现了。

她一言不发地帮他换衣服。

利休少有地陷入了踌躇。宗恩感觉得到。

"取诗笺和毛笔来……"

让下女取了来后，利休站着运笔。

樱树老哀哀　枝朽意衰衰　寂寞花一丛　只在今年开

利休将写好的诗笺给宗恩看。

"我也是老朽了……"

喃喃自语的利休脸上，找不到半分自负与傲慢。那模样，只是一个精疲力竭的普通老人。

宗恩将脸靠在利休的后背。

她想感受丈夫的热度，好一会儿，就那么一动也不动。

高丽的关白

利休切腹的前一年——

天正十八年(一五九〇)十一月七日 黄昏

京都 大德寺门前利休府邸 二叠半

利休

一

淡淡的冬日晨光,洒满了聚乐第的书院。茶釜摆在黑漆台子上,发出令人心静神怡的汤音。

秀吉身着金丝纹的红色羽织,坐在上段间。

小姓将利休点好的薄茶端到秀吉面前。

白天目茶碗的线条清爽,是白色黏土配以灰釉烧制的和物①。碗边漆成金色,为崭新的草席增添了几分光彩。

点心是烤麸。做法是将小麦粉用水溶化,薄薄地摊开在铁锅上烤,涂上味噌卷起来。样子虽不起眼,但味噌上下了功夫,越嚼越有味道。

秀吉单手端起天目茶碗,饮了一口茶,小声道:"那高丽使节的事……"

早先传召过的朝鲜使节今年七月到了京城。

秀吉春天为了小田原的战事而离开了京城,但九月返京之后,仍然不准国使谒见,让人家干等着。

他假托"大内的修缮繁忙",至今未接受朝鲜的国书。

被安置在紫野大德寺的使节一行,想必早就等得不耐烦了。

"他们到京城已经四个月了?"

"是。他们声称四月自高丽出发的,现在已经离开本国七

---

① 和物:在日本制作的物品。

个月了。"

那高丽人的不耐烦这会儿已经变成愤怒了吧。

答话的是石田三成,小姓为他端来了茶。

秀吉平定奥州,实现了天下统一。

虽还不是高枕无忧,但他已经是名副其实的天下霸主了。

眼下正在进行京城的大改造,极为繁忙,但他仍有空闲到有马温泉去疗养。去有马的时候利休也跟着,还在那里开了茶会。

就在三日之前,秀吉到刚刚完工的新寝殿觐见。

其实那时他打算带朝鲜遣日使一行过去的,但却被拒绝了。想来是对方不愿意在未完成呈递国书的使命之前,被人当猴耍着玩儿。

"差不多可以叫他们来见了。"

"的确是时候了。"

石田三成将茶碗略略举高过头行拜谢礼,然后将茶碗正面错开,分三口喝下,最后吸干净茶沫。这是个一板一眼的男人,行为举止十分的规矩。他用手指抹过茶碗的边缘,再用怀纸擦净手指。利休从未见秀吉做过这些事情。

"派人去大德寺。叫他们带国书来见。"

秀吉又拈起一个烤麸。

利休开始点第二服茶。这会儿用的抹茶,是拿十月开坛取出来的茶叶新磨的,口感格外清爽,滋味雅致。

"遵命。臣会派低微的小卒去通传。"

"你去做吧。"

秀吉抿起嘴,咂了下舌头。用甘葛汁熬制的烤麸味噌很是美味。撒在上面的罂粟籽也别出心裁。

高丽遣日使一行五十人,分开住在大德寺的本寺和分寺。利休这阵子去过大德寺几次,偶尔会看到他们的身影。

——高丽的关白要来了。

听说使节上京的时候,奇特的衣着和吹吹打打的热闹队伍,引得很多人跑到街上看热闹。如今却已被大家抛诸脑后了。

"招待宴就上五个,不,七个膳盘的豪华大餐,给他们一个下马威。"

三成宽阔的额头,在照进纸门的晨光下,冷冷地泛着光。

"这也不错,不过……"

秀吉盯着空气,摸着下巴上的胡须。看他的表情似乎是在琢磨着什么计策。

利休递出第二碗茶后,秀吉紧盯着他。

"你会怎么做?"

年轻时候的秀吉,眼神有时会柔和得像一池春水,现在则带着刺人的凛冽。

"是。"

"你想想什么料理好。"

"遵命。"利休想了一会儿，问秀吉道："您想让高丽的使者笑着回去，还是怒着回去？"

舒展眉头的秀吉盯着利休的脸，没一会儿呼呼地笑了。

"你是说可以凭一介料理，让人高兴或是发怒？"

"轻而易举。"

听了利休的回答，秀吉高兴地大大点头。

三成则面不改色。这个男人的理性远胜于情感。轻易不会表现出喜怒哀乐。

"这样啊……"

秀吉双手捧起第二碗的赤乐茶碗。似乎是很享受茶碗传达到手掌上的温度。

"你有什么想法么？"秀吉问三成。

"尽心尽意地以礼款待，哄得开心了，再命令他们归顺如何？"

对于人们厌恶却又无法拒绝的微妙心态，三成把握得又准又狠。

"原来如此，这也有点意思。"

秀吉仍是把茶碗端在手上不喝。

"那么……"利休小声道。

"怎么？你有什么想法？"秀吉用眼神催促他接着说。

"听闻高丽宫廷内素有两派。据说本次使节亦是如此，正使为西洋派，副使为东洋派，彼此相互牵制着。不利用这一点

195

岂不可惜？"

秀吉来了兴趣："你是哪里听来的？"

"高丽人一直逗留在大德寺，寺里的和尚从通译官那里打听到的。"

秀吉喝完剩下的茶，身体前倾。"有趣有趣。再多说些听听。"

"遵命。"

利休再次深深俯首之后，将在大德寺听到的消息娓娓道来。

（二）

五天后，朝鲜遣日使一行五十人出现在聚乐第。男人们戴着宽檐大帽，排成队伍，举着旗子，吹着热热闹闹的长喇叭，由远而近地走了过来。

利休在聚乐第门前，与公家和大名们一道，迎接这一行人。

高丽的音乐很是喧闹。

高丽传来的白瓷和青瓷，都有着娴静的姿态。特别是青瓷色调之深邃，言语难以形容。而乐曲却大相径庭。

利休想象不出，大海彼岸的远方国度是怎生的模样。可能的话，他想用自己的脚去走访，用自己的眼睛去观察，那到底是个怎样的国家。

利休初次遇见的高丽女人，高贵而娴雅——

——不。

利休摇摇头。

那是个梦。只不过是个幻影。那么美丽的女人，不可能存在于这个世界上——或许是上了年纪的缘故，他最近会涌起这样的念头。

每当这个时候，他都会把手放入怀中。

他的怀中总藏着一个绿釉香合。握紧那香合，圆润的形状便会鲜明地唤醒所有的记忆。

利休又摇摇头。

——今日，你的国人来了。

我打算"好好地"招待他们一番——像往常一样，他在心中与女人对话。

这些男人的国家，把那么优美高贵的女人逼到不幸之极的境地。他怎么可能友善以待？

虽然秀吉到处大事宣传"高丽的关白来了"，但实际上不过是普通的高官罢了。排成一排迎接的公家和大名们，心里都很清楚。

即便如此，对京城的老百姓们来说，这支队伍还是非常稀罕的，所以聚集了很多看热闹的人。

一行人毕恭毕敬地穿过聚乐第的门。

登堂入室的这些高丽人,极是殷勤有礼。

干等数月,想必他们心中是无比焦躁的,然而举手投足,却是落落大方,有礼有节。

使节中的几个主要人物在大广间坐下后,秀吉不慌不忙地出现了。他身着黑色礼服,头戴冠帽,手持笏板。他登上大广间特别搭建的三层高坛,居高坐下。

对着彬彬行礼的使节们,秀吉大方地点点头。

"一路辛苦了。"

"我等尊奉朝鲜国王之命,敬献国书。在下使者黄允吉。"

"在下副使金诚一。"

同行的通译官磕磕绊绊地翻译成日语。

黄允吉再次深深俯首。朝鲜的礼仪,比日本礼法要更加繁复庄重。

正使黄允吉取出朝鲜国王的国书,朗声宣读。

朝鲜国王李,奉书日本国王殿下。
春候和煦,动静佳胜也。

开头只是嘘寒问暖,自然并非陈述朝鲜归顺日本之意的文书。此国书乃是祝贺秀吉统一日本、冀望日后睦邻友好的。

秀吉点点头。

在此之前,秀吉曾通过对马的宗义智①,向朝鲜朝廷传达令其归顺日本的意思,但宗义智怕触怒朝鲜国王,未能如实转告,只告诉朝鲜说日本想让他们派遣友好使节过来。于是才有了此次的访日。

其中的原委,秀吉已经想明白了。

"荣幸之至。唉,你等长途跋涉,的确是辛苦了。这是本官的一点儿心意。"

秀吉一招手,小姓们就搬出两个堆满银子的大台子出来,放在正使和副使的面前。各银四百两。

坐在广间末席的利休,对走廊的小姓使了个眼色。示意他们开始准备宴席的料理。

他事先吩咐了厨子今天要端上去的食物。

"真的就这些东西不要紧吗?"厨子一脸诧异地问道。

膳盘上放着平凡无奇的黑漆碟子,其上放了五个烤年糕。仅此而已。旁边是一个素陶的酒盏。没有筷子。

"这样就好。就上这个。"

厨子两臂交叠纳闷起来。

"让国宾用手抓年糕吃,不会太失礼了吗?"

"不错。这本来就不是款待,而是为了让他们屈服的食

---

①宗义智(1568—1615):安土桃山时期至江户前期的大名。

物。让他们尝尝形同坐牢的滋味。"

厨子叹息着点点头。他似乎终于领悟到了这个宴席的重大意义。

女人们将膳盘端到了广间。石田三成拿着酒瓶为使节们挨个斟上浊酒。利休斟了第二轮。

遣日使们既吃惊又困惑,本当与秀吉有互相敬酒之礼,对方却没有这个意思。尽管他们露出一副被喂了一嘴狗屎般的表情,却仍然遵照儒教的礼节,以手遮挡着将酒饮下。

才喝到一半,秀吉就回到内室,换了织锦的小袖和羽织出来。

他怀里抱了个婴儿。这是去年才出生的鹤松。

"告诉他们,这孩子将是日本下一个王。"

通译官将满面笑容的秀吉的话,如实翻译成高丽语。不仅遣日使们,秀吉还将鹤松抱给列席的大名和公家们都看了。

对于高丽人会有多不愉快,他当然清楚得很。

听闻朝鲜重视礼节,彼此敬酒时要躬身、合掌施礼。料理的种类和敬酒次数越多,意味着款待的诚意越深。

未被以礼相待的高丽人,会是怎样的感受呢——

其实早有消息到京,据说这些高丽人在对马就发生过一次争执。

在山寺摆宴招待遣日使一行时,岛主宗义智乘着肩舆穿过山门,仅是如此就惹得副使金诚一勃然大怒,斥其无礼,掀案而起。宗义智只好砍了轿夫的脑袋献上去谢罪。这才总算熄了副使的怒火。

秀吉抱着鹤松走到外廊,招手将院子里候着的朝鲜乐师们叫了过来。

"奏乐来听听。"

乐师们看到秀吉的手势,便吹起喇叭来。

被抱在怀里的鹤松尿了。秀吉大吵着叫女人来抱走鹤松,自己又回到内室去换衣服。

黄允吉和金诚一始终苦着脸。

一切,皆在利休的算计之中。

三

利休领着一行人回到下榻之处的大德寺。

骑在马上的黄允吉和金诚一,苦着脸,直勾勾地瞪视着前方。

千里迢迢远渡日本的结果,就是被招待了一顿烤年糕。而且奉上国书后,也没有个回音。只要听不到答复,他们就无法完成国使的使命。

前方看到了大德寺山门的屋顶,利休故意放慢了脚步。

他用手指着旁边的宅子，对马上的金诚一道："这里是寒舍。我想对您解释今日宴席的真正用意。请金阁下务必过府一叙。"

他们到了利休的大德寺门前府邸①的跟前。

通译官翻译了以后，金诚一皱起眉头。正使黄允吉已经策马过去了。利休抓住机会向金诚一搭了话。

"有话就到我等的住处说吧。我累了。"

金诚一满脸疲惫不堪，抬头看了看天空。宴席很短，冬日的天空还亮着。

"想来您是累坏了。今日奉关白殿下之命，只准备了年糕。确是失礼至极。虽不足以弥补，但我为您准备了高丽料理。恳请赏光尝一尝，便是我的造化了。"

利休毕恭毕敬地低下头去。

金诚一在考虑。

被端到眼前的烤年糕，连筷子也没有，吃了便等于受辱。金诚一的膳盘上的年糕一口未动，都剩下了。这会儿腹中必然饥馁。

使节一行人中虽也有厨子，但禅寺之中禁食荤腥、戒饮酒，应该得不到满意的食材。美食当是一大诱惑。

---

①大德寺门前府邸：利休有多处家宅，大德寺门前府邸为其中一处，又称"大德寺故居"。除此以外，还有堺市百舌鸟野的"百舌鸟故居"，东山大佛前的"大佛故居"，大坂府岛本町山崎的"山崎故居"等。

金诚一点点头，下了马。

只留下五六个随从，其余人皆回大德寺了。

利休在前引路，穿过院门，走过茶庭，来到茶室前，金诚一停下了脚步。

他仔细打量着茶室。

虽同样地处京城，但偏居北隅，这茶室也只是个土里土气的茅屋。屋顶的房檐像困倦的眼皮似的，沉沉地下垂着。

"这边请。"

为了使异国的客人宽心，利休打开躏口，率先钻了进去。

他事先吩咐过帮手的少严准备，这会儿地炉中的茶釜，正静静地冒着热气。室内很是暖和，可以令在外面冷透的身体舒服地放松下来。

金诚一从躏口窥瞧着里面。他的脸上露出警戒之色。

床之间挂着木槿花的画轴。柔和的光线透过纸门照在画上，白色的木槿花跃然纸上。花的正中间染成紫色，闪耀着梦幻的光辉。此花虽不应季，却是高丽人所喜爱的。

室内焚着白檀香。此香高贵祥和，可消却心中戾气。

金诚一双手撑在草席上，进了茶室。

他站着仔细地端详木槿的画轴。然后视线从画轴慢慢移向周围。这是一方柱子和天井都用泥土涂满的室床。他有些迷惑，又抬头看向低矮得要碰到头的竹席天井，盯着看了好一会儿。他接着慢慢垂下脸看着墙壁。只涂了底子的墙壁上贴着薄墨色的纸。

金诚一越发迷惑了,随后坐了下来。单膝竖起坐着。

"像回到自己家一样。"

通译官从躙口探出头,翻译了他的话。

利休年轻的时候,想知道那个女人故乡的家中是如何布置的,曾为此学习过。堺城有高丽的商人。他去拜访那些商人,请他们画了很多图画。其中就有可以勉强钻过的窄小入口和室床。也有非常狭窄的二叠茅庵。

"你也进来。"

经利休一劝,通译官战战兢兢地钻了进来。二叠台目的茶室,三人坐下,恰到好处。

"今日实在是有失礼节。"

利休再次双手伏地,低下头去,额头贴在草席上。就算礼法不同,但可以通过动作传达表示敬意的心情。

"今日的宴席的确欺人太甚。关白殿下的举止,简直是旁若无人。"

"正是。今日之事,无以赔罪,但望您能明察日本国内的形势。"

利休等着通译官翻译完,接着道:"关白殿下虽统一了天下,但人心尚不安定。很多大名一有机会就要谋反夺权。"

通译官翻译完后,金诚一点着头,表示想必如此。

"今日之事，虽对贵国十分的失礼，但为了让日本国内这些人信服关白殿下，需要制造出贵国已归顺在关白殿下的威势之下的假象。为此，今日的料理才会有所不周，且关白殿下在诸侯面前做出那等旁若无人的举止。还请您千万宽恕。"

金诚一哼了一声。

"那是贵国的事情吧。与我国有何干系？不管因何而起，失礼就是失礼。"

"所言极是。关于此事，完全是我等的过错。只是希望您能体察其中的缘故。"

利休再次低下头去。

金诚一不说话，满脸不悦。

"您今日一定累了。我先为您献茶。"

金诚一在脸前挥了挥手。

"不必。我们虽也饮茶，但不喜欢那么又苦又难喝的茶。"

"不，这茶定会合您口味的。还请试试。"

利休打开茶道口，烫手的铁壶和小巧的煎茶茶碗放在那里。他拿进茶室，从铁壶里倒出茶来。褐色的液体释放出独特的香气。

金诚一好奇地拿起茶碗，深深吸了口气。

"原来是生姜茶。"

"不错。喝了可以暖身体。"

这是将生姜熬了再加入蜂蜜制成的茶。找蜂蜜费了很大周折。

金诚一啜了一口,表情缓和下来,问利休道:"你去过朝鲜?"

"不,没去过。只是一向喜好高丽舶来的工艺品。我想高丽一定是个美丽的国家,很是向往。"

金诚一啜饮着生姜茶,点了点头。

利休再次打开茶道口,取出朱漆的长板,放在茶室的正中央。在二畳半的屋子里放上一个有桌腿的板子,人就不得不把背贴在墙上。

他放好杉板,其上又放了个土锅。盖子取下,热气蒸腾而出的同时,飘出一股诱人的香味。

"鸭肉锅!"

通译官扬声道。整鸭一只,再加入高丽参、甘草、枸杞子等汉方药,银杏、枣和栗子、糯米,用味噌慢炖。

"我想这道料理是最宜在寒冷季节享用的。"

"你家里有朝鲜人?"

"不是,我本是堺城的商人,故而通晓高丽的事情。这道料理也是自高丽传来的。"

利休挪了下膝盖,拿起放在茶道口的白色细口壶。他摆上白瓷酒盏,斟上酒。金色清澈的酒。

金诚一先是看着酒盏,而后用鼻子闻了闻味道,尝了一口。在口中品了一会儿后,咂舌一饮而尽。

"这不是法酒么?"

利休深深地点了点头。之后,他一样接一样地端出朝鲜料理。

鸡肉拌高丽参,荞麦皮蔬菜春卷,栗子柿子红豆粥和昆布汤,蒸枣饼和核桃仁柿饼甜点等等,摆满了朱漆长板。

这些全都是跟堺城的高丽人学来的料理。法酒则是有钱就能买到。

利休离开茶室,让金诚一和通译官尽情享用怀念的家乡菜。

从那以后,金诚一不时地造访利休府邸,享受高丽的味道。

转过年来,一行人带着秀吉的回信回到了汉阳。他们立刻报告了倭国的情势,但国王召唤正使黄允吉和副使金诚一的时候,两人的陈述却截然相反。

黄允吉回答:"战祸必至。"

金诚一则回答:"未见战祸的征兆。"他甚至说:"允吉惑乱人心,是何居心?"

若是朝鲜国王听取正使黄允吉的报告,加强了沿海防卫的话,或许秀吉就不能轻而易举地攻入朝鲜半岛了。

不过那都是利休切腹以后的事情了。

野菊

秀吉

天正十八年（一五九零）九月二十三日　晨

利休切腹的前一年——

京都　聚乐第　四畳半

一

　　站在三层的摘星楼上，舒爽清澈的青空仿佛触手可及。洁白的卷云昭示着深秋之意。

　　——我要看看那男人出丑的样子。

　　秀吉眺望着沐浴在阳光下的东山连峰和京城的街市，心中想着利休的事情。

　　今年春天到秋天，他攻陷了小田原城。奥州的整治也进入了尾声。日本已尽在他的掌控中。如今唯一不遂他所愿的，就是那个男人了。

　　——有没有什么能大快我心的法子呢？

　　一开始思考这件事，秀吉就异常兴奋起来。

　　信长在本能寺被杀已过去八年。几年来，秀吉可说是不遑宁处。从九州奔走到奥州，指挥会战，每日会客无数，需要他定夺的事情堆积如山。到了晚上还要满足美丽的女人们。

　　但这些也都告一段落了。盼望已久的继承人已经出世了。

　　告一段落之后，秀吉开始想了。

　　世上的乐子竟意外的少。有没有什么能痛快一下的事？有没有能一扫胸中烦闷、让我打心底感到快活的事情呢——

　　——让利休出丑。那一定是件非常快活的事。

利休总是一脸正经不紧不慢的，要是能看到他慌张狼狈的样子，说不准会笑破肚皮呢。

近来秀吉有个不为人知的小兴趣，就是盘算如何令利休出丑。

那个男人，总是摆出一副"世上美丽之物尽在我心"的样子。秀吉的家臣当中，也有好几个武士把利休当作美的化身一般崇拜着。俨然在崇拜神佛似的。

这让秀吉大大的不开心。

天下能让世人崇拜的男人，有一个就够了，这个人就是他关白秀吉。

要怎么让他出丑呢——秀吉想来想去，却想不出利休的破绽。在茶道方面，利休确实是无出其右的高人。但也并非没有整治他的法子。

楼梯上传来脚步声。

一个男人被小姓背上了摘星楼。小姓将背上的男人轻轻放在草席上。

男人穿着蓝染的棉布小袖，戴着白色的包头巾。他过去曾被幽禁在土牢中多年，因而伤了腿脚，膝盖变得不能弯曲了。为了将这个不良于行的男人带上战场，秀吉曾特地准备了肩舆。因为他非常需要这个男人的智慧。

男人平伸着双腿，双手伏地，俯首行礼。

"主公有事找我？"

"没什么大事,请你来喝个茶。不必拘束。"

茶室的角落里放着一个黄金的台子,其上放着黄金的茶釜,发出轻盈的汤音。

"多谢主公。"

军师黑田官兵卫厌恶茶道。秀吉很清楚这一点。

秀吉背对着遍贴金箔的床之间问道:"我从没认真地问过你,你为何讨厌茶道?茶道并不是什么厌物吧?"

被问话的官兵卫将敦实的大鼻子和精光绽放的大眼睛转向秀吉。

官兵卫是个脑袋转得非常快的男人。秀吉几经深思熟虑得出的判断,他可以在一瞬间就想到,秀吉好几次为之吃惊不已。秀吉十分信赖军师官兵卫的才智。

"属下一直想跟身为茶道数寄者的主公谈一谈此事。"

"哼。我并不喜欢茶道,不过算了。说说你讨厌的缘故。"

官兵卫略感惊讶,随后将插在腰带上的扇子拿在手中,开口道:"第一件,是疏于防范。在如今这个治乱难分的世道,主客无刀,围坐在狭窄的茶席上,这是无比的疏忽大意。"

"的确。"

在利休成为茶头之前,客人是可以带着腰刀进入茶室的。只要把大刀挂在外面的竹钉上就可以了。

但利休担心在茶席上发生争斗，在外面安装了木架子。要求客人将腰刀也放好再进入茶室。

"说是无刀，但若是有谋反之心的人，难道不会在怀里藏着短刀？简直是危险至极。"

秀吉深深地点头。"原来如此。还有么？"

"第二件，是道具。只不过是拿来喝茶的碗和茶入，居然价值千金，简直是荒谬至极。哪怕是有一文闲钱也应储备起来，全部用来招揽贤才。"

"有理。"

官兵卫是个非常节俭的人。比如别人送来的瓜，给家臣们吃的时候，会故意把皮削得很厚留下。之后让厨子用盐腌了，等吃饭的时候拿给没有配菜的杂役们吃。此人平时连扔个纸屑木片都嫌浪费，但必要时刻却会不惜耗费重金。对如此秉性的官兵卫来说，想必很难容忍茶道的浪费。

"还有么？"

"第三件，是时间。只是坐在那里赏玩书画、喝喝茶的话，不需要那么多时间。若有两个时辰（四个小时）的工夫，既可以练武又可以读书，不，为国家百年出谋划策也都够了。若是公家之人也便罢了，武家之人沉溺于此等游艺，心气白白消磨，放纵妄为，习与性成[1]。有朝一日，必遭邻

---

[1] 习与性成：《尚书·太甲上》："兹乃不义，习与性成。"长期的习惯会形成一定的性格。

国攻打。"

秀吉不住地点头。

"既然如此为何主公会爱好茶道……不,您方才说不喜欢。属下一直以为您爱好此道,这,实在令人费解……"

秀吉把玩着金丝羽织的带子,轻轻地笑了。

"我会嗜好茶道,是因为除去你说的危害,仍有许多可用之处。"

官兵卫眉头展开。他是个对新知识和有用智慧极为贪婪的人。

"若是如此,恳请务必指点属下。"

秀吉缓缓地点点头,转向后方。

贴着金箔的床之间上,放着朴素的竹筒花入。这是今年夏天在小田原的阵地,利休砍了竹子做的三个花入之一。竹筒里面没有花。旁边放着插满了秋花的花篮。

"方才同朋众去接你的时候是怎么说的?"

官兵卫露出不解的样子。

"我听说是主公要指点属下茶道。"

"不错。我是那样吩咐的,还让同朋众准备了这些花。"

"看来是如此。"

说起来,秀吉一直在谈茶道,却迟迟不点茶,也没有要指点他应如何插花的意思。唯有黄金的茶釜,静静地冒着热气。

"如果这里没有茶道具和花，其他人一定会心急得很。他们会琢磨官兵卫被叫去是有什么要事。三成那些人，这会儿心里一定在意得很。搞不好过后他们会向同朋众打听，我们到底谈了什么。"

官兵卫深深地点头。

"只要有道具，有沸腾的热水，那就是谈了茶道。不管其他人信与不信，人们会传话说我教了你茶道。比起被传话我们进行了密谈，哪个好？"

官兵卫注视着自茶釜蒸腾而起的热气，更深地点了点头。

（二）

从敞开的窗子望出去，秋空的光芒轻轻浅浅，随时都会消失似的。自窗口吹入的风，温柔怡人。

秀吉站起身来，坐在黄金的台子皆具①前面，拿起柄杓，将茶釜中的热水倒入黄金的天目茶碗中。

他把这个茶碗放在黄金的天目台上，端到官兵卫的面前。

---

①皆具：摆设在台子或长板上的风格统一的一套茶具。包括水指、杓立（放柄杓的瓶子）、建水、盖置等，根据流派不同，风炉和茶釜也可归类为皆具。

秀吉又在替换的茶碗①中倒入热水，用双手端着，略略感受过茶碗的温暖之后，自便喝了。

"用黄金的茶釜烧开的热水，别有一番风味。"

官兵卫听了，含了一口热水，用舌头细细品尝过后，轻轻笑了。

"热水就是热水。铁与金的价值虽不同，但热水的味道并没有多大分别。"

秀吉点点头，没有异议。

"我说，官兵卫。人真是奇怪。用这个茶釜的热水点茶，也有人会感激涕零地说是天上的甘露呢。"

官兵卫再含了一口热水，品其味道。

"那与其说是黄金茶釜之功，不如说是承蒙关白殿下亲自点茶，而感到无比的荣幸吧。"

"也许吧。"

秀吉喝干热水。铜铁的茶釜和黄金的茶釜，他有时会觉得味道全然不同，有时也会觉得没有不同。全要看当时的心情。今天则是什么感觉也没有。

"你怎么看那个人？"

秀吉放下茶碗，又开始摆弄羽织的带子。

"这……您是说利休居士？"

---

①替换的茶碗：日语为"替茶碗"，客人人数多的时候，用于替换正客使用的"主茶碗"的副茶碗。

不愧是心思敏锐的军师。

"不错。为何那人的追随者如此之多？"

官兵卫很快地看了一眼窗外的天空，又重新转向秀吉。天空的光芒，变得更微弱了。

"利休居士有其他茶人没有的'理'。"

"理……指的是什么？"

尽管官兵卫讨厌茶道，但也曾几次被邀请到利休的茶席。这位军师应是在茶席上仔仔细细地观察过利休这个人物。

"这位老人家的点前，着实没有一丝破绽，动作有如行云流水。一般来讲，欲动作稳静必生破绽，欲动作流畅必显急迫。属下以为，只有对人体运动之'理'熟知于心，才能在持放道具之时，做到精练自然。"

原来如此。只要是利休持在手里的，不管是柄杓还是茶筅，乃至茶巾、水指盖子，每件道具都显得生气盎然，仿佛有了生命一样。或许正是因为他深知人与物的"理"，才做得到这一点。

"从茶釜中取热水一杓，再补回冷水一杓，不用完即废、饮完即荒，也是'理'在其中。这就是利休与其他茶人大为不同的地方。"

利休所开创的茶道作法，也符合了不喜浪费的官兵卫的习惯。

"而很多人所感佩的，是利休孕育在闲寂数寄之中的清雅光彩。"

"清雅光彩么……"

确实利休挑选的道具是有光彩的。

"利休居士的茶虽称为寂茶，却完全没有枯冷之意。反而像是在深处埋藏着某种火热的感情。"

秀吉不禁用手拍了下膝盖。

"不错！正是如此。"

这正是秀吉想知道的利休的秘密。利休有着其他茶人没有的火热。这定是他吸引人的地方。

"那个男人有一种火热的感觉……"

"是的，这一点与主公相似。"

"与我相似？"

"是。两位追求女人的力量皆异常强大。"

秀吉表示疑问。

——女人么？

不为女人疯狂的男人，还算什么男人？这是天经地义的！

官兵卫喝干剩下的热水。

"啊，真是美味极了。且不说黄金的茶釜，聚乐第的水的确口感柔和。属下斗胆，可以再讨一碗么？"

秀吉点点头，在官兵卫的茶碗里倒上热水递给他。

"我想借助你的智慧。"

"您是说出兵朝鲜的事么?"

"哪里,是利休的事。"

官兵卫呼呼地笑了。

"您想怎么对付利休居士?"

"那家伙让人有些不痛快。我想看看他出丑的样子,但没有好点子。就当是余兴。你想个法子出来。"

喝着热水的官兵卫又笑了。

"有什么可笑的?"

"不,属下是想,主公对利休居士的事情如此念兹在兹的,乃是因为天下已定别无牵挂了。"

秀吉哼了一声,摸摸近来明显稀薄的头发。白发多了,发髻也细了。

"我从牵牛花的事开始,就一直心里不痛快。一直想着要让他吃点苦头。"

曾有一次,秀吉听说利休府邸开了很多舶来的牵牛花,特地一大早出门去看,却没在院子里看到。进了小茶室,才发现床之间上装饰着仅此一朵的牵牛花。利休为了让这一朵花给人以最深刻的印象,竟将院子里开的花全摘了。

"在大德寺也有过很可气的事儿。"

某年夏天,秀吉到大德寺的大仙院去。他在书院里命令利休插花,利休不在室内,却在外面枯山水的石头上放上金属花入，洒上水，插入鲜花。这样的布置确实是清凉舒爽极了。

"梅花也是。还有樱花……"

为了为难利休，秀吉曾在床之间放了一个大青铜水钵和一枝红梅，让利休插花。利休若无其事地将红梅枝倒提着，单手一撸。花朵和花蕾飘落在水面上，顿时营造出一种妙不可言的风情。

"樱花的时候，那个男人根本不插，只是拿着花枝，唱着'舞落吧''舞落吧'①在茶室里来回地走。花瓣飞舞飘散，的确令春意更浓了。啊，不坏是不坏，但就是让人窝火。"

每每利休肆意展现他的才智和谋略时，秀吉的不甘就越发强烈。强烈得无以复加。

"我还听说过，有一次利休得了好花入叫人去看，结果却哪里都没有花入，等茶席结束了，才指着尘穴②，给人看横陈其中的山茶落花。简直可恶至极。"

"可以想象……"官兵卫笑了。

"我命利休明早准备茶席。用你的智慧让利休出出丑！"

---

①舞落吧：此句出自《伊势物语》第82段"渚之院"，原文是"散ればこそ、いとど桜はめでたけれ、憂き世になにか久しかるべき"，意为"樱花舞落是为美，浮世俗尘素无常"。
②尘穴：指茶庭中的方形或圆形的浅坑，是起装饰作用的垃圾堆放处，实际上会打扫干净，或者铺些应季的落叶以增添情趣。

"容属下想想……"

"花好。用花！用花刁难那个男人！"

"可是，听您方才所说的，利休实在不是个寻常手段就会认输的茶头。他一人便似百万骑的兵力。而属下对茶道一无所知，与区区步兵无异。无法一决胜负。"

"不用非让他认输。我就想看看那个男人为难的样子。不，哪怕一瞬间也好，让他尝尝不知所措的滋味。这就够了。"

官兵卫默默地点点头，看着花篮中的花。

花篮中盛满了秋牡丹、地榆、桔梗、山芍药的红色果实、芒草等秋天的花草。

官兵卫爬到花篮前面，从中选了一枝花。

那是一枝淡紫色的野菊，恰与窗外黄昏的天空有着相同的颜色。

三

翌日清晨，官兵卫和堺城的针屋宗和、天王寺屋宗凡出现在聚乐第四叠半茶室的等候间。邀此三人，是为了褒奖他们在小田原战役中的汗马功劳。

秀吉让小姓把官兵卫单独叫出来，与他耳语道："我就在外面看着。"

他一开始就是如此打算的。这样嘲笑利休的愉悦感才会更强，才更肆无忌惮。

秀吉从窗子的缝隙窥视着茶席。这种快感令他兴奋极了。

床之间挂着远浦归帆图①。这是得自小田原北条家的战利品。

南宋画家玉涧所作，笔触轻快，远景是洞庭湖畔的树丛、塔和远山，近处是两个泛舟人。

床之间的草席上放着一个白色的和物天目茶碗，茶碗放在黑漆的托台上。茶碗中放着茶入，茶入套在布袋里。乃因这个茶入是名为鸲肩冲的名物，利休才如此装饰。

官兵卫在小姓的搀扶下从躙口进入茶席，他把扇子放在面前，双手伏地，拜赏床之间的画。此画令茶室平添开阔之感，恍然间若有轻风拂面。

官兵卫看向床之间草席上的白天目，一瞬不瞬地盯着。

他自小袖的怀中抽出怀纸，将夹在纸中的野菊花放入天目茶碗。秀吉也看到了，野菊花直立在茶碗中的茶入前。

——对了。就是这样。

---

①远浦归帆："潇湘八景"之一，中国宋末元初画僧玉涧（本名若芬，字仲石。浙江省人）的作品。该画最早由足利将军家收藏，先后经今川义元、北条家、丰臣秀吉之手，传至德川家康，后由家康第九子德川义直继承。真迹现藏于日本德川美术馆。

正在窥视的秀吉愉快极了。想到利休在点前的中途会不知如何处置这朵野菊，就忍不住要笑出声了。

官兵卫在针屋和天王寺屋的搀扶下坐在了正客的位置上。

不一会儿，茶道口打开，利休出现了。他的表情一本正经，恭敬地行了一礼。秀吉已经乐不可支了。

利休站起来，左手拿着饭桶形的建水。这个建水是用原木削制的，在利休的师父武野绍鸥的时期，只在里面的水屋使用，后来被利休拿来用在茶席上。

——真是胡来。

秀吉哑了一声。

床之间的画也好，䳄肩冲的茶入也罢，皆是极高贵的名物。利休却在这样的茶席上拿出山野村夫用的木桶来，简直是对名物的亵渎。同朋众要是知道了，定会火冒三丈。

利休坐在点前座，将木建水放在腰侧。

点前座的侧面是壁橱式洞库。高约两尺（约60公分），滑开木板门，只见里面放着一些茶道具。

利休从中取出濑户水指和柄杓。

他用双手包托着水指下部，这样放下时小手指可以先触到草席以作缓冲。一如既往地，他持放道具的动作流畅得无可挑剔。

他的动作内敛，没有破绽，也不会显得忙乱。正如官兵卫所说，这个男人定是洞晓了人类这种生物，不，世间万物的"理"之所在。

利休跪行到床之间前面。

——倒要看看这厮会怎么办。

秀吉将脸贴在纸窗的缝隙间。

利休的脊背、肩膀、手的动作都不见有任何的踌躇。

——完全不犹豫吗？

利休毫不迟疑地伸出双手，左手扶住天目台，右手将野菊轻轻抽出，放在床之间的草席上。

他拿起天目茶碗回到点前座，将茶碗和茶入、茶筅在水指前摆好，行了一礼，行云流水般地开始了点前。

点茶的利休，似乎不知虚荣、夸耀、欲求为何物，只是全身心地专注在这一服茶上。可是又看不出他身上有悉力为之的紧张感。其举手投足皆流于自然，更让人觉得可恨。

被留在床之间草席上的野菊花，背靠着远浦归帆图，看起来像是摇曳在洞庭湖畔一般。

秀吉忽然间心情恶劣起来，怒火中烧。可他还是想知道利休最后会如何收场，继续窥视着。

三个客人喝完茶，官兵卫请求拜赏鸭肩冲的茶入。

客人欣赏茶入的工夫，利休将水指和天目茶碗等物皆收进洞库。然后他又将赏毕的鸭肩冲放入布袋，跪行到床之间前面。他拿起野菊花，靠立在床之间靠近水屋一侧的角落里。再将鸭肩冲放到床之间上，又回到点前座。

被放在床之间角落里的野菊花，显得有些无精打采。

——我输了。

秀吉觉得自己想取笑利休的诡计，像野菊花一样地凋谢了。他的期望落空了，反而是自己闹了个笑话。

秀吉从便门进入茶室。

"利休的茶如何啊？"

三个客人伏地行礼，正客开口道："殊出望外，享得半日清闲。官兵卫我素日最厌茶道，今日方知此道奥妙无穷，感佩不已。茶道之随机应变，亦通战略之谋划。属下欲借今日之机，请利休大人赐教一二。"

听了一同征战沙场的军师的回答，秀吉更觉挫败。

指西为东[①]

天正十八年（一五九零）四月十一日　晨

箱根　汤本　早云寺

利休切腹的前一年——

山上宗二

[①] 语出《山上宗二记》，原文『山を谷、西を東と茶湯の法度を破り、物を自由にす』，意为『以山为谷，指西为东，破茶道之禁忌，纵物以自由』。

一

——人这东西……

山上宗二①站在小田原城的瞭望楼上，眺望着银光闪耀的大海，思绪万千。

真话，不可轻易出口。讲真话，会招人嫌恶。讲真话，易惹杀身之祸——

小田原的海上，漂浮着许多战船。小田原城，即将被秀吉的大军包围。二十万大军势如潮水，进逼而来。北条五代②的江山陷入风雨飘摇之中。

"听说秀吉将大本营设在了汤本的早云寺。"

同朋众对宗二说道。他正在瞭望楼的茶室内摆上台子，准备着茶席。

"是啊。"宗二心不在焉地回答着。

"我们的城池如此坚固，无论遭到多么强大的兵力攻打，都不会陷落的。"

的确，小田原城围建了一圈保护整个城市的坚固外郭。听说兵粮也可坚持数年。确实不是一时半刻就能攻下的城池。

---

①山上宗二(1544—1590)：战国时期到安土桃山时期的堺商、茶人。先后追随丰臣秀吉、前田利家、北条氏。后因惹怒秀吉而被杀害。撰有《山上宗二记》(茶道具的资料集)。

②北条五代：指北条氏五代的家主。

——可是……

宗二止不住地想。

并非自己乐意置身于战祸的漩涡当中。我怎会陷入这般困境——

细细想来，这都是因为说了真话的缘故。宗二不由得后悔自己这管不住嘴的坏毛病。

宗二曾是秀吉的茶头，因触怒了秀吉而被驱逐出大坂城，目今已有七个春秋。

漂泊的日子犹如从指间零落的沙子一般，苍白逝去。他也清楚，自己对茶席的布置已流于粗恶。

——人生境遇的起落竟如此骇人。

宗二曾在堺城经营一家叫作萨摩屋的大铺子，后来店铺与家宅土地都被秀吉收去了。自被宣告"禁入摄津、河内、和泉三国"以来，他一直过着漂泊不定的生活。

他清楚地记得，被驱逐那一天的情景。

那是在大坂城三叠的茶席内。

石垣、天守①和庭园都还在修建，石山上的茶室，显得异样的寂寥。那是一个晴好的清晨茶会。

亭主利休在茶碗之后，拿了一个章鱼壶出来。

秀吉见了皱起眉头。

---

①天守：远望敌情的望楼，同时兼具显示城主威势的象征性功能。日本的天守根据时代不同，其具体作用也不相同。

"居然拿个章鱼壶出来,又胡来……"

也难怪。渔夫出海用的章鱼壶,被利休当作建水拿到茶席上来了。栗色的素陶壶上附着着白色的藤壶[①]。

作为陪客的宗二听了秀吉的话,无意说道:"您不明白其中的情趣吗?"

他绝非批评的意思。当时利休将章鱼壶用作建水的创意,令宗二受到了强烈的震撼。他未作深想,便对不解其中意趣的天下霸主发问了。

这件事却触到了秀吉的逆鳞,导致宗二被赶出了摄河泉三国。

——我真是太愚蠢了。

如今想来,那句话说得太轻率了。他本以为茶席中的所有参与者不分高低贵贱,同等地品尝茶的味道、欣赏道具,乃是无比的幸事。是以他才不顾对方是天下霸主,将心中所感和盘托出。他一直坚信着这才是茶席上应有的因缘际会。

如今他不这么想了。

狭窄的茶室就是壶中天地,是与凡尘俗世截然不同的另一个世界——之类的想法皆是妄谈。

茶席只是茶人赖以为生的俗世罢了。是自己太愚蠢,竟忘了这个现实。

一朝被赶出养尊处优的堺城的家,宗二立刻便陷入了无

[①]藤壶:有钙质壳的固着动物,甲壳纲,藤壶科。

处下榻无米下锅的窘迫生活。他只好让妻子带着孩子回娘家去。

秀吉的所作所为令他气愤非常。

在旅居的茅草屋里生起火，用带在身边的唯一一个端反茶碗①点茶时，他的内心尤为激愤。

——无妨。这才是真正的寂茶。

但能如此挺胸抬头地享受闲寂世界，也只有短短几天而已。

手头的钱花光了，寄人篱下之时，便不得不处处小心客气。他是得罪了关白秀吉的人。愿意收留他的人家毕竟是少数。

——得想法子寻个生计。

若是能被提拔为哪个大名家的茶头就好了，却又苦于没有门路。

——要不去找加贺的前田呢？

大德寺分寺的兴临院是前田家的祠堂。他拜托相熟的纳所和尚②，让他作为寺庙的使者，远赴加贺处理捐赠寺地的委托。

他顺利得到百石的捐赠，还成为了该寺地的代官③，但

---
①端反茶碗：边缘外翻的茶碗。
②纳所和尚：掌管寺庙会计、杂物的下级僧人。
③代官：代替主君管理事务的人。

在那种乡下小地方当代官，实在难以甘心。然而前田家自有前田家的茶头，事到如今也没有宗二涉足的余地。

——真真是没有立足之地啊。

走投无路的宗二开始反省自己的言辞欠妥之处，不，照实说，应该是尖酸刻薄。

——万不可讲真话。

他告诫自己。

心里怎么感觉、怎么想都无所谓。只要不说出口就行了——

反复思量过后，宗二向秀吉赔罪，获邀参加墨俣①的茶会。他努力讨好秀吉，总算被允许回到大坂。

——然而……

宗二回想起来，摇了摇头。似乎自己和秀吉总是话不投机。

他又一次在茶席上将心中所想说漏了嘴。看着秀吉得意扬扬展示出的茶坛，他如实说出了自己的感想。

"土质上乘，形状却不甚佳。"

秀吉因此话大为不快，将宗二再次流放。

"你这个人哪……"

离开大坂的时候，师父利休一脸目瞪口呆。

---

①墨俣：墨俣城，位于岐阜县大垣市墨俣町。传说是丰臣秀吉在极短的时间内建造起来的，有"墨俣一夜城"之称。

"看似明白茶道个中奥妙，其实什么都不懂。"

"您的意思是要弟子歪曲本心、蒙骗敷衍吗？"

宗二紧咬住利休的话柄。

"你错了。鉴赏道具的本事如何，在茶席上并不重要。"

"那什么才重要？"

"若是贵人精于茶道自不用说，不管邀请何人、被何人邀请，还是与人同席，都要像对待名匠一般地去敬重。比起道具鉴赏能力的优劣，这才是更重要的，不是么？"

宗二如今觉得师父所言甚是，可惜他醒悟得太晚了。

利休还有一句话，宗二一直铭刻心间。

"切不可在茶席上妄谈古董名物的鉴赏，或是谈论其他茶会的见闻。要想谈之而不令人生厌，就算修行二十年也未见得做得到。"

宗二尊利休为师，彼时也将近二十年了，但似乎作为一个茶人，他仍然很不成熟。利休那悲伤的神情，清楚地诉说着这一事实。

宗二将利休的教诲深藏心中，蛰居高野山。

后来，他来到关东，被聘为北条的茶头。来到此城，已过去两年了——

风闻利休也在秀吉设于汤本的大本营中。这让他内心骚动起来。

小田原城主北条氏直登上了瞭望楼。宗二为他点了茶。

氏直眺望着晚霞辉映的海面，悠然地品着薄茶。他似乎已下定决心，要坚守孤城。

"好茶。"

氏直起身之前，宗二跪伏在其身前。

"臣有一事相求。臣与师父利休居士久未谋面。听闻他今在汤本的军营中。恳请……"

氏直听到一半便站起身来。

"随你吧。"

他似乎并未把一介流离的茶人放在心上。

（二）

从箱根到东海道，布满了丰臣一方的人马。宗二入夜行走，很快便被长枪顶住盘查身份。

"来者何人？到哪里去？"

"在下是个茶人。听说千利休大人在关白殿下的营中，特来送个茶碗。"

宗二讲出预先想好的说辞，亮出包在布袋里的茶碗。他穿着道服，没有别的行李，且没有带刀。盘查的人未多加怀疑便让他过去了。

虽被拦下来两三次，但他借着月光，拼命爬着山中的官道，总算到了汤本。

不愧是秀吉的大本营，汤本的入口戒备森严。

"求访贵茶头利休大人……"

"报上名来！"

"在下堺城萨摩屋。"

身着盔甲的武士带着宗二穿过早云寺的山门。

宵夕的风幽幽的，捎来琵琶的声音。空气中飘散着微微的甜香，大概是藤花。二十万大军的大本营，居然像优雅的宫殿似的，有着这般沉静的气韵。

宗二被带到正殿的深处。静悄悄地沐浴着月光的枯山水映入眼帘。山的斜面放着巨大的石头，风格大胆。

庭院边上是一间茅草顶的茶室。纸门上映着灯火。

"到了。"

"打扰了。"他站在外廊一侧打招呼。

"是谁啊？"

久别的师父的声音响起。

"是萨摩屋的宗二。"

里面沉默了一会儿。

"进来吧。"

他迈上外廊，手放在纸门上，啪地打开，只见心中想念的人就坐在那里。

"茶头大人，您认识此人？"盔甲武士问道。

"请放心,这是我的旧徒。"

"那就好。"

武士与利休交相一视,退了下去。

"难为你走这一趟。"

"是,弟子一心想看望师父,便来了。久未相见,甚是怀念。"

"的确怀念。你一向可好?"

"托您的福,唯有体壮还算是可取之处。身体虽未染病,精神却不好了。旅居他乡,不知何时,精神上害了伤风。"

"这话可不像你。"

"不,师父大人,您是不会明白的。为了寂茶而废寝忘食的乐趣,那是身居华屋之中才能体会的。弟子常年漂泊在外,只感到寂茶的虚冷。"

听了宗二的话,利休柔和的目光变得严厉起来。

"我原以为你在旅居中精进了,如今看来你的心志完全颓废了。"

"不。弟子并没有颓废。只是闲寂这等优雅的情怀,须得有家有炉有茶釜才办得到。一切皆是借来之物,何来情怀可言。"

利休缓缓地摇了摇头。

"我竟不知道你是如此愚蠢的男人。山科的丿贯①,只要有一釜在手,便可为茶。你做不到,说明你的内心尚不成熟。"

听了利休的话,宗二垂下了眼睛。

"哪怕身无长物,只要胸中有决心与创意,便能体会到新茶道的乐趣。你为何不这么做呢?"

宗二无言以对。

难得见到师父的喜悦,冲昏了他的头脑。方才确实是口不择言了。

"弟子失礼了。实在是有感人生颠沛,身心俱疲,才忍不住横生怨言。弟子不肖,但弟子也是只将一个端反茶碗作为道具,苦修茶道至今。"

宗二从怀中掏出他所喜爱的端反茶碗给利休看。这是一个名为熊川的枯叶色高丽茶碗。白色的釉药缓缓铺开,碗边略向外翻,样子落落大方,是宗二的心爱之物。

利休的眼睛微微眯起,目光再度柔和起来,厚实的嘴唇吐露出温柔的话语:"没法子。弟子不肖,师之过也。"

对宗二来说,利休的每一句话都刺耳极了。师言如刀,

---

① 丿(piě)贯:战国后期到安土桃山时期的传奇茶人,在京都府东部的山科造庵而居。名字又写作丿恒、丿观、别贯等。久须见疏安的《茶话指月集》(1640)中记录了丿贯参加天正十五年(1587)丰臣秀吉主办的北野大茶会时的逸事,以及他用一个有提手的茶釜既煮热水又熬粥的清贫生活。丿贯与当时的众多茶人皆有交流,特别与千利休有深交。

刀刀割在这副因愚蠢变得一无所有的躯体上。持有许多名物道具，将寂茶作为优雅的游艺的师父，绝不会明白自己此刻的心情。

"喝碗薄茶么？"

"弟子拜领。"

经利休一问，宗二才发现茶室的角落里放着风炉，炉上的茶釜升起袅袅的热气。说起来，已经过了立夏了。

宗二之前也在四叠半的茶室点过茶。利休似乎是在考虑新的布置，床之间上摆着几个挂轴和花入。

利休也不收拾，亲自端了食盒与点前的道具出来。

盒中的点心是珠母。揉好粳米粉，擀平，蒸熟，再放上红豆馅丸子。因形似珠母贝而得名。

利休将茶釜中的热水倒进黑乐茶碗，挥动茶筅清洗。

宗二把珠母用怀纸托着吃下。绝妙的柔软度和甜度，带给他味觉的极乐。

利休的点前还是一如既往的流畅，令观者着迷。他是那么的从容又专注，眼中仿佛只有茶道具所承载的绝美世界。

宗二将利休递过来的茶碗高举以示感谢后，几口饮下。他不由得长叹一声。宜口的好茶，让他从心底感到放松。

"味美如甘露。"

"那就好。"

宗二不客气地饮下第二服茶后，心情变得格外轻快。

"多谢师父赐茶。"

拜赏过茶碗之后，宗二再次打量起室内的布置。

床柱上挂着铊鞘笼。这本是樵夫挂在腰间用来放砍柴刀的筒状木篮子，利休拿来做花入了。说起来，利休曾在桂川从钓香鱼的渔夫那里得到过一个鱼篓，也拿来做过花人。

风炉旁边放着一个吊桶。这吊桶本是用来打井水的，利休在上面加了个木盖子，当作水指来用。

"话说回来……"宗二开口道。

"怎么？"

"师父大人的茶道，实在很强硬。"

"我的茶强硬？"

"是。出格不群又天衣无缝。连铊鞘笼和吊桶都用得这么理所当然。将区区杂物与唐物名物等而视之，好比将高山巧辩成低谷，将西方颠倒为东方。此等自由奔放、风趣至极的事情，唯有像师父大人这样的名匠才行得通。若是凡夫俗子也这样使用，铊鞘笼仍旧是铊鞘笼，吊桶仍旧是吊桶，绝对成不了寂茶的道具。"

宗二直抒胸臆，心里畅快极了。想来师父不会觉得他这几句话失礼的。

利休用双手抹了把脸。

"你这张嘴真是一点儿没变。就不能给嘴上派个把门儿的？你就是因此自毁其身，却一点不长教训。"

宗二摇摇头。

"不，弟子已吃够苦头了。刚刚只是想让师父知道弟子的眼力还在罢了。别无他意。"

利休的眉头深深皱起。

"明日这里有早间的茶会。我本想在关白殿下面前为你讲情，看你这样子，委实难办。"

"不，请一定为弟子说和。弟子想回堺城。"

宗二双手伏地，深深低下头去。

"唉，如何是好呢……"

利休的低语，令宗二痛苦万分。

"弟子不会再做出口不择言的蠢行。请务必为弟子求情。"

"茶道一座建立①，如一期一会②，主客互尊互敬。你虽有眼力，却不谙主客之道。"

"弟子可以。不，无论如何一定做到，恳请师父为弟子美言。"

宗二抬起脸，直勾勾地盯着利休，像抓住救命稻草一般。

---

①一座建立：指茶席中主客一体的状态。亭主在招待客人之时，竭尽苦心；另一方面，客人细细领会亭主的用心，彼此心意相通。

②一期一会：《山上宗二记》中所记录的利休的话。原文为"一期に一度の会のように、亭主を敬い畏るべし"。一期为佛教语，指人的一生。

三

宗二在水屋听着茶室中的动静。秀吉喝完茶后，利休提起了他的事情。

宗二听到里面叫他，便在茶道口俯首行过一礼，进入茶席。

久未谋面的秀吉，变得衰老又瘦小。

——他原是这般模样的么……

秀吉的衣装虽华丽威武，面相却猥琐寒酸。一想到这些年来他惧怕着这样一个老人而四处漂泊，宗二不禁对自己的懦弱感到憎恶。

"你从北条逃出来的？"秀吉问道。

"并非逃出来的。在下听闻师父大人在此，一心求见，专来拜访的。"

纸门外鸟声啁啾。今早也是个心旷神怡的大晴天。

"哼。是么？北条的情况如何？"

"目前还是斗志昂扬。看氏直大人的样子，像是哪怕十年，也要相持下去。"

秀吉皱起眉头。

宗二心想糟了。

"啊，不过这是他还没见到关白殿下大军的缘故。若是以大军将小田原团团围住，怕是氏直大人会吓得脸发青吧。"

秀吉盯着宗二。

"你站在哪一边？"

宗二喉头发紧。

"在下只是一介茶人，既没有敌方也没有我方。"

"真是个老滑头。"

"不，在下没有任何想法。只愿能回到堺城，专心茶道，了此一生。恳请关白殿下宽恕在下过去的百般无状。"

宗二将额头贴在草席上。他一动不动地等着，秀吉却不发话。

"臣也恳请关白殿下。此人虽面目可憎，尖酸刻薄，于茶道却是十分有眼力的名匠。恳请殿下原谅他吧。"

利休也低下头去。

秀吉仍是默不作声。茶釜的汤音听起来诡异不祥。

"也罢……我可以考虑一下。"

"拜谢关白殿下。"

"高兴得还太早。我要先试试你的诚意。"

宗二心里戒备起来。这个乖僻的老人要试什么？

"你若也是茶人的话，只身来此，总该带着什么道具吧？"

"这是自然。"

宗二从怀中掏出布袋展开，里面是他珍而重之地带在身边的熊川茶碗。虽然朴素却自有其动人之处，对他来说，只要有这个茶碗，其余皆可不要。

秀吉将这个茶碗持在手中看着。一言不发地看着。俄而凉薄的嘴唇发话了："无趣的茶碗。"

他随手一放，茶碗在草席上滚了一圈。

"您做什么？"

宗二急忙伸手抓住茶碗。

"这种下贱的茶碗，我不喜欢。对了，不如打破了再用金子接续起来，倒可添些意趣。"

"可笑！"宗二唾弃道。

"混账！"利休大声呵斥宗二。"居然对关白殿下如此无礼。退下！立刻退下！"

利休站起身来，抓住宗二的衣领。将他拖向茶道口。

"站住。"秀吉的声音，冷冷地响起。

"不准走。拖到院子里！喂，把这家伙带到院子里，削了他的耳朵和鼻子！"

秀吉洪亮的声音响起后，武士们立刻出现，将宗二拖到院子中。

"请饶恕他，请饶恕他，求关白殿下饶恕！"

利休跪伏在地。

"师父大人，就算他是天下霸主，侮辱弟子茶道的喜好，也用不着向他道歉。我宗二，不会谄媚至此。要杀便杀！我死也要死得漂亮！"

宗二欲直起身来，立刻又被按住。按照秀吉的命令，他被削去了耳朵和鼻子。

浑身是血的宗二，一声不吭地瞪着秀吉。他感觉不到疼痛，愤怒与悔恨交织在一起沸腾着。

"请饶恕他。请大发慈悲，饶了这条可怜的性命吧！"

利休将头贴在地上，恳求秀吉。

宗二怎么也不肯道歉，与秀吉互相瞪视了好一会儿。

"砍了他的脑袋。"

秀吉低声下令，白刃划过宗二的颈项。

三毒火焰

利休切腹三年前——

天正十六年（一五八八）八月十九日 晨

京都 聚乐第 利休府邸 二畳半

古溪宗陈

一

——人世真是愉快。啊，简直是有趣得不得了。

古溪宗陈在大德寺总见院的卧房里收拾着行李，笑意止不住地涌上来。

总见院是秀吉为了供奉织田信长的牌位而建造的寺院。六年前，宗陈被秀吉延请为这座寺院的开山祖师。

若能就此在这京城北郊一心禅定也便罢了，无奈事不遂愿。秀吉动辄就想把宗陈拉到红尘俗世的舞台上来。若考虑到宗门隆盛，的确值得欢喜，然而却也十分的麻烦。

涉足俗世，便难免生出纠缠与矛盾。无论好恶，总要被卷入浊世的争斗。

宗陈不由得想——人世熊熊燃烧着三毒火焰。

三毒即佛法所说的毒害：贪欲、嗔恚、愚痴。也就是贪婪、愤怒和愚蠢。

细细思来，世间灾祸与变化无常，乃至人生浮沉，几乎都能用这三毒来解释。人误其道，多与这三毒有关。

宗陈明日一早就要离开京城。因他触怒秀吉，被流放到九州了。

这是今早才发生的事——

大德寺寺内新建了天瑞寺，举行了落成式。

因秀吉的母亲大政所卧病在床，为祈祷病体平愈，日夜兼工,仅用了两个月,便将正殿、书院、客堂、僧房等所有屋舍都建好了。只因母亲想在活着的时候便定下葬身之处,秀吉连墓室也准备好了。

正殿的仪式顺利结束,一行人移步至大书院。

大书院的纸门上,乃是狩野永德所绘的山水图,风格大胆。从右至左依次为春夏秋冬的景致,浑然一体,气势磅礴地延展开来。

利休对着台子,用天目茶碗点了一碗薄茶。

身裹崭新僧衣的年轻僧人将茶碗端到秀吉面前。随后年轻的僧人鱼贯而入,将点心和放在天目台上的茶碗,端到一字排开的武士们面前。

秀吉缓缓饮下薄茶,将大德寺的长老们扫视了一遍。长老们皆身裹绚烂的袈裟。

"难为你们建成这么气派的寺院。有你等的法力护持,阿娘的病也会立刻好起来吧。"

被任命为天瑞寺开山祖师的玉仲宗琇深深俯下头去。

"能在如此短时间内建成本寺,全赖关白殿下的威势。庙宇既成,我等自当日夜诵经,祈祷大政所夫人贵恙平愈。"

宗陈听到这话,不禁觉得好笑。

——若要加持祈祷,找天台宗或真言宗的寺庙不就好了①。

他心中虽这样想,只是碍于场合,并未真的笑出来。

为了祈祷个人的疾病平愈而建造临济宗的禅寺,这种出发点本身就是错误的。禅门自中国的达摩大师以来,一向是以通过修行到达真理为宗旨的,并非加持祈祷的地方。

身着拔染②五七桐叶纹③大纹④直垂⑤的秀吉,满意地点点头。

宗陈看着秀吉布满细纹的脸,脑中闪过一个念头。他甚至觉得自己忽地大彻大悟了。

——秀吉的本性,是贪婪。

秀吉这个男人,便是穿衣行走的贪欲的化身。

普通的人是骸骨裹着皮囊的活物。秀吉却不同。他是裹着皮囊、穿着衣服的贪婪鬼——宗陈醒悟到。

正因如此,秀吉才能成为天下霸主。然而身为人,他的心胸却并不高尚。这个欲望深重、贪婪至极的男人,即便他

---

①关于加持祈祷:密教中一种祈愿佛的慈悲力的仪式。"加持"为梵语"adhisthana"的翻译,意思是通过手印、真言咒、观想等方法将佛的加护施与众生。"祈祷"指诵咒文、向神佛祈祷。祈祷原本是获得加持的一种手段,常被混用。天台宗和真言宗都属于密教。

②拔染:给除了图案以外的部分染色。

③五七桐叶纹:上方中央7朵桐花,左右各5朵桐花,下方3片桐叶。

④大纹:布制直垂的一种。始于室町时期,江户时期演变为五位诸大夫以上的礼服。

⑤直垂:本为平民的便服,镰仓时期以降,成为武家的礼服。

位极人臣，执掌天下，也仍然是卑劣的。

随侍家臣中坐在上位的，是石田三成。虽生得一副聪明的模样，却也是中"毒"不浅。

——三成是"愤怒"么……

大约四年前，宗陈与三成曾有过小小的龃龉。

那时，秀吉为新建巨刹天正寺和方广寺，提拔宗陈为开山祖师，石田三成担任造营奉行，但两人秉性不合。最终天正寺的建设被令中止，方广寺变成了天台宗的寺院。

之所以会有此结果，想来是三成对宗陈心怀嫉妒，燃烧着嫉妒的嗔恚火焰，故而从中作梗，让宗陈远离秀吉。

那个时候，宗陈对三成是不无愤恨的。

然而细细想来，一切皆是三成心中充满"毒"的缘故。错的并非三成，而是"毒"。

这样一想，自己心头的火也就消了。

若是人没有过度的欲望，总能保持着稳静的平常心和贤明的心灵，世间该是多么易于栖身啊——

宗陈看着列坐在大书院中的武士们，暗暗想道。为了消除三毒，才要有佛道，要有修行。

"大德寺的长老中，谁的法力最高深？"

秀吉问道。长老们都歪着脑袋。

"这个，该是谁呢。"最年长的春屋宗园彬彬有礼地俯首答话。

——禅和尚哪里有什么法力。

宗陈心想。

不,不管是哪个宗派的僧人,都不会有什么法力。

只不过有些和尚利用凡人的愚蠢设下骗局,为一己之贪念,号称有法力骗取香火钱罢了。

他心中虽这样想着,脸上却不动声色。

反正只是仪式过后的闲聊。没必要为此吹胡子瞪眼睛。

秀吉的视线停在宗陈脸上。

"你的法力高深,可以让阿娘的病立刻好起来吧?"

听了秀吉的话,宗陈点点头。只是点头,却不知该如何回答。他不想撒谎。

"领关白殿下尊意。贫僧当尽心祷告。"

他答应是答应了,话里却没什么底气。

"怎么,这话说得不干不脆的。你的修行高深,当有能逼退鬼神的法力吧?"

秀吉目不转睛地盯着宗陈。宗陈不能不答。

"那是关白殿下抬举了。贫僧的法力,不知能对治病起多大作用。"

希望秀吉别再要求更多了。他应该也很清楚,禅僧是不做祈祷的。

秀吉眉间沉了下来。

"这是什么话。那你的佛法能有什么用处?"

"禅，乃是为了看破宇宙真理的修行。大彻大悟，熄灭充满浊世的三毒火焰，方为佛道。"

秀吉更加不悦了。

"你的意思是对我阿娘的疾病平愈没用处了？"

"不，贫僧不是这个意思。只是我等日夜专心于作务①与禅定……"

秀吉打断宗陈。

"哎——休得啰嗦。落成式的好日子，说什么混话。你就不能说可以立刻击退病魔么！"

宗陈沉默了。就算对方是关白，他也不能歪曲宗门的教义。

"你以为我不知道加持祈祷是天台宗、真言宗才做的么？我是为了这个寺的隆盛，特地在禅门建造了祈愿所。为何不能照我的意思祈祷？"

秀吉言辞激动，脸涨得通红。

宗陈一言不发。他无意争辩。此时只能默默地忍过去。不，为时已晚了……

"我不想再看见你。给我滚！"

宗陈放弃了——没法子。

就算对方是关白，若助长其以一己之思就能改变宗门教义的想法，就后患无穷了。他不能在这里屈服。此时必须有

---

① 作务：指禅寺中僧侣进行打扫等劳务。被视为修行的一环。

人加以阻止。

宗陈深深地行了一礼,自秀吉尊前退下了。

二

宗陈回到总见院,先拜过安放在正殿的信长木像。

真人大小的信长像身着狩衣①,手持笏板,直视着前方。

是错觉吗?信长像的表情看起来透着懊悔与遗憾。

——信长大人生前也燃烧着贪婪的火焰吗?

若是没有贪婪之心,就无需从尾张远侵他国,黩武天下。率军进京,也正是受了贪婪之心的驱使——

但宗陈觉得,同是贪婪的火焰,信长与秀吉的颜色却大不相同。

他感到信长的贪婪有着强烈的求道②色彩。

信长,就像画师完成画作、佛师③雕刻佛像一样,试图给不成形的天下赋予一个形状。宗陈曾亲眼见过信长几次,虽也是个欲望深重的人,却没有那种如饥似渴的下作样子。

在这一点上,同样攫取天下财富的秀吉,身上却散发着

---

①狩衣:原指狩猎时穿的衣服,后成为日本古代、中世时期公家的便服。
②求道:寻求佛的教诲。
③佛师:日本负责制造佛像的人。

某种卑劣的气息。给人一种吃饭连锅底也要舔得一干二净似的粗鄙感。

宗陈再次感到，同样是贪欲，其品性也是因人而大不相同的。

——那么，那个人呢……

宗陈的脑中浮现出一个男人的脸。

利休的脸。

利休的脸，乍看是无欲无求的。

然而若论欲望之深重，这人却是无人能及的。

利休对美是无比贪婪的，其执着之强烈，要远远超过信长和秀吉对于夺取天下的执着。

——信长和秀吉的执着，与利休的执着，到底有何不同呢？

宗陈思索着，却不得答案。

他们想要的东西的确不同。

与追求领地与金银的武士不同，利休追求的，是茶道的美。

——其中有何不同吗？

追求的对象，不论是土地金银，还是美，那种不知餍足的执着，都一样是毒。

——不，利休是有品性的。

宗陈如此想道，却又摇了摇头。

利休的茶中，的确有着稳静的品格与风骨，同时又饱含谦逊，令其风骨不至流于自命清高。然而这些与执着心是两码事。

对每一件茶道具，茶席的每个角落，利休的眼睛都看得极周全，仿佛在用视线去舔舐、拆解入腹一般。

利休看上去只是在轻盈地、心无执泥地点着茶，然而实际上，若没有非同寻常的强烈执着，是无法成就那种非凡的点前的。

有无品性——究竟不过是表面文章。

欲望就是欲望。贪婪就是贪婪。不管装作多么高尚，毒就是毒，没有差别。

利休总是飘飘然地点着茶。至少在客人的眼中是这样的。

然而在其内里，却饱含着可以令地狱的汤釜都沸腾的贪婪、对美的如饥似渴、对美的执着。这是毋庸置疑的。

即便如此，利休却不喜将这种贪婪外露，隐藏得天衣无缝。

若是在他人的茶道中感觉到哪怕一丝丝这样的气息，利休都会立刻离席，断定此人不配作寂茶茶人，不再往来。

——那种执着的根源到底是什么呢？

这样一想，宗陈不禁在利休这个人身上感觉到一种说不出的恐怖。他开始觉得，在利休体内燃烧着的毒火，比之信长和秀吉，要激烈可怕得多。

秋日午后的天空，高阔而清澈，卷云白得刺眼。

年轻僧人自外廊快步而来。

"石田大人有请。"

说是要他去天瑞寺。

宗陈深深呼了一口气，出了总见院。寺院内有许多守卫的武士。

沿着石板路向西，便可看到崭新的天瑞寺山门。其上装配了小巧典雅的中国风二层门。

门口的哨兵拦住了宗陈。

等了一会儿，石田三成带着傲慢至极的表情，出现在梢头洒落的秋日阳光下。他身着拔染了"大一大万大吉①"家纹的大纹，趾高气昂的。

他手中的扇子指向地面，意思是叫宗陈坐在那里。宗陈坐在石板上，双手伏地，低下头去。

"关白殿下有令：祝宴之上，宗陈出言扫兴，令人不快至极，贬去筑紫太宰府。明日一早立刻启程。"

宗陈低着头听三成传令。"贫僧领命。"

"话说回来，你真是个死脑筋的男人。难道不知道何谓权宜么？"三成略显不悦。

事到如今，宗陈并不憎恨秀吉与三成。反倒是受到三毒

---

①大一大万大吉：文字样，意为"若能万民为我，我为万民，太平之世就会来临"。

毒害的俗子凡心可怜得引他发笑。

"歪曲宗门教诲的权宜，贫僧不懂得。"

"那就快滚吧。"

宗陈回到总见院，做好了远行的准备。

虽说是远行，一介禅僧也没什么可带的。穿上平日的墨染僧衣，系上绑腿穿上草鞋，戴上斗笠，便够了。

将吃饭用的钵盂和筷子、布巾、剃刀、木枕、备用的绑腿和足袋，都放入袈裟文库①，再用大方巾包好。到了早上，把行李往脖子上一挂，就可以云游四方了。没承想到了五十七岁，还要像云水一样出游，也算是一趣。快哉快哉。

宗陈收拾好行囊，面向铺满白砂的庭园，开始坐禅。

秋空浅淡而澄澈。茜草漫天飞舞。温和的风吹得松枝沙沙作响。

——人世中……

充满着贪婪、愤怒、愚蠢的三毒火焰。

——释迦牟尼的慧眼可感。

两千年前便有先哲看破了人心中的毒火，令宗陈深感敬佩。

松枝随风而鸣。松籁听来好似茶釜的汤音，宗陈心中一惊。一度中断的思绪又复活了。

_____
①袈裟文库：云水僧使用的四方形的行李盒子。

——利休又如何呢？

那个男人，有着超过寻常人千万倍的可怕毒火——

再次意识到这一点，宗陈不禁浑身一颤。

（三）

次日清晨——

宗陈戴着斗笠、作云水模样，天一亮，就来到了聚乐第的利休府邸。

昨日利休说请他喝茶。

年轻的弟子领宗陈走过茶庭。

茶庭已露出微微的靛蓝曙色，虽在街市之中，却有着深山幽谷的意境。

宗陈在茶室的屋檐下摘下斗笠与袈裟文库，挂在墙壁的竹钉上。

他从蹲口进去，发现二叠半的茶席被烛火照得通明。

床之间有挂轴。他跪着靠近阅读。挂轴字体开阔，书云：

隐隐孤帆绝海来

虚空消殒铁山催

大唐国里无知识

己眼当从何处开

这幅字曾经在秀吉处看过。乃是虚堂智愚①的墨迹。上题"示日本智光禅人"。听说因装裱有损，故由利休收藏着。

宗陈看过两遍，打心底叹了口气，叹息中含着难以言喻的懊悔。

——比不上。

自己虽是禅门弟子，比起利休却差远了。这位年长宗陈十岁的茶人，深谙洞察人心的门道。

虚堂是约三百年前的南宋禅僧，德高望重，当时的皇帝也曾皈依在他门下②。

依此字所题，当年应是有位名叫智光的禅僧，自日本远渡重洋，拜在了虚堂门下。

大海波涛汹涌，不见天日，巨浪激荡，其势可摧塌铁

---

①虚堂智愚（1185—1269）：中国南宋时期的禅僧。名智愚，号息耕、息耕叟，俗姓陈。四明象山人。虚堂是运庵普严的佛法继承人，弟子有灵石如芝，日本僧人南浦绍明等。南浦绍明的弟子宗峰妙超是大德寺的开山祖师。大德寺与茶道关系深远，自镰仓时期开始，虚堂的墨宝便很受茶人的珍视。一休宗纯为虚堂的七世法孙。

②关于皇帝的皈依：相传为南宋的理宗和度宗。关于皈依事实的出典不详，《虚堂和尚语录》有"咸淳（度宗年号）元年三月十一日。恭奉圣旨，宣入大内普说。先于几筵殿，迁理宗皇帝灵舆。入正殿拈香。语录。师不许刊行"的记录。

山。苦心惨淡渡海而来，在大唐却没有可以学习的师父。你的眼睛当向何处睁开——这是虚堂质询的偈颂。

宗陈觉得自己的增上慢①被利休毫不留情地打破了。

其实别说是九州太宰府，他甚至想过就这么乘船渡海而去。

日本的俗世充满了毒火。

他隐约觉得——如能渡海到大明国去，或许可以开辟新的天地，遇到杰出的人。

利休似乎是早已看透了宗陈的心思。

——我在妄自尊大些什么啊。

我看不起秀吉与三成被毒所污染，其实心中充满毒火的，不是别人，正是我自己。轻视他人本身不就是愚蠢之毒的业障吗——

利休为了让我领悟此事，特地挂了这幅偈颂吧。

清爽的晨光透过下地窗的纸窗②照射进来。

宗陈吹灭烛火，坐在了客座上。

风炉上的茶釜中，热水轻轻地翻滚着。

---

①增上慢：以自己证得增上之法等而起慢心。七慢（慢、过慢、慢过慢、我慢、增上慢、卑慢、邪慢）中的第五。《俱舍论》第十九卷有云："于未证得殊胜德中，谓已证得，名增上慢。"

②下地窗的纸窗：下地窗是茶室窗子的一种，与土墙为一体，是涂抹土墙时故意不涂、裸露出墙骨的一部分。该部分可以在内侧安装可左右滑动的纸窗或用钉子悬挂的纸窗。

茶道口打开了，利休俯首行礼。他一言不发地用双手恭敬地捧出一个黑漆碗。里面是粥。稀粥。稀薄得可以借着晨光映照出天井。

宗陈本来有些期待在出发之前会受到盛情的款待，这会儿只能为自己的愚钝感到羞耻。

利休从道服的怀中取出一个怀纸包，放在宗陈面前，随后深深地俯首行过一礼，便退下了。

宗陈打开怀纸，里面夹着一个干巴巴的梅子干。他心存感激地将碗举高拜谢，而后将粥喝下。

普普通通的一碗粥。既不好喝也不难喝。只是为了持身①的食物罢了。

喝着粥，宗陈的眼睛不禁湿润了。

——真是快哉。

头一次，他察觉到了自己心中的毒。

他的心情复杂，既心有不甘，却又觉得爽快。梅子干没有碰，只是看着，随后珍而重之地用怀纸重新包好，准备带着上路。

吃完粥过了一会儿，利休手持枣罐和茶筅再度出现，坐在点前座。

二叠半的茶席。客人与亭主，距离近得可以膝盖相碰。

---

①持身：修治其身。北宋·苏轼《广州东莞县资福寺舍利塔铭》中有"至于持身厉行,练精养志,或乘风而仙,或解形而去"之句。

利休伸手收回粥碗。他取下茶釜的盖子，用柄杓舀了一杓热水到碗中。热水没有倒掉，就这么又放回到宗陈面前。

宗陈双手捧着碗，慢慢地旋转。残留的一点点粥迹溶化到热水之中。他将热水喝掉，腹中不可思议地热乎起来，就像是体内蓄满了能量。

利休再次收回碗，用茶巾仔细地擦干净，随后点了一碗薄茶。静静地，放在宗陈面前。

绿色的液体在黑漆碗的衬托之下，展现出非凡的美丽。

宗陈默默地俯首行过礼后，将茶喝下。在粥与热水之后饮茶，茶香馥郁四溢，滋味柔和。

利休一言不发地坐着。

宗陈本想说些什么，却又觉得无论说什么都会成为虚言。

茶庭中鸟声啁啾，好一个清爽的早晨。

两人就这样彼此静默着。唯有汤音，平稳地、轻轻地，不绝于耳。

利休站起来，暂时消失在茶道口，又拿了炭斗出来。

他将铁环套在茶釜上，将茶釜提到一旁，添上炭，从怀中取出香合。

那是个绿釉香合，之前曾瞥见过的。宗陈那时请求欣赏，却被拒绝了。

利休用火筷夹起香，放在炭的旁边，然后把香合递到宗陈面前。原来利休记得他以前曾请求拜赏。利休在香合边上放了一颗红色的山栀子①果实，这是要宗陈不要说出去的意思。

宗陈拿起香合细细地端详。

香合沐浴在柔和的晨光之中，闪耀着浓郁深邃的绿色。这应该是几百年前的陶烧，釉面却像是新制的。无论是形状还是釉面，都是让人看不够的绝品。

"但凡是人，都会带着毒火。正因为有这毒火，才能涌出生存的力量，不是吗？"

的确，正因为有贪婪的心，才会涌出生存的力量。

"重要的是，如何将毒火提升为志向，不是吗？志高而贪婪，愤怒于自身的凡庸，专愚奋勉，禅师以为如何呢？"

"原来如此……"

即是说将三毒的火焰升华到更高的层次。

"请您多多保重身体。"

利休低头行礼后，将香合收进褪色的布袋，放入怀中。

"承蒙款待，感激不尽。"

宗陈深深地行了一礼，离开了茶席。

他在屋檐下挂上袈裟文库，戴上圆斗笠。

——利休的心底，到底燃烧着怎样的毒火呢？

宗陈边思索着，边迈向了筑紫的方向。

---

①山栀子：日语发音为"kuchinashi"，与表示"口無しkuchinashi"意思的词谐音。

北野大茶会

利休切腹四年前——

天正十五年(一五八七)十月一日

京都　北野天満宮殿前松林

利休

一

——这也是……茶道的一种姿态。

利休由衷地叹服。

京都北野天满宫的松林中,严丝合缝地布满了数量庞大的茶席。

初冬的黎明,呼出的气息发着白。

抬眼望去,松枝上方的天空微亮,万里无云,是个神清气爽的好天气。再过一会儿,这松林中就要有无数的茶人蜂拥而至了。热闹的大茶会即将开幕。

林子里还处处残留着浅浅的靛蓝色黑暗,秀吉身着织金羽织袴行走在其中。

身着灰色道服的利休和津田宗及、今井宗久等茶头走在秀吉后面。随侍的小姓们皆身穿崭新的肩衣①。

到处都是临时搭建起来的茶席,风格和布设五花八门。每个茶席上,都满溢着亭主闲寂旨趣的心思。

这些茶席都是几日内匆忙搭建起来的。四角竖起柱子,用木板或茅草搭成屋顶;墙壁或是没有,便是有,大多也只有一面或两面。还有不涂泥土,只是用木板做成墙壁的茶席。还有只有屋顶,下面铺上厚席的;又或者连屋顶都没有,只铺上薄席便当是茶席的。有的将石头堆成炉子,用来

---

①肩衣:室町末期的武士公服。

架茶釜。然而也并非都是如此简陋，带来精美台子的茶人也是有的。

天蒙蒙亮了，准备充足的亭主已经生起火，烧上热水。看到秀吉一行人后，松林里的人们都纷纷双手伏地，深深地低下头去。

"刚刚叫人数过，说是有一千六百席。聚集了如此多的寂茶茶人，难得难得。"

秀吉的心情很好。

今日的大茶会，是七月末时，在京都、奈良、堺城的街头竖起告示牌布告天下的。

布告内容如下：

茶道执心者，不问武士、工商业者、百姓，自持釜一个、吊桶一个、茶碗一个，无茶者，可以焦粉①代替，务必参加。

告示的意思是：只要是对茶道热心者，来者不拒。如果没有茶，用热水泡焦粉给人喝也可。告示上还说：因是在松林，所以茶席无论是打补丁的厚草席，还是软席子，都可使用。不仅日本人，只要是有数寄心的，外国人也可以参加。

---

①焦粉：指将大米或大麦炒过以后磨成粉后的东西。在焦粉中加入紫苏、花椒籽、陈皮等物的粉末后，称为"香煎"，可用热水冲饮。

喜欢茶道却不来的人，今后不可再点茶。

如秀吉所愿，寂茶茶人云集，令他甚是满足喜悦。富有之人令仆从抬着长木箱而来，寒士则自己将茶道具挑在扁担上而来。

"像这样将日本全国的寂茶茶人都集聚一处的茶道，除了主公，再没有人能有此大主张。"

同行的今井宗久的附和，听来格外的谄媚。

近来秀吉有些疏远宗久。宗久想让秀吉再把采买大量军需物资的任务交给他，好从中大赚一笔。

秀吉正在顺利地稳固其作为天下霸主的地位。

距天正十年六月，主君织田信长在本能寺被弑，想来才过去五年光阴。

在这短短五年中，秀吉片刻不敢荒废，为掌控天下倾尽了全部的心血。他在山崎讨伐了明智光秀，在贱之岳打败柴田胜家，在尾张与德川家康议和，压制四国，又在今年春天，出征九州，降服了岛津。

眼下，朝鲜国王正在请求访日。

在京城建造的豪宅聚乐第，近日终于完工。距他从大坂城移居过来，才过了半个月。

对秀吉来说，全是喜上加喜的事情。

"主公如今是隆运昌盛。所谓'此世即吾世'，不仅是御堂关白藤原道长①,也可说是当今的关白殿下啊。"宗久继续奉承道。

"哼。"秀吉哼了一声,似乎并不觉得欢喜。

听说近来硝石和铅、棉布等军需物资的采购,多交给博多的商人们。神屋宗湛等博多商人与堺商相比,性子直,很少讨价还价,容易控制。

除了茶道具以外,秀吉很少命令利休去买卖别的东西,利休也落得轻松。

秀吉对利休的命令,总是关于茶道的。关于茶道的事务,总是少不了利休。

今日的主管茶头,就是利休。

好几天前,利休就开始煞费苦心地布置茶席,连睡觉的工夫也没有。对利休来说,这个大茶会是崭露头角的重要舞台。

"看来会是个大晴天,好极了。"秀吉转头对天王寺屋津田宗及道。

利休和宗及、宗久三人,年轻的时候就有来往。在堺城,为茶道之事你来我往的,不知不觉间,已经到了这把年纪。大家都已经六十过半了。

---

①藤原道长:日本平安中期的公卿,先后将三个女儿嫁给一条天皇做皇后,权倾一时。在三女立后之日,道长宴请诸公卿,即兴作诗"此世即吾世,如月满无缺"。道长曾建京都上京区法成寺(1022年建,日本南北朝初期废),法成寺别名御堂,故而世人俗称其为"御堂关白"。

信长活着的时候，宗久是最受重用的，颇为春风得意，但秀吉却另有道理。思及人世浮沉，利休感到埋首茶道是正确的。

"的确是极好的天气。"

津田宗及抬眼看看渐渐发亮成浅蓝色的天空，应声道。

宗及与九州关系紧密，秀吉时常委托他生意上的事情。除了神屋宗湛，天王寺屋津田宗及还曾为大友宗麟①和秀吉牵线搭桥。天王寺屋在生意场上的那种坚韧不拔，一直没有改变过。

只是在茶道方面，津田宗及却没什么眼光。虽然他不惜财力，收集了很多名物道具，但在利休来看，也只是二流、三流的茶人。缺乏创意。没有意趣。不知茶为何物——当然，利休没有说出口过。素日往来，一向是笑脸相迎。

"差不多开始准备点前吧。"

"遵命。"

利休、宗及、宗久三人低下头去。今日的大茶会，秀吉与这三人，要在布置于松林正中央的茶席上点茶。

---

①大友宗麟(1530—1587)：战国时期到安土桃山时期的武将、战国大名，同时也是天主教大名。

(二)

北野天满宫的礼拜殿中，搭建起了秀吉自傲的黄金茶室。

平三叠①的茶室，壁柱、壁板、天井、床之间、门扇，俱都贴满了金箔。

拉门纸用绯红色的纱代替，表席用了猩红色的纱罗。绯红与黄金辉映出柔润的色泽，有着说不出的妖艳。

黄金茶室的左右两侧，也搭建起了三叠的茶室。

三个并排的茶室中，都装饰着似茄子和绍鸥天目等大名物道具。

受到邀请的乌丸、正亲町、今出川、飞鸟井等众公家，也在松林设了自己的茶席，但众人俱都先来拜赏秀吉的道具。秀吉所持名物之多，令众公家瞠目结舌，惊叹不已。

结束道具的拜赏，出了礼拜殿，可见外面有四个四叠半茶席。

客人根据事先抽的签，各安其座。

一是关白秀吉，二是利休，三是津田宗及，四是今井宗久。

秀吉亲手点茶。

与在大内献茶给天皇不同，对象是公家的话，即便是重

---

①平三叠：三张草席横着竖叠在一起。与之相对的有"深三叠"，一张竖铺，两张横叠在一起。

视礼法形式的台子点前也无须太过紧张。

位阶高的客人，每两人一组，悠哉游哉地品茶。

慢慢客人多起来了，一席最多招待五人。客人们将鞋子揣在怀中入席，饮完茶，便匆忙从另一侧离开。

秀吉只在头两席点过茶。后面便交给小姓，自己坐在边上，兴致勃勃地与客人闲聊，脸上挂着微笑。

利休不停地点着薄茶。

哪怕在点前的途中，只要有客人提问，他也会回答布置在茶席上的名物的由来。

装饰在壁板搭建的床之间上的，是大雁的画轴与茶坛。

茶坛的釉药剥落，干涸的样子像霜降似的，颇有味道。

"这可是有名的'舍子'？"

客人问道。这是一位唇边蓄着美须的武士，不知是来自何方的贵客。或许一生只有这一面之缘。

"正是。传说是足利义政公得到这个茶坛时，尚无名字，因此起了这个名字。[1]"

外面有众多列队等候的客人，但也不能将刚饮完茶的客人胡乱地赶出去。从容不迫，也是茶人的修养。

"敢问茶人。"

---

[1] 关于"舍子"茶坛命名的逸事，见于《山上宗二记》。

"楢柴①。"

在众多肩冲茶入当中，楢柴是被誉为天下三大名物的逸品。

另外两个，一是新田肩冲，装饰在秀吉的茶席，一是初花肩冲，装饰在宗及的茶席。这三个都是秀吉的藏品。可说是极尽奢侈的茶席。

面对接踵而至的客人们，利休没有交给弟子，一直亲自点茶。因客人的数量众多，他也让水屋的人点茶，再由半东端出来，但尽可能自己动手，表演点前。

"差不多可以收了。"

秀吉来利休的茶席观看时，已经结束一会儿了。

"我让人数了，我们这四席，客人一共八百有三。可说是前所未有的茶道啊。"

秀吉满面喜色。

此人的笑容有着迷惑人心的魔力。五年前，利休之所以会接近秀吉，就是被他的笑容俘虏了。

---

①楢柴：曾被千利休的高徒山上宗二盛赞为天下第一的茶器。本为足利义政的藏品，其死后几经周转，通过堺商到了博多的岛井宗室手中。织田信长曾命令宗室献上此茶器，后因死于本能寺之变而未能得手。其后大友宗麟曾出重金再三恳求宗室相让，宗室一直没有答应。后被势力庞大的秋月种实用一百袋大豆强行换走（当时楢柴的价格为3000贯左右，换算为现在的日元，在几亿之上）。种实到手后不久，九州被丰臣秀吉征服，遂将楢柴作为降服的象征，献给了秀吉。秀吉临终之际，赐给德川家康，成为了德川将军家的藏品，但在1657年的火灾中破损，修复之后便下落不明了。

他认为笑容有如此力量的男人，或许可以取得天下，于是选择了站在秀吉的身边。他的预测没有错。

"的确，关白殿下的威势，令我感佩至极。"

这不是奉承。

利休坚信着，茶之一道，闲寂的意境远胜于名物道具。但是，赏玩传世的名物道具，也是茶道的正统。将两者结合在一起，并能促成如此规模的茶席，天下只有秀吉一人。

"我要去松林的茶席转转。随我来。"

利休立刻起身穿上鞋子。他点了半日的茶，手臂都发麻了。

走到外面，看到松林人潮涌动的景象，再次吃了一惊。

不仅秀吉的弟弟秀长和细川幽斋、前田利家等武将们设了茶席，还有众公家的茶席和利休儿子们的茶席，以及大德寺古溪宗陈的茶席。每一位亭主都在愉快地招待着客人。

"茶道真是愉快。"

秀吉的自言自语在利休听来，是发自真心的。

"的确如此。"利休表示赞同。

人们聚集在一起，只为饮茶，赏玩相同的美。能够见证这一盛况是幸福的。一座建立是快意的。

人与人相会的乐趣是如此令人着迷，除却此情此景，怕再也享受不到了。

而这样的小圈子，在北野松林，有一两千个之多。真可谓前所未有的茶会。

在冬阳照耀的松林中行走,尤其吸引利休目光的,是一柄朱漆大伞。

有个男人,竖起直径一间①半(约2.7米)的大伞,四周围起芦苇墙。

探头一看,原来是利休的熟人,名叫丿贯的寂茶茶人,在山科隐居。

丿贯是个奇人,所有物只有一个铁釜,既拿来煮粥,也拿来烹水点茶。

曾有一次,利休受到丿贯的邀请,丿贯却在茶庭挖了一个陷阱。利休虽然察觉了这个恶作剧,却故意掉进坑里。坑很深,里面还和了泥,丿贯就让利休泡了个澡。这一奇特的茶席,让利休感觉到莫名的痛快。而丿贯,就是这样一个会恶作剧的男人。

"这个朱漆伞很妙。我就免了你的所有课役吧。"

秀吉很高兴,答应今后不向丿贯征税。

"这个茶席也颇有意趣嘛。"

又一个让秀吉停住脚步的,是一个用木柴铺顶的小屋子。

薄席一叠。周围铺上沙子,用瓦片围成炉缘,架上铁釜,冒着白烟,熏着松叶。

---

①间:长度单位,1间为6尺长(约1.82米)。

"有茶吗？"秀吉问道。

"无茶。有焦粉，大人可愿意尝尝？"

"噢，来一碗。"

只见那男人反拿着一个大瓢，舀了一勺褐色的粉末到井户茶碗中。好像那就是焦粉。他用挂在墙上的柄杓舀了热水到碗中。

秀吉坐在薄席上，啜饮这一碗焦粉，露出陶陶然的表情。

"好喝。难以言传的美味。"

利休也同饮了。的确是一碗非常细腻的焦粉。并非只是把糯米煎了，还混合了风干的橘子皮和花椒、茴香等调料，再细细地磨成粉。

"你叫什么名字？"

"在下来自美浓，贱名一化。"

"我喜欢。今日最佳便属你了。"秀吉将手中的白扇子一敲，大大地褒奖一化道。

之后他们继续在各处的茶席间溜达观看，走在这松林之中，利休不禁有一种错觉，仿佛这松绿、茶席、人潮，是浩瀚无边的。

秀吉似乎也有相同的感受。

"为何人们如此着迷茶道呢？"秀吉不解地低语。

"想来是茶道令人愉快吧。"今井宗久回答道。

"为何愉快？只是喝一碗苦茶罢了。"

秀吉瞪视着宗久。宗久回答不上来，缩起身子。

"还是数寄道具有趣的缘故吧。人们被名物吸引而聚集到一起。"

听了津田宗及的回答，秀吉点点头。

"的确。再如何倡导寂茶，若没有一两件名物，客人也不会高兴。这样看来，果然道具是茶道的生命了。"

秀吉自言自语道，没一会儿又摇摇头。

"不，比如方才的一化，并没有什么名物道具，却有着不同寻常的心思。除了道具的魅力以外，茶道当中还有某种特别的东西。到底是什么呢？"

秀吉看着利休。

"你怎么看？只是喝个茶而已，为何有这么多人聚集在此？为何人会对茶道着迷？"

利休缓缓地点了点头。大家都看着他。

"因为茶，会杀人。"他一脸严肃地低声道。

"茶会杀人……这话说得奇怪。"

秀吉的视线不同以往地紧紧攫住利休。

"不错。茶道有着令人不惜杀戮也要据为己有的美与丽妙。不仅是道具，在点前的一举一动之中，也可以看到这样的美。"

"原来如此……"

"美是不容敷衍的。不论是道具，还是点前，茶人每时每刻都在拼命追求着绝妙的境界。茶杓的竹节位置错一分便不能满意；点前的时候，盖置的位置错放一格，内心便会痛苦不堪。这就是茶道的无底沼泽，美的蚂蚁地狱①。一旦被捕获，连寿命也要折损的。"

利休说出此话的同时，感觉到自己不同以往的坦率。

"你竟是抱着这么大的决心在修行茶道么？"

秀吉点点头，又叹了口气。

三

冬日西斜时分，秀吉将今日大茶会的奉行莳田淡路守叫到跟前。莳田是利休的弟子。

"差不多收了吧。"

"遵命。明日也从黎明开始吗？"

"不，茶席今日一日足矣。明天不办了。"

莳田露出不解的表情。

布告是以"朔日起举办十日，天候做主"宣示天下的。所有人都以为只要天气晴好，就会连续举办十日。

---

①蚂蚁地狱：原指薄翅蜉蝣的幼虫所挖的圆锥状土穴，用来捕食蚂蚁。后用于比喻难以逃脱的困境。

"我说利休啊，这样的茶席，何需连日？只要一日，像泡沫一样消逝而去，才是茶道，不是么？"

"您说得极是。我也如此认为。"

利休低下头，为秀吉竟如此懂得茶道的精神而感佩不已。秀吉不仅是一个非凡的武将，还是一个有着非凡美学的男人。

"生个火。"

秀吉对利休低声道。随后命小姓放上马扎，坐了下来。

利休环视四周。松叶和松枝随处可见。他弯腰收集了一些。点上火后，火堆轻轻燃起。薄暮逼近松林，有些冷飕飕的。

秀吉把其他人都遣散了，只有利休站在火旁。

"睡在冬天的野地上时，火是多么令人享受的东西，你等没体会过吧？"

秀吉似乎是回忆起了久远的事情。是在尾张流浪的少年时代？还是为了信长而征战的日日夜夜？

利休只是轻轻点点头，没有回答。他不以为秀吉在等他回答。

"要不要烧上热水？"

利休低声道。秀吉摇摇头。

"我不渴，饿了。给我烤个年糕。"

利休叫来下人，命其去取年糕。他找来平坦的圆石，放在火边，然后挑选合适的松枝，用小刀削尖，正在这时下人拿着一袋子年糕回来了。他放了两块在石头上。

秀吉默默地望着火，像是在思考着什么。

利休也一言不发地盯着火堆，以松枝作筷，频繁地翻转着年糕。等年糕膨胀起来了，就用筷子尖串起，递给秀吉。

秀吉津津有味地吃着。转眼吃下两个，又低声吩咐利休再烤。

"杀人是件可厌的事儿……我杀掉的人的脸，至今都烙印在眼皮子上。"

利休将新的年糕放在石头上，默默地点点头。

"可是呢，在浴血奋战的当口，我一边杀着人，一边醒悟到一件事。"秀吉顿住了。

他的脸在火光的映照之下，在利休眼中幻化成狰狞的恶鬼。长年累月出入战场的疲劳，爬满了衰老的脸庞。

"不管到哪里，年糕都只有一个。要想吃，就得杀掉其他想要的人。"

松枝烧裂开来，发出声响。

日头西沉，四下黢黑一片。刚刚还人声鼎沸的松林，此刻却像深海海底一般，沉静无声。

"有件事，我很早就觉得奇怪。一直想找机会问问你。"秀吉看着火焰，向利休问道。

"是什么呢？"

利休单膝跪在火堆旁。年糕已经烤好了,但秀吉没有要吃的意思。他连着石头把年糕搬离火堆。

秀吉用手擤鼻子。拿拇指按住鼻翼,灵巧地把鼻水擤了出去。

"你总是说什么闲啊寂的,到底指的是什么?"

利休歪着头。他不明白秀吉的意思。

"我看着你的茶道,总觉得那是与闲寂完全没有干系的世界。你的茶,没有半点枯寂的感觉。不是么?"

在秀吉的注视下,利休将年糕串在松枝上递给他。

"你的茶与闲寂正相反。只有表面上装作枯冷的样子,内里却有某种火热的东西沸腾着。我一直有这种感觉。"

秀吉慢慢地吃着年糕。沉默了一会儿后,又接着道:"你的茶,耀艳华美,好像……对了,像是潜藏着令人发狂的情爱似的。怎么样?你骗不过我的眼睛。你虽已是这把年纪,却仍然热恋着某个女人,想念她想得癫狂欲死,是也不是?若非如此,你成就不了这种会折损寿命的茶道。"

受到质询的利休一言不发,秀吉的视线紧紧锁住他。

利休看向火焰。

火是相同的——他想道。与久远的那一日相同的火焰,在眼前燃烧着。

利休摇摇头。

"如果您是如此感觉的,说明我的茶道还很不成熟,还需要追求更高深的闲寂境界，继续修行。"

"哼。"秀吉嗤之以鼻，"真是个老滑头。"

秀吉将手中的松枝筷子投入火中，站起身来。

"算了。为女人神魂颠倒并不是坏事。我不会干涉别人的情事……"

他嘟囔着离开了。

被落在后面的利休一动不动地盯着火焰。他清晰地感觉到，很久很久以前邂逅的那个女人，仍然在自己的体内呼吸着。

薰茶之道

秀吉

利休切腹四年前——

天正十五年（一五八七）六月十八日

筑前　箱崎松林

一

博多筥崎八幡宫内,搭建了三叠的茶席。就在神社前的一个小堂旁边①。主持建造的人是利休。

屋顶是茅草顶。墙壁有两面是用青茅编织的。因靠着一大片松阴,即便日头最烈的时候也很凉爽。此席可供消夏,直让人想枕着手臂躺在上面偷个午觉。

秀吉脱了草鞋爬上去,独自坐下。

这里靠近大海,清晨的风舒爽得很。天色刚开始浅浅泛白,八幡宫内秋蜩②齐鸣。

万里无云。

弥漫着极清极净的气息。

温和的风从粗裁的纱质小袖领口吹过。

——这里是极乐世界吗?

秀吉眺望着绵延至海滨的松林,忽地冒出这个念头。

——真是不可思议。

只要坐在利休布置的茶席中,不知为何,就会有一种奇妙的生之喜悦油然而生。

在其他茶头布置的茶席中就没有这种感觉。

---

①关于此间茶室,其记录见于《宗湛日记》:天正十五年,六月十四日昼(筥崎、灯笼堂)。千利休之茶席。宗湛、宗室、宗仁为客。深三叠、萱萱、壁亦青萱。上座柱悬高丽筒,插竹花并益母草花。(以下略)

②秋蜩:蟪蝉,Tanna japonensis。

只是竖起四根细柱、铺上茅草而已，在利休的调配下，屋顶的斜面、屋檐的模样、从席间看出去的风景，皆与客人的心神水乳交融在一处，只是坐着，便能深深地感受到此时此刻生命的美好。

他想不出，利休的茶席与其他茶头到底有什么不同。

也许是他太偏爱利休了，才产生了这种错觉。

——不，并非如此。

秀吉摇摇头。

有某种东西是不一样的。利休的茶席，在某些地方是截然不同的。

可是，他想不明白那到底是什么。

秀吉放眼前方。

在这个八幡宫内，有利休的儿子道安所建的茶席。屋顶是用茅草席铺就的，墙壁是用青松叶子和竹子编织的蔀户①。虽自有其风情，却没有令人心情雀跃起伏的力量。处处显露出精心设计过的造作痕迹。给人一种浅薄之感。

而利休布置的茶席，极尽自然，却又散发着吸引人的丽色。

——那是什么呢？

秀吉从以前就一直在琢磨，却始终想不明白。

---

①蔀户：平安时期开始用于住宅或寺庙建筑的格子式的木板门，上部安装合叶，可以从外面或内部吊起打开。"蔀"的本义为覆盖于棚架上以遮蔽阳光的草席。

架在风炉上的茶釜,开始轻轻地喷发出热气。风炉下面没有铺板子,直接放在草席上。这样的确更显凉意。

上座的柱子上挂着高丽筒花入①,里面插着芒草和益母草花。修长的芒草和淡红色的小小花串,撩拨着秀吉的心。平凡无奇的闲花野草,一经利休之手,便充满了生命的气息,屹然挺立。

——那个人极是优秀。不论让他做什么,都能准确地抓住事物的本质。

利休出现在松阴中。

他穿着灰色的道服,略俯着上身款步而来。似乎是想让自己高大的身躯显得矮小些。

他行了一礼登上茶席后,又双手伏地再次深深地俯首行礼。

"给主公请早安。"

利休在点前座就座,将端来的竹篓上的布巾扯下。里面装着一个黄色的甜瓜。

"瓜啊……"

秀吉左右猜测早茶之前利休会拿什么给他吃,心中很是期待。

利休这个男人,一定会带给秀吉出乎意料的惊喜,总是会让他吃到意想不到的美味,用不寻常的心思让他惊叹。

---

①高丽筒花入:千利休所有的筒形花入。利休很喜爱这个花入,曾多次使用于茶会。

利休拿着菜刀将瓜皮厚厚地削去。瓜瓢一分为二,去了籽,在濡湿的叶兰上放了两块,递到秀吉面前。

秀吉用钓樟木筷插了一块瓜,放入口中。很甜的瓜。应是刚从地里摘下来的。没有画蛇添足地把瓜冰镇,让他很是满意。

"瓜要新摘的、刚切的才美味啊……"

听了秀吉的话,利休默默地点点头。

吃了这瓜,顿时觉得今早最应该吃的就是瓜。微微的甜味化为滋养,渗透到身体各个角落。

"你真是个伶俐极了的男人。"

秀吉吃着第二块甜瓜,向利休发问。

"你的茶道是跟谁学的?"

"十七岁时,师从堺城的北向道陈,十九岁时,投武野绍鸥门下。"

道陈是堺城的隐者,听说将军足利义政的同朋众能阿弥,曾向他传授过书院台子的茶道。

能阿弥曾撰写过集豪华的书院棚饰茶之大成的《君台观左右帐记》①,并以此闻名。他的茶道并非当下流行的寂茶,

---

①《君台观左右帐记》:由室町时期的画家能阿弥和相阿弥执笔的书籍,主要记录了足利义政东山御殿中的装饰。该书分成三部分,第一部分为对中国六朝时期到元朝为止的中国画家的品评和简介;第二部分为"书院式"的茶道道具装饰方法;第三部分为"茶汤棚饰"、"抹茶壶图形"、"土物类"、"雕物"的图解。

而是以唐物为尊的绚丽茶道。

武野绍鸥是堺城的武器商人，寂茶的名匠。

"道陈和绍鸥啊……"

也就是说利休兼学了传统的茶道和最新潮的茶道。

但这并不是秀吉想听的答案。这种事情他早就知道了。

"绍鸥的茶道，也传给了宗久，和你的却大不相同。书院台子的点前，同朋众的和你的，也大不相同。"

今井宗久是绍鸥的女婿，将绍鸥收藏的名物囫囵继承了下来。如今也作为茶头在秀吉身边伺候。

"修行浅薄，惭愧至极。"利休正了正身姿，低下头去。

"不……"

秀吉低语一声后又不说话了。他思索着如何才能试探出利休的内心。

利休递上一个小小的青竹篮子，里面放着点心。

"这是米花糖。"

在喝茶前拿来清口的。秀吉捏起一个圆球丢入口中。这是将蒸好的米用水过一遍后晾干，用平底土锅煎成茶褐色，再用甜水固形后制成的。既有嚼头，又能感觉到清爽的甜味在口中化开。

"我想问的是你在茶道上的心思。要怎么做，才能布设出如此合客人心意的道具，做出合客人口味的料理。我问的是这个。"

利休点点头。

"我不以为自己做到了您说的这些,只是在四季的风物上费尽心思,努力追寻其中最有生命力的东西罢了。"

"哼。"秀吉哼了一声。还是跟自己想听的答案不同。

利休开始在大井户茶碗中搅拌浓茶了。

秀吉看着利休的点前,感到极为不可思议。到底要经历怎样的人生,才能孕育出利休这样的茶道——在粗野干枯的草庵中,暗藏生命的娇艳。

(二)

筥崎八幡宫的客堂变成了秀吉征伐岛津,也就是远征九州的大本营。

拉起帷幔的会客厅中,连日来,众多宾客蜂拥而至。

秀吉喝完利休的浓茶回去后,便见博多的巨商们正在等着他。

秀吉让小姓铺开一张图纸。这是博多的新城规划图。

"如此一来博多城也能恢复过去的繁荣了。" 神屋宗湛看到图纸后深深地点了点头。

在这数十年中,博多城饱受战乱之苦,几次被烧成废墟,如今沦落成夏草丛生的无人荒野。

商人们逃难他方，其中神屋宗湛移居到了唐津。

这次，秀吉决定将荒草全部铲除，重新规划城镇。绘制此图的人乃是黑田官兵卫的家臣。规划图格局大胆，众多町人们在街市中昂首阔步的景象仿佛就在眼前。

"当真是全赖关白殿下的力量，才能平息战乱，天下太平。关白殿下这般机智勇猛的武将，实乃古今东西罕有。"

岛井宗室对秀吉极口称赞。这种酸掉大牙的奉承话，最开始听着是很高兴，但若是没完没了，就令人厌烦了。

去年年末秀吉发出军令，今年元旦，在大坂城定下了各将领的部署。

十二万大军，自春天起席卷了九州。

秀吉自己也推进到萨摩，但没有年轻时候征战的那种辛苦。秀吉所到之处，皆大局已定。对军事力量和经济力量都有压倒性优势的秀吉来说，此次作战，更像是游山玩水。

秀吉没有处决抵抗势力核心的岛津一族，还承认了萨摩、大隅、日向的各项权利。

一回到博多，筥崎宫内就涌入了无数访客。

前来的武将和商人、僧侣们皆交口祝贺征战胜利，不住地称赞秀吉武略超群。

秀吉并不是那种会因赤裸裸的阿谀奉承而晕头转向的老实人。若是称赞得过头了，他就会思考奉承的背后——这个人是不是想从自己这里谋求什么好处。秀吉的推测，往往是八九不离十。

新城规划的话题告一段落后，秀吉转向宗湛。

"早晚我要从这里进攻明国、天竺。到时候还要请你们鼎力相助。"

"小人领命。请大人尽管吩咐。"宗湛跪伏在地。

这个小个子的商人，曾跑到肥后的八代慰劳秀吉的军队。他一直管理着石见银山的开采，现在则从唐津发船向朝鲜出口银子。他有着雄厚的资金，且在半岛各地有众多旧识。出兵朝鲜，再没有比宗湛更称职的领港了。

"您说早晚，但也有人在谈论，说这十二万大军会不会就这么直接过海了。"岛井宗室打量着秀吉的脸色说道。

"这是个好主意。"

秀吉扬声笑道。边笑边想——

打仗，就得胜利。只有胜了，才会有无数的人笑脸相迎。

——人生唯有胜利才有意义。

胜了，就可以随心所欲地操控世间的一切。世人皆会臣服。美人万千，可供秀吉任意采撷。

败了，就只有悲惨。等着失败者的，只有死路一条。不死，就只能承受长久深重的侮辱。

"本次战功最大的是哪位大人啊？是毛利大人吗？"宗湛以闲话家常的语气问道。

"是啊……"

要开始论功行赏了。

毛利辉元作为先锋攻入丰前，功劳很大。蒲生氏乡和前田利长只用一天时间就攻陷了田川岩石城，其手腕也值得褒奖。

但若论起头等功劳，却想不到合适的人。

"你也出了不少力嘛。"

"折煞小人了。小人不是为了请功才提及此事的。"宗湛诚惶诚恐。

这个男人的功劳之大是毋庸置疑的。宗湛去年年末上京，在大德寺剃度，今年正月来到大坂城。如今作僧人打扮。

秀吉对宗湛格外优待。称其为"筑紫和尚"，曾经在大坂城的大茶会上，专门让宗湛一人观赏了道具。

此次远征，宗湛提供了大量情报，还充当了向导。

如果秀吉的军团规模像在贱之岳讨伐柴田胜家时一样的小，功劳就会给立下战功的部下。然而当势力成长到如此庞大的地步，会战便不再是简单的军事力量的抗衡，而是政治手腕的高下之争了。运用智慧，使秀吉大军轻易获胜的人，才应大加褒奖。

——利休吗……

这个名字冒了出来。

秀吉从前年就开始斟酌征伐岛津的计划。

岛津义久以武力威胁丰后的大友宗麟，秀吉为了令其立刻鸣金收兵，写了一封很强势的书信。

书记将秀吉的话记录完的时候，一旁的利休开口了。

"有一事相禀。"

"何事？"

"单一封高压的书信，只会让岛津的态度更加顽固。窃以为，这里当软硬兼施以攻之，方是上策。"

"你待如何？"

"请容在下修书一封。"

秀吉点头后，利休当场拿起笔来。

值丰州与贵国存矛盾之争，乃承关白殿下密旨如下，谨以数条陈之。

信如是开头，其下以缓和的语调晓谕岛津，据理劝其收兵。

"此信并具细川幽斋大人和在下的名字，送给岛津的家老①，当有怀柔岛津的机会。"

秀吉读过信，不禁感叹有声。他虽自认为擅长惑敌之策，利休却更胜一筹。

---

①家老：日本中世大名家臣中最重要的职位。

如今想来，征伐岛津会格外顺利，当是那封书信的功劳。

那之后，利休收到来自岛津义久本人的郑重回信，以及随附的十斤丝线。

回信写道："已派使者，烦请向关白殿下引见。"

利休遂将前来的萨摩使者引见给了秀吉。

秀吉向使者展示大坂城昭示实力，而后亲自点茶。由利休担任茶头。

正因为在茶席上提前表示将认可萨摩、大隅、日向的领地所有权，此次秀吉上阵之时，岛津的军队才会痛快地撤到南方。若非如此，这会儿想必还在九州各地进行彻底抵抗。

——这样说来，是利休的功劳了？

是利休，教会了秀吉如何随心所欲地控制敌人。

"不错。本次征伐九州的头等功劳当属茶道。因有茶道，我方大军才能势如破竹地前进。"

秀吉并非玩笑，他是认真的。

宗湛虽点头附和，但是否真的明白了秀吉的真意，就不得而知了。

（三）

"你想个喝茶的新花样。"

秀吉一睁眼就把利休叫来，如此吩咐道。

只要待在筥崎宫的大本营，就会不断地有宾客来访。九州如何分封，寺庙神社的领地，商人们的请求等等，需要秀吉动脑子的事情堆积如山。

他并不讨厌客多，只是连日来从早到晚不停地有人造访，实在是比会战还要疲劳。脑子都不听使唤了。

秀吉想休息一下。

筥崎宫的茶席也很有乐趣，但因为是征战在外，可用于茶席的茶道具贫乏，翻不出什么有意思的花样来。

利休将今年的宇治新茶装在桥立壶里带了来，但拿来饮用还是太早了。秀吉也喝出来了，还需等到冬初，让茶叶充分发酵了，茶的味道才够醇厚。

"都准备好了。"

利休来接的时候，朝阳已经高高升起了。

"需要稍稍劳动尊足，可以吗？"

"只管带我去。"

利休带着三名随从，让他们扛着行李。这是打算带着道具到哪里去点茶吗？

秀吉命几名从者跟着，迈开了步子。认真想来，似乎好久没有像这样漫无目的地散步了。

从筥崎宫到博多湾的海滩，有一条宽广笔直的参道。他们离开参道，走入松林。没一会儿便到了海滩。

虽说是早上，博多海上的日照还是很强。被细长的海中道①和岛屿界划出来的博多湾，闪烁着银灰色的光芒。天空中涌起厚重的积雨云，松林中的夏蝉喧闹着。向阳处想必热得很。然而吹过松阴的海风却清爽极了。

"就在这里吧。"

利休停住脚步，吩咐随从开始准备。

在枝形优美的松树旁展开绯色的毛毡，再铺上虎皮。

"请您随意。"

听了利休的话，秀吉坐了下来。

"不错不错。"

望着大海，听着涛声、松籁，心中的杂念一扫而光。访客也不会跑到这里来打扰。他可以尽情地放松。

"烧水需要一些时间。"

现在开始烧水的话，看来有得等了。

"我躺下了。"秀吉枕着手臂一骨碌躺了下来。

利休将细长的云龙釜用锁链吊在松枝上，其下放上三块石头，点燃松叶。白烟滚滚而起。

秀吉一下子高兴起来。

"哈哈，这个好。这个有意思。我喜欢。"他坐起身来拍手。

---

①海中道：位于福冈县东区的巨大沙洲，连接志贺岛和九州本土，全长8公里，北侧为玄界滩，南侧为博多湾。

"这是一时兴起。还请见谅。"

"啊,好快活。这么快活的事情,为什么以前没做过?"

"这是茶道的旁门左道。"

"哼。喝个茶,有什么左道王道?只要称那一天那一刻的心思,就够了。"

对秀吉的这句话,利休深深地点了点头。

"诚是至理名言。我将深深铭刻在心。"

利休一边熏着松叶,一边打开了金莳绘的套盒。莳绘是百贝图,里面是饭团子。

"如不嫌弃粗陋。"

"来一个。"

秀吉拿了一个放入口中,发现虽只是盐饭团,却格外的美味。他吃了一个大饭团,从青竹筒中倒了两三杯酒饮下,吃得撑了,便发起困来。

秀吉又在虎皮上躺下。

他感觉满足极了。

——有朝一日要在这海上,浮起一两万艘战舰,进攻朝鲜。

想到这儿,越发地快活起来。

他昏昏沉沉地睡了一觉,睁开眼睛的时候,听到热水沸腾的声音。真是神清气爽。

"给我来碗薄茶。"

"遵命。"

坐在茶釜前的利休,轻轻点了点头。他用赤乐茶碗点茶,点茶的动作优美流畅。

秀吉捏了一颗蜜饯核桃做好喝茶的准备,尔后慢悠悠地享用了一服茶。

他心中忽生感激:此时此地此生,是多么的珍贵。

秀吉又索要了一服茶。自身体深处长出一口气,常年郁结的不满与愤懑也随之倾泻而出。

他的人生就像是拉车的马,总在匆忙赶路,只要有一小会儿,可以像这样悠闲放松的话,明天他就又可以全力以赴地前进。

"好喝。啊,真是好茶。"

听到秀吉的夸奖,利休端正了身姿。

"不敢当。"

秀吉注视着大海。海面无波无浪。

作为天下霸主,今后还有如山的事情要去完成。他要把这些事情一件一件地解决,登上世界之巅。万事定会顺遂。

秀吉听到有动静,回头一看,利休正向未烧完的松叶中放了什么。

是香。从利休的指缝间,可以稍稍看到他手中香合的模样。虽只是看到了一点点,那异常鲜艳的绿色却吸引住了秀吉。

"给我看看。"

低着头的利休身体一僵。手掌紧紧地握住。

"给我看!"

秀吉再次命令道。利休紧握的拳头还是没有打开。

"给我看!!"

他更加严厉地命令道。利休的手掌终于慢慢地打开了。

他抢也似的拿了过来,仔细一看,原来是一个鲜艳的上了绿釉的小小扁壶。这比秀吉之前见过的任何陶器、瓷器都来得潇洒纤细。

"你有这么好的东西,为何一直没有示人?"

秀吉有一种被利休背叛了的感觉。虽然听利休说过各种各样的传世名物,却从未听说过有如此美丽的香合。

"给了我吧。你想要多少金子都可以。"

他先出价黄金五十枚,最后加价到黄金一千枚,利休却始终不肯点头。

"请您原谅。这是教给我茶道精神的恩人的遗物。"

利休难得地惊慌失措起来。他的左手捏着放香合的袋子。颜色虽褪尽了,但看得出是用韩红花色上布做的。

秀吉紧紧盯着利休。他好像窥视到了利休隐藏已久的秘密。

"是女人吧。你向女人学过茶?"

"不是……"

"别掩饰了。我已经看穿了。那你就给我说说那女人的故事吧。到底是怎样的女人?你能看中的,想必是个大美人儿吧。"

然而不论秀吉如何追问,利休只是握紧拳头,僵直地跪坐着,一动不动。

黄金茶室

利休切腹五年前——

天正十四年（一五八六）一月十六日

京都　大内　小御所

利休

一

在大内的小御所①内搭建黄金茶室的时候,利休忍不住吟叹出声。

——竟会如此美丽!

他从没设想过,黄金与艳丽绯色的组合,会是如此的色情,如此的绚美。

小御所除了举行仪式以外,平常很少使用,通过走廊与紫宸殿相连。整个空间仅由原木柱子与床之间,以及纸拉门组成,显得空荡荡的。

如今这屋内,凭空搭建起了一座黄金茶室。

恰好晨光从小御所房檐边儿上照射进来。不管是茶室的墙壁还是门楣,每一个角落都绽放出金色的光芒,有如宇宙的中心,灿烂辉煌。

这景象极尽庄严。

"搭好了?"秀吉出现了。

这个身着红色小袖和织金羽织的小个子男人,正是这间举世罕有的茶室的主人。

跟在他后面进来的人面色惨白,正是前任关白近卫前久②。

---

①小御所:京都御所内的建筑物之一。在紫宸殿的东北。
②近卫前久:战国时期到江户初期的公家,在动乱时期曾担任关白左大臣、太政大臣。

"老夫听说是黄金的茶室,寻思了半天到底是什么样的,哎呀呀,没想到居然用了这么多的金子,真令人吃惊啊。"

近卫前久虽只年长秀吉一岁,却是秀吉的养父①。

有了近卫家这个靠山,秀吉去年就任了关白一职。为表感谢,他曾在此小御所内为天皇和众亲王献茶。他在茶席上毫无保留地展示出各种名物道具,下了大力气显摆了一番,天皇却未露出惊喜之色。

此事令秀吉怏怏不快,这次才让人新造了这间黄金茶室出来。

茶室是横长的平三叠。各部分是可以拆分的。只要竖起黄金柱子,安上黄金门槛②和门楣,装嵌好黄金墙壁,搭上黄金天井,无论在哪里,都能简单组装起来。

厚席上铺的是赤红无比的猩红色罗纱。其上摆放的茶道具"台子皆具",也全部是黄金打造的。

面向走廊一侧竖起的四扇格子拉门,门骨自然也是黄金打造的,门纸用纱绢代替。纱绢也遍染成极红的绯色,上面不着痕迹地淡淡拔染了丰臣家的五七桐叶纹。

---

①养父一说:秀吉为就任关白一职,而成为近卫家的养子。具体经过需参照发生在天正十三年(1585)的关白地位之争。
②门槛:原文"敷居"。日本的"敷居",既有与中国门槛相同的高出地面的横木,也有安装在屋子边上、带沟槽的嵌入式横木。古代日本的房屋通常是里外开关的门或者是向上提的闸门,所以并没有使用"敷居"。"敷居"开始普及,是在室町后期,书院式建筑确立,开始使用拉门之后的事情。

艳丽的黄金与绯红——仅用这两种颜色构筑的茶席。

这间茶室与利休平日喜好的闲寂风情是截然相反的,然而相互辉映的黄金与绯红,却也能酿造出难以言喻的静谧。

"这到底是用了多少金子啊?"近卫前久问道。

"皆是纯金,风炉最重,约有五贯。台子和道具一套十五贯。茶室若全用金子打造会重得难以搬运,因此是在桧柏的板子上贴上金箔,这也用了三贯。"利休跪伏着回答。

"如何?这间茶室,皇上看到也会大吃一惊吧。"秀吉自豪地挺起胸膛。

"的确。就算是唐天竺①和南蛮,也不会有这样的茶室。去年的茶席也很出众,但对不懂茶道的人来说,还是这间茶室更为震撼吧。"

利休垂首听着前久的话。

去年在此举办的茶席,是芳贵之中带着华美的台子茶。

枣罐上绘制了菊花纹的莳绘,茶釜表面也精心地刻上了菊花纹,名物以外的道具都是新制的。茶席之后,全部献给了天皇。

替秀吉筹备这一切的是利休,他自己甚是满意,以之为生平最体面的一次布设,然而亭主秀吉却不以为然。

"新田肩冲和似茄子,对于不知其价值的人来说,就只是个土坯子。"

---

①唐天竺:指中国和印度。后用以比喻为非常遥远的国度。

秀吉向利休寻求赞同,但利休只是不置可否地点了点头。

这两个茶入皆是声名远播的名物。

秀吉以一万贯文钱的高价买下了这两件名物。换算成金子的话约有十八贯,其实与这个黄金茶室的价值是不相上下的,但小小的褐色陶烧,不能令观者惊艳。无论陶面和釉子有多么绝妙的景色,到底是个陶器罢了。

秀吉便是对此极为不满。

当时,秀吉为天皇献茶之后,满脸怒气地走出小御所。他边走边问利休:"我想看到陛下惊叹的表情。我要再次献茶。你有什么想法吗?"

的确,天皇与亲王们饮茶时皆是不苟言笑的,没有特别的反应。

"这种特殊的场合,陛下不会流露太多感情的。"

秀吉对利休的回答摇摇头。就是这样他才不满意。他关白秀吉所做之事,事无巨细,必要得到众人的交口盛赞才肯罢休。

"臣当尽力。"答话的瞬间,利休的脑中闪过一个新奇的想法。"建一间黄金茶室如何?"

秀吉当即拍手。"妙极了。速速去办。"

利休立刻画了图纸,让堺城的工匠打造。

这个茶室虽也在大坂城的寝宫组装过,但还是在皇宫之内才能大放异彩。就连黄金的光芒,也显得格外耀眼夺目。

"老夫还以为会很俗气,这样一看真是幽玄至极啊。"

听到前久的低语,秀吉眯起眼睛。

"这里面的确是世间的蓬莱仙境。嘿嘿……"

利休知道秀吉笑得如此下流的理由。关白在这间茶室里……

确实,那光景应是美艳得很吧。

利休默默地低下头去。

再过不久,天皇将坐在这黄金的茶席中,接受关白秀吉的献茶。

"陛下和亲王一定会目瞪口呆的。哎呀,活得长久才能有这般见识啊。"

听了近卫前久的话,利休跪伏在地。

堂皇的束带①的裙裾,窸窣着自利休眼前滑过。

二

"我看看……"

为了确认组装是否妥当,利休进入黄金茶室,关上了拉门。

他坐在猩红色的厚席上,置身于艳丽非常的风情之中,好

---

①束带:男子的朝服。

一会儿说不出话来。

"这实在是……"

他不由得惊叹出声。

光线透过绯色纱绢,将墙壁上的黄金染成浓厚的红色。红色的厚席在黄金天井的反射下,色泽愈加深浓。台子上的圆润的风炉和水指,也被绯色缠绕着,格外艳丽。

称其妖艳,都算是侮辱了。

这个黄金的茶席,是一个完全与世隔绝的奇妙的异世界。

若是从位于宇宙中心的须弥山①山顶的宫殿上,眺望日暮时分的晚霞,会不会就是这种感觉?

绚烂、庄重、雅醇、粹然……穷尽所有辞藻,也不能形容出这个茶席厚重而肃穆的风韵。

坐在这黄金与绯红的空间内,利休回首自己的茶道。

——真是没想到会有今日。

在堺城开始学习寂茶的时候,他才十几岁。

那之后四十余年,他布置过形形色色的茶席,终于创造出了这样的茶席。

这与堺城海滨那寥落的茅草屋相比,真是天差地别的世界。

——坐在这里,一切邪念都消失殆尽。

---

①须弥山:梵语"Sumeru"的音译,意译为"妙高山"。古代印度神话中位于一小世界中心的高山。

利休才这样一想，又不禁苦笑起来。

——不，这才是邪念、邪欲的化身啊。

利休环视四面的黄金，缩起脖子。

包围着自己的，不正是赤裸裸的尘世欲望吗——

——但是……

利休摇摇头。

他建造了可以享受闲寂情趣的草庵，但并不表示他热爱一径粗野枯冷的风情。

粗野的草庵中蕴藏着光彩。

冰冷的白雪中有春日的气息。

——是生命。

他爱的是在枯寂中熊熊燃烧着的生命的美丽。

若没有蕴藏着熊熊燃烧的生命力，闲寂的茶道具和茶席，也只不过是土气、破烂的卑贱工具而已。

他再次认准了自己的心之所向。

——休其利也。这名字起得甚好。

利休的法号是去年小御所茶会时由天皇亲赐的，在那之前，他是自称宗易的堺城干鱼商人与四郎。

将此名字上奏给天皇的，是大德寺的古溪宗陈。

"是名利顿休……的意思吗？"

出宫之后，他造访了大德寺，询问"利休"这个法号的由来，宗陈摇摇头。

"哪里,只是要您变成老锥子,勉力参禅的意思罢了。"

听到此话,利休深深地点了点头。

若是"名利顿休"的"利",则是教诲他勿要只顾追求名声与利益。

老锥子指的是老旧、失去了锋芒,锥头磨平,没有用处的锥子。在这里,"利"就意味着刀具的锐利。

"利休"是在教诲他:不可过度锐利。

宗陈看穿了他内心深处的一切。

"不管再如何隐藏,都藏不住您的锐利。眼睛利,感觉利,全身皆利。"

"或许是吧。"他确实有这样的地方。

"老衲是觉得,您差不多该超悟到圆钝的境界了。"

"多谢禅师。"

刚刚得赐利休号的宗易双手伏地,低下头去。他已被年幼于己的宗陈看穿了一切,甚至是心底那深邃的黑暗。

那日起,秀吉的茶头千宗易,便成了千利休。

——人生就是流转的旅途。

漂漂泊泊,最终创造了这样的茶室,利休对这样的自己感到恐惧。

——我的心底……有一个又黑又深的空洞。

从那里吹出来的风,令利休狂乱而痛苦不堪。

利休想起了方才秀吉那下流的笑容。

在大坂城试搭的黄金茶室里，秀吉与女人欢好。

利休并非亲见。他在隔壁房间候命时，听到了女人的抽泣。听着听着，自己心中的淫思便不受控制地肆意狂奔起来。

那是在想出黄金茶室这个主意时，就存在于利休脑中的幻想。而秀吉，不过是与利休有了同样的冲动，并付诸行动罢了。

——那个女人……

利休又想起了那个女人。

——多想让她坐在这间茶室里。

那个女人肤白胜雪，在黄金与绯红的辉映之下，定会美得令人窒息。而那双犀利的丹凤眼，该是多么的冷情与妖艳。

那个女人的娇肤，正与这黄金茶室相称。

就让她坐在这里，尽情展露那与生俱来的白嫩肌肤，而他就隔着绯红的拉门观赏——

那份娇艳，又怎能用言语来形容？

好一会儿，利休独自，偷享着这勃发的妄念。

三

换上织金束带的秀吉出现在小御所，长长的红色裙裾垂在身后。

秀吉裹上用大量布料缝制的束带，益发显得瘦小。

他虽是个面相寒酸的男人，但毕竟登上了关白之座，目光中满溢着自信。

不，在他还是信长的家臣时，便是个目光如炬的男人了。他笔直地目视前方，决不盼顾左右。他的目光，总是坚定地注视着遥远的未来。

今日的秀吉，格外的容光焕发。

他悠然行来，在茶室前坐下。

天皇驾到了。

秀吉毕恭毕敬地双手伏地迎接。

他的动作落落大方，举止有度。人虽瘦小，关白的威严却十足。且这间黄金茶室与这个瘦小的男人是多么的相得益彰啊。

利休混在小御所外廊的百官和武士们中间看着，对秀吉的英姿大为欣赏。

——这个男人……是天生的霸主。

他有着可以随心所欲地控制、折服天下万物的才智。

——在操纵人心的方面，他的能力……要远远超过信长公。

利休放任着思绪。

他眼中的秀吉，就是如此的意气昂扬、威风凛凛。

正亲町天皇与两位亲王进了黄金茶室。

另有一位亲王，和近卫前久以及菊亭大纳言晴季作陪，在茶室前铺设的厚席上并排坐着。

"恕臣唐突，奉茶之前，准备了几道粗茶淡饭。"

去年是在茶席之前得天皇赐酒。今年则由秀吉备宴。

料理皆由利休经管，已经在里面准备好了。

作黑束带打扮的中将们端来膳盘。

黑漆本膳①上放着的是脍鹤肉、慢炖鲍鱼串、乌贼拌青菜。

利休虽已是百般注意不要失了礼数，却仍仔细观察着黄金茶室内天皇的样子，不敢掉以轻心。

透过红色纱幔，可以看到天皇的筷子一直没有停过。

——如此看来，陛下还是满意的。

接着端出来的点心是盛在食盒中的，有烤麸、香蕈、烤栗子、昆布。

看到天皇对这些也很喜欢的样子，利休松了一口气。

秀吉坐在黄金的台子前。

他缓缓地端正坐姿，叠整帛纱，取下黄金茶釜的盖子。

---

①本膳：日本料理正式的菜式，相对于"二膳""三膳"而言，又称为"一膳"，相当于主菜。

台子的茶席，是真行草①的真，最重礼法。帛纱的叠法也比草庵茶要更有礼、费时，是谓"四方捌"②。

秀吉悠然地执起黄金柄杓，舀起热水，倒入黄金的天目茶碗，将茶碗烫热。倒掉用过的热水，用茶巾擦拭的时候，茶碗不偏不倚地端成水平。茶碗外侧仔细擦拭四次，内侧擦拭五次。

秀吉的点前，极尽庄重。

——真是个不可思议的男人。

利休由衷地感佩着秀吉的点前。

若轻视他是个莽夫，他却会展露出骇人的敏锐。

——他远比我敏锐得多，却深藏不露。

---

①真行草：这是日本茶道中的一个重要概念，在各种场合都会使用到。原指书法中的真书（楷书）、行书、草书。后引申为日本各种技艺的三种表现形式，"真"表示最正式正规的形式，"草"表示不拘一格的风雅形式，"行"表示介于"真"与"草"之间的形式。以茶道道具而言，给足利将军等身份高贵的人或神佛奉茶时使用的台子和皆具等传自中国的道具，即为"真"等级的道具；日本本土烧制的陶器或者用竹木等材料制作的朴素道具等，即为"草"等级的道具；介于这两种道具之间的，比如以中国制造的陶器为原型的日产陶器等，即为"行"等级的道具。

②四方捌：根据点前不同，帛纱的叠法也不相同，同样有真行草之分。四方捌是将帛纱整个展开，在手中轮转四边。关于"四方"的意义，里千家的家元作如下解释：以阴阳论，则表示清洁东南西北四个方位。在台子中，天板、地板（上下两块木板）代表乾坤，四根柱子代表东南西北春夏秋冬。其中蕴含着阴阳五行，有火卦、水卦、木卦、金卦。坐在台子前面进行"四方捌"，即意味着清洁东南西北四个方位，和春夏秋冬四个季节。

看着秀吉，不禁觉得自己只是个愚直的茶坊主①。

——这个成为天下霸主的男人……其锋芒收放自如。既可以锋锐毕露，又擅长藏利于绵，笑欺天下。

这实在不是利休之流能够学得来的。若论茶道具的鉴赏与茶室的布设，他自负为天下第一，然而若让人一眼便能看出他的自负，只能说他为人的器量尚属浅薄。

为人之道比起茶道，委实深奥得多。

秀吉精心地为天皇、亲王、近卫前久等人挨个点了一服茶献上。他的点前威而有仪。他很清楚自己在做什么，做得是否正确。就连利休，也无法在天皇御前如此从容自若。

天皇等一席人饮茶之后，便起驾回了寝宫。

天皇走后，宫中的女官们便前来观看。

花枝招展的女人们看到黄金茶室，兴奋得叽叽喳喳起来。

"天啊，日本竟有如此多的金子吗？"女人打心底感到吃惊。

"有，有。老夫的大坂城里，还有更多呢。"秀吉分外快活。

女官们在茶室里坐下后，秀吉关上了拉门。

"诸位以为如何？是不是美得像极乐净土一样？"

"真真不像人世所有呢。"年轻女官的雪颊，透过绯色的

---

①茶坊主：室町江户时期的武家职名。负责接待来客。

罗纱,陡增几分娇艳。

女人们接踵而至。

侍奉亲王的众上臈[1],皆穿着花哨繁复的唐衣[2],围在黄金茶室周围,一派乱花渐欲迷人眼的景象。

公家也来了。

利休负责为众人点茶。

人来人往,川流不息,女人们和殿上人[3]也来了。高贵的男男女女们,一看到这座黄金巨物,眼神皆为之一变。

——原来,欲望是不分贵贱的。

利休又学到了一件事。

在粗野的茅草屋中饮的是茶,在黄金的包围中饮的也是茶。并没有好坏高低之分。

临近傍晚时分,人潮终于退去。

利休从外廊上望着小御所的庭园。

池水浩渺,淡洒春阳,天色将暮未暮。

"利休点茶。"坐在黄金茶室里的秀吉低声道。

"遵命。"

近卫前久也离开了。只有小姓在一旁候着。

---

[1]上臈:身份高的女官。
[2]唐衣:此处当指"五衣唐衣裳",即俗称的十二单。唐衣为最外面一层短衣的名称。
[3]殿上人:指被允许进入清凉殿"殿上之间"的人。清凉殿为京都御所十七殿之一,是平安时期天皇的寝殿。

利休俯身行了一礼，进入黄金茶室。

炭一直留意添着，所以热水还是沸腾的。

在春日薄暮的静寂中，黄金茶釜的汤音，宛若仙境的风声。

利休用黄金的天目茶碗点了薄茶，递给秀吉。

秀吉一言不发地将茶喝下。

黄昏时刻的天空，染上幽幽的紫色。茶室中朦朦胧胧地摇曳着幻惑的光线。

"你坐在这里，心里想的是什么？"秀吉问利休。

"是……"他不知秀吉所指何为，"臣想的是，关白殿下的威光已跻峰造极。"

秀吉苦笑，唇边泛起深深的皱纹。"我没问你这个。我问这个茶室。"

"此乃妙绝的极乐之境。"

秀吉摇头。"错了。我问的是你为何想出造这样一个茶室。"

利休一时语塞。"这是依着关白殿下的喜好想出来的。"

"你才不是在迎合我的喜好。我坐在这里，就像是看到你被剥下外皮赤裸曝露着的内心。"

利休顿觉有把短刀抵在他的喉咙上似的。

黄金茶釜的汤音，渐渐远去。

"你是个可怕的男人。"

"臣惶恐。"

"我从没见过像你这么欲色深重的男人。我虽然也自认为深陷此道,但比起你来,就像是黄口小儿。"

"臣羞愧至极。"

"若是你……"秀吉欲言又止。

"敢问何事。"

"没什么,想到一件蠢事。"秀吉笑着。

利休没有出声,等着下面的话。

"我只是想,若由你来挑选女人,布置枕席,一定可以让我享受到极风雅的床笫之欢。"

"臣哪有这个本事。"

"我不是说笑。下次不要茶,送个女人给我吧。"

"恕难从命。"利休慢慢地摇摇头。

秀吉鼻子一哼,看起来并未放在心上。他淡淡笑着,站起身来。

利休俯下身去。

"可不要太傲气了。"

秀吉轻轻丢下这句话,兀自离去。衣裾窸窣的声音,钻入利休的耳朵,挥之不去。

玉手

饴屋长次郎

利休切腹六年前——

天正十三年（一五八五）十一月某日

京都 堀川一条

一

京城的堀川是一条细流。

一条通架着一座小桥。

传说王朝①时期，文章博士②的出殡队伍经过此桥时，雷声大作，博士随之复生——因此这座小桥被称作戾桥③。在这座桥上，灵魂可以从阴间回到阳世。

饴屋长次郎在这座桥的东边，开了一间烧瓦的窑厂。

"关白殿下要建造新的御殿。你就在这里开个窑吧。"京奉行前田玄以对长次郎下了命令，并给了他这里的土地。

御殿名为"聚乐第"，占地广大，极尽富丽堂皇，周围计划建造家臣们的住宅。

现下已召集了许多瓦匠，长次郎负责烧制的，是装饰在屋顶上的辟邪瓦雕。

只要长次郎一拿起抹刀和刮刀，那些平凡无奇的土块便

---

①王朝：泛指日本史时代划分中，天皇掌握政治实权的时期。即奈良时期（广义指公元710—794年，狭义指公元710—784年）和平安时期（公元794—1185/1192年左右），此处指平安时期。

②文章博士：日本古时官学（相当于"国子监"）中传授历史和汉学的老师。与中国的"翰林学士"相对应，但职责不尽相同。

③戾桥："戾"在日语中意为"返回"。据日本民间故事集《撰集抄》卷七中记载，公元918年（平安时代），汉学家三善清行的出殡队伍在经过戾桥时，听到父亲死讯从远方急忙赶来的儿子净藏，伏棺祷告，顿时雷声大作，清行暂时复活，父子相拥而别。

立刻活了过来,变成栩栩如生的狮子,向天咆哮。还有虎身龙腹的鬼龙子①,耸背瞪视恶鬼邪神。

"主公想要玉虎金龙。要是主公喜欢了,赏赐是少不了的。"作僧人打扮的前田玄以保证道。

"遵命。"

长次郎立刻开始准备。

他先建好新家,与弟子们一起搬了进去。又建了一座大窑,收集质量上乘的好土。挖好水池,用脚和泥。和好的泥放在台子上,用手和抹刀塑造出大致的形状,再拿刮刀修整。晾干,浇上釉子后烧制。

今天是烧好的瓦雕出窑的日子。

"我瞅瞅,成色不错嘛。"

长次郎看着弟子从窑里刚取出来的红狮子,对成色很是满意。

狮子高高地扬起粗壮的尾巴,鬣毛倒竖,龇牙咧嘴,圆睁双目,瞪视着前方。

长次郎之所以有"饴屋"这个名号,是因为他可以用饴色②的釉子,随心所欲地调制出霞红玉碧等各种颜色。

原本来自大明国的父亲掌握着一套调制的方法,却没有传授给长次郎。

----

①鬼龙子:想象中的灵兽。形似狼,头似虎,腹部有鳞似龙蛇。
②饴色:蜜糖色。

长次郎经过无数次的失败,自行调制出了新釉子。

长次郎的儿子也在窑厂干活,但他不打算把釉子的调制法传给儿子。

——如果不思进取地寄希望于"一脉相传",人就会变成娇气包。家业也就完了。

父亲曾教诲他:若只是满足于父辈祖辈的秘方,人便不会成长。每一代的每一个人,都要知道创业的艰辛。

弟子们从尚有余温的窑里,将瓦雕一件件搬了出来。

每件皆是一尺来高。成色极好,无可挑剔。

龙爪所擒之处似有祥云,虎目所瞪之处似有魔物。

长次郎还烧制了他拿手的狮子。造型上佳,红色的釉子也格外漂亮。

虽是冬日,但天空晴朗,洒满了明媚的阳光。沐浴在阳光下的狮子,身上的红釉闪烁着银光。

"好颜色。"洪亮的声音在长次郎身后响起。

回头一看,只见一个身材高大的老人在探身观看。

那老人戴着宗匠头巾①,穿着宽松的道服,身边还跟着一个相貌正经的随从,看来不是什么可疑人物。

"你是哪个?"

长次郎心想:窑厂还没有围墙栅栏。要是会有这种陌生人随便闯进来的话,还是赶快建起围墙的好。

---

①宗匠头巾:歌道、花道、茶道等技艺的宗师所戴的头巾,圆筒状,平顶。

"啊,失礼,还未自报家门。在下千宗易,一个茶道数寄者。因看到长次郎大人的瓦雕,有事相求,故而前来拜访。"老人举止恭敬,俯首行了一礼。

长次郎听过宗易的名字。他是伺候关白秀吉的茶头,日前在大内得赐"利休"的称号,声名在外。

"要是瓦雕的事,要等关白殿下的御殿建好了再说。你也要在聚乐第建房子是吧?可咱还有很多订单。你得排队。"

长次郎想若这个老人打算倚仗权势硬来的话,就把他赶走,但老人却很谦和。

"哪里,并非瓦雕的事情。此次拜访,是想请您帮忙烧制茶碗。"

长次郎立刻摇摇头:"咱是瓦匠。要烧茶碗,你到五条坂去。听说那边最近刚建好了窑。"

这次轮到宗易摇头了。"不,我是想请您帮忙才来的。可以先听我说说吗?"

这个叫宗易的老人,面相虽温和,说话却坚持得很。

——这人本身就很执拗。

长次郎心里虽做如此想法,却又被老人的仪态吸引住了。

——这老头儿也不知是什么来头。

他只是站在那里,窑厂的空气都紧张了起来,带着不可思议的厚重感。

——定是个厉害的数寄者。

长次郎的直觉告诉他。若是有眼力的数寄者，或许可以讨教一二。

"等出窑结束了，咱再听您说。这样可好？"

"好好。哎呀，那只老虎，成色尤为出众，引颈向天咆哮。"

刚刚弟子从窑中搬出来的老虎，确实是一排瓦雕当中成色最好的。

长次郎对宗易的眼力暗暗吃惊。

二

因为宗易说"我想看看土"，长次郎便带他去了小窝棚。木板屋里摆着几个装了黏土的木桶。

"请问这土是自哪里取的？"

"木津川的深处有很好的蛙目黏土[①]。里面还混着一些云母，一烧就会亮晶晶地发光。"

宗易露出稀奇的眼神看着土，又拿手摸了摸，随后坐在稻草蒲团上。

---

①蛙目黏土：指含有大量石英颗粒的高岭土质的黏土。黏土被雨水浇湿后，石英颗粒看起来像蛙目而得名。

长次郎把烤手的火盆放在宗易旁边。

"你刚才说要烧茶碗，可咱是不用辘轳①的。烧不出浑圆的茶碗，这样也行？"

"我想请您烧制的，是要跟手形指形亲和的茶碗。转辘轳是做不出来的。"

宗易合起双手，做出端着茶碗的样子。他的手很大，手指修长，透露出非凡与灵巧。

"哦？"长次郎被宗易的手吸引住了。

——这个人是真正的数寄者。

他也认识几个茶道数寄者。皆是些喜欢炫耀唐土舶来茶碗的讨厌鬼。

这个宗易，却完全不同。

此人深深地沉浸在自己的茶道世界里，一心一意地追求着称手好用的茶碗。

"用辘轳是为了能大量制作，并没有考虑到茶碗使用者的乐趣。您只要有刮刀在手，不管什么形状，都能随心所欲地塑造出来吧。"

"这才能见匠人的真功夫哪。"

长次郎回答的时候，心里已有几分愿意烧茶碗的意思了。不，应该说他自己想烧烧看了。

---

①辘轳：制作圆形陶器的台子。制作时将陶土放在上部的圆盘上，一边旋转一边塑造出各种形状。

瓦雕自然是得接着烧制，但从早到晚捣鼓虎呀龙的，也会生腻。为了换换心情，烧茶碗是最合适的了。

——小菜一碟。

长次郎很有自信。毕竟他连未曾见过的狮子都能漂亮地塑造出来。与人手亲和的茶碗，更是轻而易举了。

"那咱就试试。但是可不保证能烧出您满意的茶碗。"

他说得有所保留，这是出于谦虚。心里却琢磨着要烧出一个极称手的茶碗，让这个闻名于世的茶人大吃一惊。

"烧好了吗？"

几日后宗易又来拜访的时候，长次郎已烧好了三个茶碗。

每个都像宗易要求的那样，是十分称手的茶碗。将黏土捏制成十分贴合人手的形状。

两个上了黑釉，一个上了红釉。

长次郎拿出茶碗的时候，很期待宗易会露出什么表情。

"您觉得如何？"

他把茶碗摆在宗易面前。

宗易仔细地打量着茶碗，他的眼神中没有露出半点喜悦之情，反而有点嫌弃的感觉，也没有要拿起来的意思。

"我不擅恭维，可否容我直言？"

宗易的话虽委婉，却让人感觉到严肃且顽固的审美意识。

"您尽管说……"

宗易看似沉重的眼帘大大地睁开了，精光四射，仿佛可以看穿世间所有的真理似的。

"简而言之，这个茶碗很浅薄。制作者心中的扭曲，原形毕露。"

"你说咱扭曲？"

长次郎忍不住直起腰。对方要不是个老人，他已经动手了。

"若觉得浅薄不好听，那就是自作聪明。卖弄小聪明，看着令人作呕。"更恶毒了。

长次郎瞪视着宗易。若宗易再口出恶言，他是不会善罢甘休的。

宗易始终很平淡，只是将心中所感如实道出而已。

"您在谄媚手掌。"

"哎？"长次郎的胸口宛如被打了一拳，"谄媚……"

"不错。您是在让茶碗向手掌妥协。与手掌亲和，跟谄媚妥协，完全是两码事。"

宗易说的话，长次郎隐约明白了。

"茶碗，在与手掌亲和之前，还要有傲然的气质。您的茶碗，谄媚，俗气。"

长次郎重新审视自己的茶碗。

——的确。

捏制的时候,他一心想着要与手指亲和,结果茶碗整体松垮垮的,没有美感。

虽不甘心,但被宗易指出,他才发现。

"还有,太重了。"宗易还没有拿起茶碗。

"你都没拿起来,怎么就知道重?"

"我看得出,这个茶碗很厚重。我想要的,是拿在手里时,可以一下子就融入心坎儿里的茶碗。我想要您烧制出令人惊叹的轻盈。"

长次郎拿起茶碗。他并没有烧制得很厚。确实有一定的分量,但原材料是土,也是情有可原的。

"令人感叹的轻盈,还有,柔软。"

"柔软啊……"

瓦的话需要烧制得很坚固。只要缩短烧制时间,表面就会变得柔软,但这样又有缺点。

"柔软的茶碗容易碎。"

宗易点点头。

"那也无妨。有形的东西都会坏的。因为会坏才美丽。"

"话虽如此……"

茶席上对道具的取放都很小心仔细,或许不用那么坚固也行。

"拿在武人粗糙的手中不显粗鲁,拿在女人白皙美丽的手指中也不显单薄,这样的茶碗,能拜托您烧制吗?"

长次郎没能立刻点头。他心里后悔与这样一个难应付的老人扯上了关系。

宗易的语气,绝非在责备长次郎。

长次郎感觉得出,这个老人只是一心想得到一个真正美丽的心爱茶碗罢了。

"晓得了。咱就试一试吧。"

应承的那一刻开始,长次郎地狱般的痛苦便开始了。

将一堆黏土放在工作台上。

最开始先将黏土搓成手指粗的长条,绕着圈卷堆起来,塑造出形状。

他下了很大功夫,让长条的纹路贴合手指,这样确实整体的形状有些谄媚。

——茶碗没有骨气。

这么说很古怪,但总觉得欠缺了茶碗之所以成为茶碗的重要因素。

长次郎不停地回想起宗易的话。

——茶碗要有傲然的气质。

同时又要有令人惊叹的轻盈与柔软,与手掌亲和,可以融入到心坎儿里的茶碗——

宗易丢下一堆难题回去了。

无论如何揉捏黏土，长次郎都做不出傲然的茶碗。

"师父，您看这样可以吗？"

弟子拿来了用刮刀塑好形状的老虎。模样虽不差，却死气沉沉的。

"这副样子能驱魔吗？重做！"

他也清楚地知道自己有多么焦躁。

做多少，毁多少。

做了毁，烧了又毁。

无论如何，也做不出满意的形状。

过了一阵子，宗易又来到了窑厂。

长次郎老老实实地低下头去。

"咱答应得太草率了，你的要求太难了。咱投降。咱实在是做不出来。"

听了他的话，宗易从道服怀中取出一个褪了色的小袋子，从里面拿出一个绿釉的小壶。那是个姿态饱满的美丽小壶。

"这个壶好。像是杨贵妃拿来装过芳香油的。"

长次郎看得入神了。

"我想要这样的气质。"

"原来如此……"

确实，这个小壶气质优雅，傲然不群。

"咱能拿一下么?"

"请便。"

宗易将小壶放在长次郎的手掌上。

淡淡的冬阳自格子窗射入,映照出绿釉的美丽。

长次郎用双手包起小壶。小壶恰到好处地与手掌贴合在一起,令人爱不释手。

"原来如此……"

长次郎喃喃自语,他好像知道宗易想要什么样子的茶碗了。

"还有,茶碗要配得上这根手指。"

宗易拿下小壶的盖子,从中取出一个纸包。打开,捏起一个小小的东西,放在长次郎的手心。

长次郎开始以为是樱花贝。那是一个有着润泽樱粉色的薄片。定睛一看,不禁吓了一跳。

"指甲……"

女人的小指指甲。可爱纤美得令人震颤。

"请您烧制一个拿在这白皙的手指中,仍能傲然屹立的茶碗。"

长次郎甚至忘了点头,只是痴痴地注视着那樱粉色的指甲。

三

长次郎忘我地捏着黏土。

一想起那片娇艳的指甲,茶碗的形状就自然而然地浮现在眼前。

他改变了做法。先用黏土作出一面有厚度的圆饼。其后,用双手掬起圆饼的边缘,向上兜起,形成碗体,塑造出碗的形状。接着用刮刀削出高台,再削整内壁。

为了塑造出傲然的姿态,长次郎始终保持着高度的紧张。

开始是当作瓦雕的排遣,却发现用半吊子的态度是难以完成的。

——那片指甲……

本来的手指,定是白皙可爱的。

配得上那手指的茶碗,应是温润、赤红、小巧的。若是男人的大手,可以把茶碗整个包在手中。这个大小恰到好处。

美丽的手指中包裹着生命。茶碗,要能够自然而然地承载住这鲜活的生命。

长次郎摒弃一切杂念,一心想着那双玉手的模样。

茶碗捏好晾了数日,烧制。

窑是新建的。

新窑就像是普通人家的灶台一般大小。茶碗是一个一个烧的,所以足够了。

像灶台一样,新窑的上方开了一个圆孔。

将茶碗放入素陶的内窑①中。

用铁匠用的风箱送风,让炭赤红地燃烧起来。温度高得像是会把素陶的内窑熔掉似的。

他大力地鼓着风箱,将茶碗一口气烧好。

打开内窑的盖子,只见圆润的茶碗已赤染成夕阳的颜色。用铁钳将茶碗夹出,带着灼热放在土间角落的台子上。待热度退去,轻盈柔润的茶碗,便在那儿了。

宗易来了,看到茶碗的瞬间便露出满面的笑容。

"这个好。"

他双手捧起茶碗,做出喝茶的动作。茶碗惬意地躺在宗易的大手中。

"不卑不亢,甚好。"

"多谢夸奖。"

受到称赞的长次郎面露喜色。

茶碗是直筒形状,碗底呈平缓的收势。碗体略微外张,碗口内曲。表面浇了红色的釉子,同时保留了粗糙的土质触

---

①内窑:内外两层结构的窑,里层称内窑,外层称外窑。内窑中放置烧制物,内窑与外窑之间填充燃料。

感。这样更衬托出茶碗的柔和。

"烧制得甚是轻盈呢。"

拿在手里,轻盈得像是掉了魂似的。

"为了能轻松地喝茶,我把累人的重量送到那个世界去了。"

此话虽是玩笑,但长次郎的确是废寝忘食、殚精竭虑地埋首在茶碗的制作上。其实,他是将瓦末混在其中减轻了重量,不过没必要对宗易说得那么清楚。

"表面有着说不出的润泽。"

这正是长次郎想要自夸的地方:他将茶碗烧制得很称女人的玉指。

"饮口[①]也好。"

饮口处有意捏得薄了,这是为了双唇贴上去时,能更舒适地喝到茶。捏制的时候自然也是想象着女人艳丽的双唇吸附在碗边的情景。

"我想立刻用这茶碗点茶。"

长次郎受到宗易的邀请,穿过一条戾桥。再往前就没有房屋了。一片野地上钉着木桩,拴着绳子,这是聚乐第的建造范围。

野地上铺着藏蓝色的毛毡。

宗易的随从堆起石头、架上茶釜,生起火。

---

①饮口:酒杯等嘴唇会碰到的部分。

时下是温和的小阳春，野地虽枯萎着，却有小鸟在玩耍。

宗易看着放在毛毡上的茶碗，眼睛笑眯眯的。那神情，像是回想起了什么往事。

长次郎下定决心说出一直想问的事情。

"那片指甲……"

长次郎目不转睛地看着宗易。

宗易盯着茶碗道："那是我心上人的指甲。她的遗物。"

长次郎默默地点点头。这答案如他所料。

"想来是个大美人吧。"

"就像是仙女下凡。她的手白皙而柔美。若是拿着这个茶碗，一定可以相映成辉。"

宗易的眼角泛起皱纹。他的视线投向不知名的远方，仿佛看到了女人捧着茶碗的纤纤玉手。然后他深深叹了口气。

"我之所以钻研茶道至今，就是为了要让那个女人喝上我点的茶。"

"那女人很幸福哪。"

宗易摇摇头。

"再没有人比她更不幸了。出身高贵，却背井离乡，被海盗捉住，几经买卖，辗转颠簸，最终被带到了日本。"

长次郎没料到是这样的故事，不禁愣住了。宗易不肯再多说了。

汤音入耳，热气从茶釜中袅袅升起。

宗易拿起柄杓，将热水倒入红色的茶碗中，点好茶，递到长次郎面前。

虽是自己烧制的，长次郎仍对茶碗的轻盈感到惊诧。这份轻盈让他联想到饱经风雨的枯骨，莫名地有些伤感。在玄妙的心情之下，他将茶含入口中。

茶的味道若有似无。饮下之后，只留下奇妙的清爽。冬日的天空，蓝得悲切。

很快地，苦涩在口中蔓延开来。那感觉，就像是被迫吞下了人生那难以承受的重量。

等待

千宗易

切腹九年前——
天正十年（一五八二）十一月七日
山崎　宝积寺城　待庵

一

山崎的宝积寺城是仓促之间建起来的城池。

此地位处京城与大坂之间,羽柴秀吉在此大破明智光秀之后,便将此城作为根据地。

利用天王山山顶的旧城郭和山麓的宝积寺,匆忙围建起石垣和围栏,地界圈划和工程都极为潦草,但地处险要,且可以扼西国官道①之脖颈。

登此山,可将京城一览无遗。居此城,可随时赶赴京城。若有敌军自京城来,也可从大坂逃往西国。

信长亡后,秀吉虎视天下,对他来说,此处极具地利优势。

眼下是寒冬,风极凛冽。

宝积寺正殿侧首,有一间被称为杉之庵的四叠半茶席。

宗易正坐在这茶席的客位上。

清晨的阳光照在外侧的纸门上,颇有些晃眼。

细长锁链上吊着的霰釜②,响着轻快的汤音,喷着热气。

坐在点前座的是秀吉。

他用的是天下三碗③之一的青瓷安井茶碗,正在点薄茶。

正客是今井宗久。次客是宗易。其下为津田宗及、山上

---

①西国官道:指大坂至九州小仓的官道。
②霰釜:茶釜的一种,表面布满细小的粒状凸起。
③天下三碗:《山上宗二记》中曾有关于"天下三碗"的记录,分别为松本茶碗、引拙茶碗、安井茶碗。

宗二。这四名堺城的茶人受到了邀请。

据宗易观之,今日的秀吉心浮气躁。帛纱的折叠与茶筅的挥动,皆不成章法。

宗久用青瓷茶碗饮完茶,行了一礼,开口道:"浓淡适度,好茶。"

"嗯。"

秀吉自己知道浓淡并不适度。他皱着眉头,像是有什么心事。

"话说回来,前阵子的葬礼真是不得了。僧人之众,法堂里都容不下了。"

宗久拣了个秀吉爱听的话题。

上个月,秀吉刚刚在大德寺举办了被害于本能寺的主公织田信长的葬礼。

从京都五山①召集了五百僧侣,诵经七日,三千人列席,一万武士警备。丧殓规模之大,一时为京城上下津津乐道。

"隆重到那个地步,任谁都挑不出毛病。"

秀吉只有眼角在笑。他心里还是不踏实。

原本是秀吉召唤宗易相商此事,宗易遂暗示秀吉应举办葬礼。

---

①京都五山:指"五山制度"中的五座京都禅寺。五山制度即日本镰仓末期从中国南宋引进的官寺制度。日本分为京都五山和镰仓五山。京都五山指天龙寺、相国寺、建仁寺、东福寺、万寿寺。镰仓五山指建长寺、圆觉寺、寿福寺、净智寺、净妙寺。

开始秀吉对宗易说想在信长入灭①百日时办法事。

"如此一来,等同于未行丧殓之礼。比起法事,吊唁先君者,方可继承大位。"

秀吉听取了宗易的建议。

此举自然加深了与越前柴田胜家的对立。

秀吉与胜家两派在争夺信长的继承人之位。胜家完全不把秀吉举办的葬礼当回事儿,其后遣了使者过来。

"看来柴田大人快要忍不住了。"津田宗及低声道。

就在三天前,前田利家等人作为柴田胜家的使者来到宝积寺城。意在和解。

秀吉在这间茶室为利家等人点了茶。

今日算是迹见茶席,摆放着与招待使者时相同的道具。

床之间的挂轴是南宋禅僧虚堂智愚的手笔,而且是有着天下第一名物之称的"生岛虚堂②"。

---

① 入灭:涅槃。

② 生岛虚堂:虚堂智愚的墨宝之一,在1614—1615年间使丰臣家灭亡的"大坂之阵"时烧毁。其记录见于《山上宗二记》。同时见于《山上宗二记》的另一幅虚堂墨宝现保存于东京国立博物馆,因曾经破损,故称之为"破虚堂"。

此外还摆设着夺目的尼子天目①和木枯肩冲②的茶入。

如此名物云集的茶席是很罕见的。然而这些道具却不能安抚亭主秀吉的心情。

——忍不住了的，不是柴田，而是秀吉吧。

宗易暗想。

和解只是表面功夫，早晚秀吉要与柴田一决胜负。柴田应该也是如此打算的。

秀吉其实想即刻发兵开战，却不得不等待时机，故而心浮气躁——

"等下了雪……"宗易低声道。

等下了雪，柴田就不能自越前出来了。秀吉必在那时发兵。宗易猜测着秀吉的计划。

"不错！"

秀吉的眉头皱得更紧了。

---

①尼子天目：名物，灰被天目茶碗。因战国大名出云尼子氏所藏而得名，后为秀吉所得。又名云州天目。

②木枯肩冲：中兴名物，产于濑户金华山。安土桃山到江户初期的著名茶人小堀远州（1579—1647）的次子小堀正之（1620—1674），在该茶器的容器上写下《古今集》权中纳言长方的和歌"飛鳥川瀨々に波よる紅や葛城山の木枯の風（飞鸟川濑红波荡，葛城山上寒风飒）"，由此得名。此茶器自土屋政直（1641—1722）传至松平不昧（1751—1818）。然而根据译者掌握的资料显示，1582年的秀吉茶席上，不应出现名为"木枯"的茶器。主要的时间证据是小堀正之出生时利休早已辞世，其命名的茶器不可能出现在利休时期的茶席上。但由于其父小堀远州曾担任秀吉的小姓，所以不能排除他将秀吉使用过的茶器传承给正之的可能性。

"等下了雪……"秀吉喃喃道。他打算围攻织田信孝所在的岐阜城。受雪之阻,身在越前的柴田便无法派兵支援。信孝兵寡,唯有投降。

这便意味着天下落入秀吉的掌中。

若是在降雪之前匆忙出兵包围岐阜城,不啻将后方暴露给柴田胜家——

要等。

到北国官道被大雪封闭,还有一个月。

在那之前,要等。

想必秀吉已是等得不耐烦了,才如此心烦意乱。

（二）

杉之庵的茶席结束后,宗易登上了天王山。

他踩着山路爬到半山腰,走到视野宽阔的高台上。

秀吉在与光秀作战时,首先便在此处的巨松上挂上了他的金瓢马标[1]。这是为了通知敌军和友军,自己已经占领了咽喉要地天王山。看到马标的敌军裹足不前,友军则奋勇而

---

[1]金瓢马标:马标又写作马印,日本战国时期,武将为了在战场上表明自己的所在位置,将马印插在马侧或挑在长兵器的前端。金瓢马标为丰臣秀吉曾使用的黄金制葫芦形马标。

起，打散了光秀的军队。

在这个视野宽阔的地方，正在建造茶室。这个茶席有意思的地方便是可以凭空远眺。

茶室已铺好了柿板屋顶。地板上摆着横木。柱子用的是细长的杉树木料，看来甚是纤巧。宗易打算建造一间纤细优美的四叠半茶室。

"辛苦了。"

宗易向木工头搭话。这个木工头工作细致，很靠得住。

"增加了人手以后，工程快多了。"

正如木工头所说，墙壁的骨架已经组装好了。只要涂上壁土，嵌上门窗，就是模是样了。

"对不住，我有个想法，想改一下格局。"

"怎么改……"

宗易站在横木上面，展开双手。"在这里隔开，围成小间。"

听了宗易的话，木工头双臂交叠歪起脑袋。

这双手围划的空间实在是太窄了。

"这样就只有两叠了。"

宗易点点头。"不错。我想请你建造一个两叠的茶席。外壁保持原样。给这两叠地方造一个床之间出来。"

"哎——"

"这里竖起两扇纸门,围成一叠的次间①。里面这边做成一叠的水屋。"

这样连床之间在内,一共四叠半。

木工头抚着下巴思考。"两叠啊……"

"不错,两叠。"

"这样不窄吗?"

木工头问得太直白,把宗易逗乐了。他忍俊不禁地道:"的确是窄。两叠的小间,肯定很窄。"

寂茶的茶席自武野绍鸥以来四叠半是惯例。两叠的茶室前所未闻。

"这样能招待客人么?"木工头的黑眼珠一眨不眨地看着宗易。

"人多了当然不行。一两人就正好。"

"地炉放在哪儿?"

宗易想了一会儿。

"就在这个角落截出一块地方吧。"

他指着自己的脚下。因茶室狭小,便打算设计成隅炉。

木工头盯着两叠的空间。

"这样的茶室倒是又暖和又简静。那就把天井分成几部分,可以显得开阔些。"

宗易点点头。确实若在天井的材料、倾斜度和组合方式

---

①次间:挨着主房间的房间。

上面下些功夫，坐在茶室中也不易生腻。

"没错。这个茶席要安适，安适到令人忘却自己身处何地。我本想在这边造一个外廊，装上格子拉门，现在不要外廊，也不要拉门了。"

这是向北的茶席。他本来的设想是，打开拉门，就能远远眺望从京城延伸至北方的天空。

现在他的想法变了。

看不见更好。

看不见，心情可以更沉静。

"不要格子拉门的话……"

"改成墙壁，装一个小小的矮门。"

"矮门……"

"要弯腰才进得去的门。用杉板来做。"

"四尺来高？"

"不，再矮一些。"

木工头露出不解的样子。

宗易站在北侧的位置。他弯下腰，两拳抵在横木上，做出钻进去的动作。

"这里大概有多高？"

宗易保持着钻的姿势，用手指指着圆杉木的柱子。木工头用指甲做了个小小的记号，拿矩尺量过。

"两尺……六寸一分。"

"这就够了。请装上可以向左侧拉动的木板门。"

"窗子要装在哪里?"

"这边两扇。这里,和这里。正面做大一点。就算看不到风景,只要有光,心神就能飞奔到天空的彼岸去。"

宗易用手比画出窗子的大小,木工头用墨在芦苇骨架上做了记号。这部分不涂壁土,就这样敞开着,便是窗子了。

"正面的窗子撤掉骨架,换成竹格子。这样才不会单调。"

木工头点点头。

"请尽快。我想立刻就用。"

已经建造到这个程度了,只要有人手,应该花不了几天时间。

"谨遵吩咐。这就开始涂壁土。"

木工头按照宗易的吩咐,急忙地赶工。

几天后,可以用于茶席的小间茶室便完工了。

为了准备开炉[①],宗易从堺城的家中调取茶道具的同时,叫来了妻子宗恩。

五年前,他的前妻亡故了。趁着这个机会,他将在外居住的宗恩作为后妻迎娶到正宅中。

---

①开炉:指进入冬天后第一次使用地炉。在茶道中,通常在十月底到十一月初会举行开炉的茶事。

前妻阿妙很是粗心大意，宗恩则是无微不至。

宗恩跟在宗易身后，沿山路而上，她看到高台上的茶室，低声道："真像是堺城海滨的小屋。"

"是么？"宗易没有点头。

"嗯，在盐田和松林那边有这样的小屋。"

这样说来，远远一看，这茶室不过就是个寒酸的陋屋。外壁虽是涂上了，混在壁土中的防裂材料却看得清清楚楚。窗子就那样裸露着骨架，是何等的土气煞风景。房檐略长，其下是压得很平整的土间。屋檐外，放着一个四方的手水钵。

"这是要从哪里进去啊？"宗恩问道。

"就那里。"宗易指着矮门。

"这样感觉像是在海滨小屋里幽会呢。"宗恩轻轻地笑了。这个女人从年轻的时候，就有着惹人怜爱的娇憨。

"是吗？"

"我可以打开吗？"

"啊，进去吧。"

宗恩打开矮门，弯下腰。她的动作看起来并不那么局促，轻巧地跪着进去了。

——这样看来，应该是没问题了。那之后自己也试了几次，最后决定了这个高度。

从矮门可以看到正面的床之间。虽只有四尺宽，但因是室床,所以有纵深之感。

床之间既没有挂轴也没有鲜花。

宗易也用拳头撑住身体,跪着进去了。

二叠的茶席里面凉飕飕的。

上方的天井很低,但一部分天井的坡度与屋顶相同,开阔了空间。

墙壁上可以看到粗糙的防裂稻草料。内侧没有涂上黏土,就那么裸露着。因为涂了一层薄墨,看起来有点发蓝。茶室的布局,虽窄却舒适。

炉缘本想用黑柿,但既已塑造成草庵风格的闲寂茶席,用黑柿反而俗气了。犹豫到最后,选用了泽栗。泽栗的木理比一般栗子树要细腻柔软。

茶席与次间之间,有两扇鼠灰色的拉门。拉门采用了不加外框的太鼓张[①]样式。

宗易坐在地炉前。火还没有生起来。

宗恩坐在室床前。

今日有云,有风。窗格子时而咔嗒作响。

光线从朝北的格子窗射入,柔和稳静,饱含着湿气。那光线映照在崭新的青色草席上,又隐没在薄墨色的墙壁中。

宗恩虽说不上有鉴赏力,却有着女人特有的敏锐感受

[①]太鼓张:指四周不加边框,仅用拉门纸将门整个包贴住的拉门。此种拉门骨架两面贴纸而中空,类似于大鼓的制法。

力。不管是茶碗还是茶杓，宗恩都能感受到与宗易不同的东西。

听宗恩的感想，是宗易的一个乐趣。

"让人很踏实呢。"

"是吗？"

"就只是坐在这儿，便觉得心都软了化了。"

"那就好。"

入耳的，皆是风声。风吹得拉门发出声响，屋外老松的枝叶也沙沙地摆动着。松风温柔地抚慰着心灵。烦躁、尖刻的情绪，只要坐在此处听一听松籁，便能化解消融。

"坐在这样狭窄的茶室里，感觉像是回到了小时候。"

"是这样么？"

"是啊。接着便想要搞点恶作剧……"宗恩淡淡地笑了。

宗恩阖上眼睛，听了一会儿风的声音，又慢慢地睁开。她看着窗格子，脸色阴郁起来。

"可是……"她欲言又止。

"怎么了？"

"又感觉像是被人抓住关起来了似的。"

"……是么？"

"不管我说什么，您都不会动怒吗？"

"啊，直言无妨。"

宗易想知道，并非茶人的普通人，比如像宗恩这样，无论何事都能加以朴素理解的人，是如何感受这个小间的。

"我说得也许奇怪，但感觉像是一间牢房。"

"……"

"房间和入口都很狭窄，窗子还有格子……"

"……"宗易点点头。如此说来，布局的确有些相似。

"庵号已经定了吗？"

"待庵。"

"待、庵……"

"等待之庵。"

宗恩点点头。"……要在此处等什么呢？"

"这是为了让主公能够平心静气地等待时机的到来，而设计的茶席。"

宗恩点点头，又阖上了眼睛。

她听了一会儿风声，忽地喃喃道："宗易大人其实是个坏人吧。"

宗恩浅浅地笑着。

"你这么觉得？"

奇怪的是，宗易竟觉得愉快，并不生气。他觉得对这个女人可以坦白一切。

"其实您明明胸怀可以谋取天下的才智。"

"怎么可能。你高估我了。"

"会吗？"

"天下要是那么容易谋取还了得。"

宗恩闭着眼睛点点头。"若是靠打仗自然很难。可是有宗易大人这般的才智,想要什么都能手到擒来。"

"是么?"

"您真是个可怕的人……"

"……"

"为了得到美的东西,杀个人也不在乎似的。"

宗易没有回答。

他只是坐在没有火气而冷透了的茶室中,聆听着风的声音。

宗易邀请秀吉到待庵。

他没有用名物道具。室床空着,既没有挂轴,也没有鲜花。

今早也有云,有风。吊在地炉上方的云龙釜,随着汤音喷发出热气,二叠的茶室很暖和。

秀吉垂着肩膀,弓着背坐在那里。

"招呼不周,这是新的小间茶席。请您随意,无须拘礼。"

宗易问候过后,秀吉看向他。秀吉的眼睛带着黑眼圈,睁不开似的。

看来是几日未曾合眼了。

——也难怪。

现在是这个男人人生的紧要关头。天下就横陈在触手可及的地方,只要走对这步棋,就能抓在手中。

对宗易来说,已不可能再改投柴田一派了。秀吉若是不能夺取天下可就难办了。

要耐心地等待时机。只要等待,胜利的机会一定会到来——

"先敬您一杯。"

宗易从竹筒中倒出酒,酒盏也是竹子做的。这一带的山麓有很多竹林。

秀吉饮下一杯,将酒盏扣在杉板上。看来是没心情饮酒。他一言不发,表情严肃地思考着什么。

宗易退回到里面,站在水屋中。宗恩和厨子一道,用一个小小的灶台生起火,准备着菜肴。

"要准备饭汤吗?"宗恩问道。

原本打算先上刚出锅的米饭和鹤肉汤,以及醋拌生鲫鱼。

宗易摇摇头。"先上那个吧。烤上。"

"是。"

庖厨是临时搭建的。宗易看着他们在那里忙碌。

秀吉在等着上菜。要是迟了,怕是会火冒三丈。不过那也无妨。且让他先听听茶釜的汤音和风的声音吧。接下来要给他吃的东西，值得等待。

回首一望，北边的天空阴沉沉的。风很冷。

京城那一侧的北国官道，正下着雪吧。只要等待，雪一定会深积。官道会封闭。

届时，便是秀吉登场的时候了。

灶台中飘出阵阵的香味，钻入了鼻子。宗易将烤好的东西放在劈成两半的竹子上，另一半当作盖子。

他将食物端到二叠的茶室时，果见秀吉满脸不悦。

"太慢了！"

"哪里，很早了。"

秀吉深深皱起眉头。"跟我作对？"

"岂敢岂敢。我为您端来了早季节很多的美味。"

宗易将装着烧烤食物的竹器放在杉板上，秀吉板着脸取下盖子。

里面放着烤焦了的薄板。秀吉解开打着结的稻草，顿时一股奇香充满了小间。

"竹笋啊……"

秀吉拿筷子夹起烤竹笋，诧异地盯着。

"竹笋是春天的东西。又不是孟宗①故事，冬天怎会

---

①孟宗：指"二十四孝"故事之"孟宗哭竹"。《全相二十四孝诗选集》：三国时期吴国孟宗，少丧父。母老，病笃，冬日思笋煮羹食。宗无计可得，乃往竹林中，抱竹而泣。孝感天地，须臾，地裂，出笋数茎，持归作羹奉母。食毕，病愈。

有笋?"

传说吴国有个孝子孟宗,其老母冬天欲食竹笋,遂于深雪竹林中寻找,终于挖到竹笋。

"这是冬笋,生在向阳的地方。跳过冬天,迎来了春天。"

宗易找到竹林的向阳处,盖上用炭粉涂黑了的软草席。土里发热,竹笋误以为春天来了,便钻了出来。

秀吉将竹笋放入口中的瞬间,不禁笑逐颜开。"真是想不到的珍馐。"

宗易点点头。"时机会以意想不到的速度降临。请您耐心等待。不会太久了。"

"嗯。"

秀吉拿起酒盏,宗易斟酒,他连饮三杯。

"肚子饿了。吃饭!"

"遵命。"

秀吉连吃了几碗饭,饮过薄茶,站起身来,打开了格子窗。

京城的天空浓云蔽日,阴沉沉的。越往远处去越是黑压压的。

京城另一侧的越前想必是大雪纷飞。

"在下着哪。"

"是。在下着呢。"

秀吉枕着胳膊轱辘躺下。

"高枕听天命①。我且睡个好觉。"

宗易双手伏地,俯首行礼。

他正要关上拉门的时候,秀吉的声音响起。

"你真是个大奸之人。"

秀吉圆睁双目,紧盯着宗易。

"此话从何说起呢?"

"啊,连竹笋都要骗的极恶之人。"

"多谢主公。就当您是在夸奖我了。"

宗易再次俯首行礼,静静地关上了拉门。

---

① 原文为"果報は寝て待つべし"。有译为"有福不用忙"。

名物狩

永禄十三年（一五七零）四月二日
和泉 堺城 海滨茶寮

宗易四十九岁——
织田信长

一

书院宽阔的崭新草席上，摆满了茶道具。

茶碗、茶入、枣罐、茶杓、茶坛、茶釜、水指、花入等等，数量约有上百。

每一件都是闻名于世的名物。

——堺城凡有名器者，当与信长大人过目。

因信长发了这个告示，所有有名的茶道具便都聚集到了织田家的堺代官松井友闲家中。

"弹正忠[①]大人驾到。"

小姓一扬声，候在茶室一侧的会合众[②]皆低下了头。

轻快的脚步声向走廊靠近。脚步声虽轻快，却充满了自信。

"有劳诸位。这可真是赏心悦目啊。"

众人随着高亢的声音抬起头来，只见来者正站着观看茶道具。

这是宗易第一次近距离看到信长。

他手持马鞭，一副刚下马的模样，穿着贴身的鹿皮裤和黑

[①]弹正忠：日本战国时期的警察机构"弹正台"的职位之一。
[②]会合众：日本室町时期领导都市自治活动的特权商人阶层。堺城的仓库商人尤为著名。

色的阵羽织①。阵羽织闪着柔滑的光泽,好像是织入了乌鸦的羽毛。

听说信长年方三十七岁。他的眼神锐利,唇边的胡须洋溢着自负与傲慢,全身上下透露出自高自大的气息。

——这个男人不简单。

信长的精悍体格与发自内在的豁达,完美地结合在一起,给利休留下了深刻的第一印象。

信长是两年前才从美浓忽地出现在京城的。他抬着足利义昭将军,意气风发地粉墨登场。

那时的宗易,还不甚知道信长是何许人也。

——反正是人称大傻瓜的乡巴佬。待不了几天的。

宗易并不看好信长。

没想到信长的势头却像台风、龙卷风似的,转眼间便席卷了畿内②,赶走了三好三人众③。

以宗易为首的堺商皆与阿波的三好一族相交不浅,为此遭到信长的重责。

——军费两万贯。

---

①阵羽织:武士在打仗时,穿在铠甲外面的外套。多为无袖,用绢、麻布、皮革等缝制,上有刺绣。
②畿内:指都城及皇城附近的地域。特指靠近京城的山城国、大和国、河内国、和泉国、摄津国。
③三好三人众:指战国时期三好长庆死后支撑三好政权的三个人,即三好长逸、三好政康、岩成友通。

堺城不得不面对信长的无理要求：作为支持三好三人众的代价，要赔付巨额军费。他们还被要求解散负责城市警备的佣兵、填埋护城河、拆除围栏。

会合众的大多数人都反对付钱。宗易也表示反对。然而他们的反抗犹如以卵击石。

有十个人为了请求减免远赴岐阜，却被打入大牢，有几个人只有脑袋被送回了堺城。再磨蹭下去，只怕堺城要面临火焚之灾。

实际上，尼崎町便是因为拒绝上缴军费，受到织田三千大军的强攻，城镇遭到焚毁。

——留得青山在，不愁没柴烧。

堺城最终还是屈服，上缴了军费。信长是反抗不得的。

军费之后，这次又命令交出名物。

"不要怕。不会白要你们的东西。信长大人会用金子与你们交换的，放心拿来就是。"

堺商们听信松井友闲的话，各自带了珍藏的茶道具前来。

这会儿摆在书院里的，正是琳琅满目的名物道具。

信长依旧站着，他在看挂在床之间的两幅挂轴。

"这是谁的画？"

左边的画是琉璃碗里盛着瓜、杨梅、枇杷、桃子、莲藕。

右边的画是石榴、葡萄、梨子、菱角、蜜柑、桃子、藕带。

每样水果皆描绘得水灵灵的,色彩鲜艳。

"此乃北宋赵昌之作。"

听了津田宗及的回答,信长用指尖摸着胡须点点头。看来他很喜欢。

"拿金子来。"

信长简洁地命令道。小姓便将几个颇有分量的木箱抬到书院来,摞在一起。

信长的手从箱子里随意地抓出金珠子,放在小姓捧着的三方盘上。一次,两次,三次。金珠子堆成了小山。

小姓将金子放在津田宗及面前。

——约有一贯。

宗易目测。

一贯金子约合五百贯钱。大概比宗及的买入价略高一些。没什么赚头,却也没有损失。

"多谢大人。"

信长没理会低头行礼的宗及,已经转过头来,继续看摆在草席上的道具。

"这个是?"

信长盘腿坐下,拿起一个茶入。

从远处也能看出茶入肩部的弧度颇为绝妙。

"此乃唐物的肩冲。肩部的弧度与瓶体的流釉,皆是极妙的,乃是不折不扣的绝品。"山上宗二答道。

信长又将手伸进箱子,在三方盘上堆起金珠子。

宗二难掩惊讶之色。金子的量,恰是他购买茶入的价钱。信长搞不好是个非凡的鉴赏家。

其后信长挨个看过草席上摆放的道具,并决定放在三方盘上的金子的量。

既有多得令人吃惊的时候,也有挥手表示不要的情况。时不时地,他会询问所有者道具的由来。

信长没有一丝一毫的犹疑。

他看道具的时间极短。看过正面,再看反面,接着便估价。不一会儿,便收购了大量的道具。

——他有气吞天下的器量。

这个名为信长的男人器量之大,令宗易感到震惊。如此果决的男人,真是闻所未闻见所未见。

宗易与众多武将有生意和茶道上的来往,但没人能像信长一样,有如此出众的敏锐眼光。

接近这个男人不会有坏处。

不如说,他在后悔没能更早认识到信长的真正价值——

今日有几个人拿来了挂轴,拉门上挂着五六幅。其中有很多上乘的水墨画。宗易拿来的墨宝也在其中。

信长走到近旁,一言不发地盯着看。"这个是?"

"此乃密庵之作。其笔锋舒缓生动而高雅，难以言喻。"

密庵咸杰①是南宋的禅僧，墨宝甚少，难得一见。宗易前阵子在近江撞见，以一百二十贯钱买下，视为珍藏。

"堺城最厉害的鉴赏家是谁？"信长问道。

"这个，应该是松江隆仙吧。"堺代官松井友闲答道。

隆仙是宗易等上一代的茶人，确实是享誉甚高的鉴赏家。

"隆仙怎么看这幅字？"

隆仙默默地露出嫌弃的神色。他刚才在宗易边上看着的时候，什么都没有说。

宗易有一种不好的预感。

隆仙脸色阴沉地摇摇头，而后开口道："此字不堪入目。"

宗易直想捂住耳朵。

这幅密庵的墨宝绝非赝品。其上书写着密密的法语②，无论挑哪一个字来看，都蕴含着闲雅的气韵。

其实隆仙与宗易素来不和。因鉴赏之事，屡屡冲突。话虽如此，也不必特地选在这种场合报仇雪恨吧。

"不，绝非如此。这幅密庵……"

---

①密庵咸杰(1118—1186)：中国南宋时期的著名禅僧。名咸杰，俗姓郑。福清人。

②法语：师父写给弟子的悟道要旨。

"堺城的和尚来了么？"

信长打断了宗易的抗辩。在堺城，若只说和尚，便指的是南宗寺的春屋宗园。

"贫僧在此。"身着墨染僧衣的僧侣站了起来。

宗园会施以援手吗？

宗园站在挂轴的旁边，远远近近地打量着其上的书法。说起来，宗易没给春屋看过这幅字。

宗园的眉头渐渐皱了起来。他紧闭了一下眼睛，又摇了摇头。

"这的确不是密庵亲笔。应是一休和尚抄写的。"

宗易言语尽失。

隆仙也就罢了，若宗园也下此结论，当是无疑的了。

是自己看走眼了。

尽管悔得肝肠寸断，但在茶道的世界里，这种事也是在所难免的。

"让大家见笑了。"

宗易站起身来，摘下挂轴，当场将装裱的字轴撕成两半。

他羞愧得浑身汗湿。要是可以的话，真想立刻离席。

——不，这种羞耻才是学习。

他下定决心，坐在茶室中，一动不动地忍到了最后。

（二）

在代官府上经历了无比的难堪之后，宗易没有回今市町的正宅，而是去了别院的宗恩家中。

近来的宗易，比起看着妻子阿妙的脸，与宗恩在一起更能获得心灵的平静。

为了生意和茶道的事情而喘不过来气的时候，宗易的脚就会自动地迈向宗恩的家。

"您回来了。"

宗恩笑得柔柔的。才看到她眼里和嘴角的笑意，宗易就舒坦许多。

"我要入浴。"

"这就为您准备。"

堺城的人喜好潮汤。在泄水板下面放上大锅，煮沸海水，让浴室里充满带着咸味的水蒸气，进行蒸浴。

宗易坐在软席上，一边蒸，一边拿带绿叶的枝条在身上轻拍，把汗出透了。

——搞砸了。

他心里果然还是放不下。

他的眼力错得何等离谱。偏偏在众人面前出此大丑。

他对茶碗和茶入的鉴赏很有自信，但到了墨迹，情形就大不一样了。需要再多看些真迹，增长眼力。

——这也是学习。

尽管心情烦闷,振作得也快。

失败了重新再来过就是了。

只是,他不会在墨迹上再跌跟头。今后要拼命地磨炼眼力。

他左思右想的工夫,宗恩打开小门,露出脸来。

"我为您擦背吧。"

"啊,有劳了。"

宗恩撩起白色汤帷子①的衣摆,走了进来。

她用力拧了拧手巾,开始给宗易擦背。宗恩驾轻就熟,力道恰到好处。宗易郁结的心情与污垢一起,去得一干二净。

"你擦得很舒服。"

"不敢当,您舒服就好。"

宗恩加大力道,更细心地擦着。

待没地方可擦了,宗恩低声道:"您的后背真是宽阔。"

每次为宗易搓背垢的时候,宗恩都会念叨这句话。

这就像是说好的暗号似的,宗易握住宗恩的手,将她搂了过来。

宗恩柔韧的柳腰倒向宗易的手臂。

被热气濡湿的汤帷子贴在柔嫩的肌肤上。酥胸丰满坚

---

①汤帷子:日本过去入浴时穿的单衣。江户时代以后称"浴衣"。

挺，刺激着欲情。

狭窄的浴室中点着一盏油灯，映衬出白腾腾的热气。

在热气中相拥，有着不同于枕席之间的别样情趣。

宗易将宗恩抱紧，她眯起眼睛。"真是极乐。"

宗易点点头，解开了宗恩汤帷子的衣带。他将被热气蒸得发烫的雪白胴体压倒在地板上，肌肤相偎。

沐浴完毕，宗恩为宗易点了一服薄茶。

四叠半茶室外廊一侧的拉门敞开着，宗易边眺望着将暮未暮的茜色天空，边饮下薄茶。

他很喜欢像这样将思绪放空，发着呆，任时间流逝。

"我今天搞砸了。"

"这样啊。"侧坐着的宗恩轻轻点了点头。

"是啊，在信长大人面前出尽洋相。大概再也不会有用到我的时候了。"

"……您真是个怪人。"宗恩嘻嘻一笑。

"为何？"

"您嘴上说着搞砸了，却好像很开心似的。"

"这样啊……"宗易也被带笑了。

——这个女人实在难得。

只要她在身边，心灵就能获得慰藉。便是有什么烦恼，也能立刻让他忘怀。

宗易边想着，边饮下第二服薄茶。这时，拉门外面传来女仆的声音。

"今井大人和津田大人驾到。说是有紧急的要事。"

这两人一道前来，是来嘲笑他今日的失态么？只不知为何说是紧急的要事。

"有请。"

宗恩退下，宗久和宗及走了进来。

二人皆面露难色，显得心慌意乱的。

"事情难办了。"在正客位置坐下的今井宗久，开门见山地低语道。

宗易轻轻点头，取下茶釜的盖子。热水正好。他用柄杓舀起热水，烫热三岛手茶碗①。

他点薄茶的时候，宗久和宗及皆沉默不语。

二人与宗易年纪相仿，是老交情了。但在仓库生意和茶道具的鉴赏方面，常发生利害冲突，并非总能融洽相处。说实话，彼此间有忌妒也有衔恨，不是能顺顺当当来往的对象。

难能可贵的是茶道。

不论内心如何彼此憎恶，只要进了茶室，以茶为媒介，就能以礼相谈。

茶的作用，正在于此。

---

① 三岛手茶碗：高丽茶碗的一种，又称"暦手"。

宗久饮下薄茶。

宗易等着他开口。

"信长大人想要女人。"宗久轻轻地摇着头，小声说道。

"这有何难？女人要多少有多少。白拍子①也好娼妓也罢……不，对方是所向披靡势不可当的织田信长。想必会合众当中也有愿意将女儿送去侍寝的人吧。"

"不是的。他要的不是日本的女人，而是南蛮的女人。"宗及一脸精疲力竭地摸着月代。

"这太强人所难了……"宗易倒抽一口气。

堺城有葡萄牙的商人和船员，或是天主教传教士。但宗易没见过葡萄牙的女人。

"我等自然是劝过了。"

"那不就得了。就算是信长，也不能跟不存在的女人燕好。"

"不，信长大人有命：若是找不到南蛮的女人，就带大明国或是高丽的女人来。"

宗易哑口无言。不是对信长，而是对宗久和宗及。

"那不是有吗？用不着特地找我商量吧。"

堺城有不少从大明国和高丽来的人。男人居多，却也不乏女人。其中应该也有娼妓。找个年轻女人不是什么难事。

---

①白拍子：平安末期到镰仓时期兴起的一种歌舞。又指演艺该歌舞的舞者。

"这事儿却非得你出马才办得妥。"

"为何?"

"信长大人想要极品的美女。"

"……"

"高丽的女人是有。年轻的也有。却都不是极品的美人。普普通通,不,硬要说的话,算是下等货色。"宗久一脸嫌弃。

"那就没法子了。"宗易再如何厉害,也不能令东施变作西施。

"不错。是没法子,但若不能让信长大人对这个女人满意,就不好收场了。他要是不高兴了,不知道会在军费和名物狩①以外,再出什么难题呢。"

这的确是个麻烦。

"你得想办法把这个女人教出个样子来。让信长殿下尽兴而归。"

宗久低下头去。

"你的巧思可是关系着堺城的命运。求你了,想个新花样,让大傻瓜大人高兴高兴。能想出此等妙计的,舍你其谁。"

被宗及如此恳求,宗易只觉口中发苦。

---

①名物狩:半强制地征收茶道具、书画、花入等。

三

堺城清晨的大海,被春霞映照得影影绰绰。

在可以清楚看到港湾的茶室内,宗易备下茶席,迎来了信长。

信长穿着南蛮更纱①的小袖。白地红凤凰与淡黄色的蔓草花纹,甚是艳丽。他背对着床之间坐下,手拿扇子靠在扶手上。他望了一会儿大海才开口。

"你去过南蛮或高丽吗?"信长问宗易。

"未曾去过。只在年轻时候憧憬着大海彼岸的国度,心驰神往过。"

信长点点头,摸了摸胡须。

看来昨夜的闺房之乐,并不太坏。信长捏起烤麸吃了,一言不发地喝着宗易点的薄茶。

受宗久与宗及之托,那之后宗易立刻赶到宗久的别府——

毕竟是没时间了。

他必须用现成的材料装饰寝室,再把姿色平常的女人包装成极品的美人。

在宗恩家中听宗久说话的时候,宗易就闪过一个念头。

---
①更纱:起源于印度的棉制花布。

"有纱吗？我要大红的纱。"

"有。我立刻叫人到仓库取来。"

"还有最好的练绢。"

"晓得了。"

他来到海边茶寮的时候，纱和练绢业已备齐。

宗易让下人们帮忙把红纱贴在格子拉门上。再把这红色的拉门环立在闺房的三个方向，在隔壁的屋子里点上油灯。

练绢缝制成一张大床单，盖在厚实的棉褥子上，做成一床舒适的寝具。

青瓷香炉里熏上白檀和麝香。甘美而妖艳的香气弥漫在闺房之中。

宗易给沐浴完毕的女人穿上韩红花色的高丽服。

"不用怕。你就要被日本第一的男人宠幸了。"

他让通译官嘱咐好女人后，用绢布蒙上了女人的眼睛。

女人紧张得一动也不敢动。

宗易让妆扮好的女人按照高丽的坐姿，单膝竖起坐在褥子旁边。

鲜红的光芒柔染着女人的脸颊。

定睛看去，只见被剥夺了视觉的女人脸上，浮现出不安与恐惧，并开始微微地颤抖。这样的风情也算是差强人意了。

"아름답다。"

宗易低声道。女人的唇边绽放出微微的笑意。他用高丽语称赞女人很美。

"도망가면 죽는다."

这句话又令女人的脸色紧张起来。

他威胁说：如果逃跑就杀了你。

宗易留下女人，让信长进了闺房。

至于信长是否满意，观其今早的表情便知。

——叫布置了昨夜枕席之乐的人来点茶。

信长如此吩咐，于是宗易又被叫了来。

"你是个大恶棍吧。年轻时候是不是干过海盗？"

听了信长的话，宗易摇摇头。

"没有的事。在下虽一心扑在茶道上面，本业是正经的鱼屋。大人何以见疑？"

"昨晚那女人的样子，像是从哪里拐来的似的，让我很是尽兴。这种花样，不是随随便便就想得出来的。一定是你以前真的干过。"

"哪里。在下从未做过这样的事情。"

信长紧紧地盯着宗易的脸。他强烈的视线似乎在说——你撒谎。

宗易不禁别开眼睛。他的脑海中浮现出一个鲜明的场景。

年少轻狂之时在堺城海滨的经历。

在被晚霞染红的小屋子中，被绑架来的那个女人，有着难以言喻的生命之美。

这份记忆不仅未被消磨，反而随着年龄的增长，在宗易的心中日益清晰，色彩越发浓艳。

"在下的生意只是卖卖干鱼，出借仓库赚点赁钱罢了。除了京城、大坂、畿内，再没去过别的地方了，海盗之流，更是没影儿的事。"

信长鼻子一哼，全然不信。

"罢了。我喜欢你想的花样，今后常去我那儿走动走动，给我布置些有趣的茶席。"

"多谢大人。"

宗易叩拜之时，恰海风吹进茶室。

他抬起头，只见春天的大海与天空都朦朦胧胧的。刺眼的，不是青空，却是白色的烟霞。

另一个女人

阿妙

宗易三十四岁——

天文二十四年（一五五五）六月某日

泉州　堺城　海滨仓库

一

大小路是贯穿堺城东西的热闹大街。

千与四郎家是卖干鱼的,位于大小路偏南的今市町。千家的店铺约宽十间,是间大问丸①,里面住着许多干活的伙计。

早上,阿妙在内室里醒来,只见旁边丈夫的被褥平平整整的,还是昨夜铺好时的样子。

——他又没回来。

阿妙盯着冰冷的被褥,有些来气。

丈夫与四郎,法号宗易,自号抛筌斋,对茶道是走火入魔了。

所谓抛筌,据说是抛掉捕鱼竹笼的意思,这是在宣告他要抛弃家业的干鱼屋,耽溺于茶道。

——想得还真美。

阿妙对于丈夫的行径简直是无言以对。

茶道是堺城商人们喜欢的游艺,对生意也有几分助益,也便罢了,只是丈夫宗易每每因茶道的事情出去,完事也不回家,顺便就往女人那里跑。

——莫非又去了那个女人的地方?

丈夫有好几个女人,最近打得火热的,是曾嫁给能乐小

---

①问丸:日本中世纪在港口或重要城市中,负责运输、保管、代售年贡米等物资的业者。

鼓师的年轻寡妇,名叫宗恩。

丈夫三十岁的时候,突然说"我要学歌谣",便开始出入小鼓师宫王三太夫的家。

如今想来,他根本是醉翁之意不在酒。

后来三太夫年轻亡故,宗易便为那女人置办了家业,频繁往来着。

——女人什么的,不算什么。

阿妙自我安慰着,从被褥中起身。

她嫁到这个姓田中、以千为屋号的家族,已经十几年了。

家业的干鱼买卖和仓库租赁都顺风顺水,家境殷实。她与宗易生了一男三女,共四个孩子,全都健健康康的。丈夫虽行为放荡,做生意却从不马虎,伙计们也都很听东家的吩咐,干活很勤快。平日里也没什么烦心、难办的事情。

堺城大铺子的东家,大都在外面养着一两个小妾。阿妙对此也没什么要抱怨的。

——只是……

阿妙用指腹揉揉额角。

——这男人,爱的方式不同寻常。

他有个癖性:一旦看上眼了,不论是茶道具还是女人,都要爱到刮骨吸髓才肯罢休。

这让她难以忍受。

阿妙的脑海中浮现出丈夫疼爱年轻小妾时的情景,不禁甩了甩头。每次想起丈夫的事,她都会脑仁疼。

她打开拉门看了看隔壁的房间,年幼的孩子们与乳娘胡乱地睡在一处。

阿妙满足地看着孩子们安详的睡脸,然后叫下女伺候她早上的梳洗。

她用耳盥①洗了脸,揽镜自照,镜子中映照出一张三十岁女人的面容。

略显憔悴的脸色让她莫名地愤怒起来。

——我才不会输!

较劲儿的情绪上来了。

她可是统管千家众妇的正室。哪怕丈夫沉溺于小妾,也没什么可怕的。

她仔细地修整眉毛,扑上香粉,抹上口红。一时想不好该穿什么,遂站在外廊,仰望天色。

天还未亮,天色淡淡的,连一片碎云也没有。今天会是个晴好舒爽的夏日。

阿妙最终选了一件小袖,下摆随意地印染着大朵的芙蓉花。桃粉色的花朵,可以振奋心情。她挺直腰背,将腰带系紧。她不想被人看到半点不得体的样子。

阿妙穿过长长的走廊,走到外头的店面。

---

①耳盥:带把手的洗漱盆。

丈夫不在。

平时他总是在店里伙计起床之前偷偷回来，若无其事地坐在柜上，今早却不见人影。

"东家呢……"

阿妙问总管，总管歪了歪脑袋。

"今早还未见，是不是在里边儿啊?"

"是吗……也是……"

阿妙不置可否地答道，将店里扫视了一圈。

年轻的小厮们正在打扫土间、擦拭柱子和格子拉门的骨架。

丈夫宗易对打扫尤为严格，总是数落伙计不够细心，因此店里的犄角旮旯都被打扫得一尘不染。堆在土间的装干鱼的麻袋，码放得连边角整整齐齐的，看着赏心悦目。

他如此这般的细致周到，直让人有些喘不过来气。

——真是怪了。

丈夫平日再如何耽于茶道、在外寻欢，天亮了自会回来，从不懈怠家中的生意。也因此，阿妙才从来没有露出过一丝不悦。

也没听说有清晨的茶事。往常早上有茶事的时候，宗易都会跟阿妙或总管说了才出去。

难道是出了什么事儿?

"哎，你过来一下。"

她叫住正在打扫的小厮。她曾叫这个孩子去过宗恩那里。

"是。夫人有什么吩咐？"

"你去……"

阿妙话到嘴边，又咽了下去。她不想把这种事交给小厮去做。

"不，没事了。我出去一下，你跟总管说一声。"

"遵命。夫人小心慢走。"

小厮说话的工夫，阿妙已转身出去了。她步履匆匆地投身于清晨蒙蒙亮的街市。

二

阿妙曾去过一次宗恩的家。

在距港口有一段距离的地方，有一个鱼市场。鱼市场一带的住家与城镇中心不同，院子大多很宽敞，围着竹篱笆。

她凭着记忆找到了宗恩的家。

平时去熟人家串门的时候，总会走错路找不到地方，而令她心有怨尤的宅子的路，却牢牢地烙印在脑子里。

宗恩的家虽不甚大，建筑风格却比今市町的店铺潇洒许多，作为一介侧室的宅子，修建得如此气派，着实可恨。

阿妙站在斗笠顶的门前，陷入了沉思。

——若是夫君他……带着一副比在家中要闲适许多的表情出现了，该怎么办？

阿妙举棋不定了。

——那也无妨。

若真是那样，那就把她隐忍至今的讥讽话说几句给他听听。阿妙推了推竹簧户。门一推便开，她信步踏上院中的垫脚石。

单看石头的排列、草地的羊齿、青苔，阿妙就能明白，丈夫为这个茶庭倾注了多少热情。比起今市町店铺里面的庭院，这里花了更多的心思，整洁讲究许多。

茶庭的一角开着木槿花。

枝条轻快地舒展开来，上边缀着几朵白花。即使远远看去，也能感觉到木槿花的楚楚可怜。

比起自己这身小袖上的芙蓉，那木槿花虽孱弱，却显得十分娇艳，令她不禁无名火起。较之纤细的木槿，芙蓉花则有些粗枝大叶、平凡无趣。

阿妙忍下懊恼，向屋子里打招呼。既已到了此处，便不能退缩。

帮佣的下女出来查看，阿妙自称是宗易的妻子，下女行了一礼又进去了。

去年宗易在此为宗恩安置宅院的时候，宗恩曾到今市町的店里来请过安。那以后就再也没见过,因此这是第二回。

第一次见面的情景,阿妙依然记得很清楚。

"请您多多关照。"

宗恩双手伏地,态度温顺。看着这样的宗恩,阿妙心中充满了焦躁,但念在她的小鼓师前夫刚刚过世,自己也想显示出主持家政的正室风度来。

"彼此彼此……"

阿妙轻轻点头回应的同时,心里便认定宗恩生性善于谄媚男人。

那时两人没有再多说什么,彼此都把心思藏了起来。

——今天,她会以怎样的表情出现呢?

阿妙有些胆怯,却又期待宗恩的出现。

宗恩出现了,带着与去年同样的温顺表情。

——可厌的女人。

这个女人,很清楚夫君偏好这种装模作样的文静长相。

宗恩拂整小袖下摆坐下时,阿妙的胸口一紧。

宗恩的小袖散落着洁白的木槿花。那模样楚楚动人极了……

——我输了。

阿妙心中冒出这个念头。

双手伏地的宗恩,静静地低下头去。

"欢迎大驾光临。恭请上座。"

"不用了,这里就好。我是为了生意的事情,来找宗易回店里的。让他差不多准备回去吧。"

宗恩露出不解的表情。

"跟往常一样,他在天亮之前就回去了……"

她疑惑地看着阿妙。

她没有撒谎。也没撒谎的必要。

"是么……"

那他去哪儿了呢?

"难道是阿龟那里?"阿妙站着喃喃自语。

这是宗易另一个侧室阿长所生女儿的名字。

明明今市町的家中已有三个小女儿了,不知为什么,丈夫却特别疼爱在外面生的阿龟。阿龟只在去开口神社①参拜的时候,曾到今市町的正宅来请过安,所以阿妙并不知道那孩子长成什么样子了,只知道每有机会,丈夫都会叫人送和服与玩具给阿龟。

"我还以为他肯定是回今市町去了。"

---

①开口神社:现大坂府堺市的神社,通称"大寺"。相传该神社为日本第十四代天皇仲哀天皇的皇后神功皇后(170?—269?)在"三韩征讨"的归途,为祭祀盐土老翁神而建造的。(据日本最早的史书《古事记》记载,神功皇后的母亲是新罗王子的后裔。另一方面,神功皇后是否为真实存在的历史人物,在日本学界存在争议。)12世纪,该神社境内建造起念佛寺。1535年,为修补念佛寺,堺城110余名豪商每人各捐钱一贯,其中就有茶人武野绍鸥和千利休(当时名为千与四郎)。这些豪商选出十几个人组成"纳屋众""会合众",掌管堺城自治组织的运营,并在开口神社祭礼中担任重要职位。

宗恩感到迷惑。

"阿初，来一下。"

宗恩召唤了一声，帮佣的下女出现了。

"你赶紧去阿长姐姐家，看看老爷在不在那里。"

"好的，夫人。"

下女立刻走了。

"一会儿就回来了，老站着也不是个事儿，请进屋等吧。"

虽得宗恩相请，但对阿妙来说，进宗恩的屋子，总觉坐立不安。她不想看到丈夫与这女人朝夕相处的地方。

阿妙没有应声，只是站着。

——为什么……我要跑来这里？

她悔之不及。

不管丈夫在哪里做些什么，放着不管也就罢了。她却偏要探究，还想把人带回去，如此愚蠢，连自己都难以忍受了。

时间缓缓流逝着，气氛有些尴尬。

也没有女人间的体己话可谈，她只好随意地看看四周。

茶庭深处，能看见茅草顶的草庵。那是当下流行的四叠半茶席。

——哪里就那么有趣……

堺城有钱的男人们都热衷于茶道。

如果是华丽热闹的书院茶也还有点意思，近来众人却竞相学习什么寂茶，琢磨如何将茶室布置得更有乡野风情。

用于寂茶的茶碗和水指之类，虽不起眼又寒酸，却随便就要一两千贯的钱。丈夫买了好几件这样的道具。

——而我呢？

只要能买个红珊瑚玉发饰给我，就能高兴得手舞足蹈了。可近来的夫君，却连正眼看我都不肯。

——这个女人……

阿妙用眼角瞄着宗恩。

夫君到底有多宠爱她呢？

坐在那里的宗恩，脸蛋光润而有弹性。受到有钱有势的男人追求、渴望，想必令她充满了自信。夫君宗易，生得相貌堂堂，各方面都强过他人。

——反正我……是个不被丈夫需要的女人。

一股偏执的情绪涌上心头，阿妙紧紧地闭上了眼睛。

垫脚石上响起木屐的声音，下女回来了。

脚步声是两个人的。还多了一个人回来。

阿妙睁开眼睛，看到阿长也跟着来了。

有多少年没见过这个女人了？

白皮肤、长脸蛋，多少有些跟宗恩相像。夫君就是喜欢这种长得像狐狸的女人。那又为什么娶了圆脸的我？这简直是一种罪过。

"老爷也不在我那儿。"狐狸精说道。

"那……"

一定是错过了,他这会儿已回到今市町的家中了。夫君白天需要的,说到底,还是作为妻子的我。阿妙对此感到很是满足。

"那个……说不准……"阿长轻轻开口。

"怎么?"这个女人到底打算说什么?她知道夫君什么!

"在那里……"

"那里是哪里?他一定回店里了!"

阿妙不想让阿长说下去。她不想听到任何自己不知道的事情。

"不,因为是六月了……"

现在的确是六月。那又怎么样?

"六月里晴朗的早晨,老爷可能会一个人去海滨的仓库。"

"仓库……港口的?"

千家从与四郎父亲与兵卫那一代开始,就在港口附近拥有几间仓库。

琉球船或九州船运来的大明国、高丽、南蛮的货物,会暂时保存在那些仓库里。对千家来说,仓库租赁和鱼屋都是重要的收入来源。

"不是,是放拖网场子的另一侧海滩的仓库。"

那里是堺城最偏远的地方，渔夫们用巨大的拖网捕鱼的海滨。

千家到处都有土地和租赁屋、田地，不仅港口附近，堺城中央和护城河外也有。至于在那么偏远的地方有没有仓库……

阿妙不记得听说过。

"我也在想是不是那里。"宗恩点点头。

看来这两个女人知道阿妙所不知道的宗易的某些事情。

阿妙顿觉心灰意懒，只能干听着两个女人一唱一和。

㈢

阿妙最终还是进了宗恩的屋子。

茶室打扫得纤尘不染，茶庭的青苔也是绿油油的。

宗恩亲自端来了冰镇的大麦茶。阿长润过喉咙，开口道："今早一定是去那里了。"

阿妙对阿长的话表示不解。"你为何如此肯定？"

"为何啊，没有理由。我就是这么觉得。"

"我也这么觉得。"

宗恩仰望着茶庭的天空，随后点了点头。朝阳从林子那一侧露出脸来，淡蓝色的天空晴好。

"所以我问为何啊。"阿妙想不出有什么缘故。

"因为木槿开花了。"宗恩俯首低喃。

"为何木槿开花了,他就要去海滨的仓库?"

宗恩双颊泛红。似乎是在害羞。

"这算什么,别遮遮掩掩的,快说!"

阿妙命令道。宗恩别开了视线。

"说啊!"她严厉地逼问。

"是,在那里……"宗恩白皙的脸颊绯红,话只说到一半。

阿妙不想再听下去了。她盯着阿长。

这个狐狸精,投过来扬扬得意的目光。

——无聊透顶。

阿妙摇摇头。

她才不想知道好色的丈夫在海滨仓库里干些什么好事。

与其在这里操心着急,不如回店里,叫绸缎庄的人来让她挑选小袖的布料更开心。不,还是叫杂货店的人把她一直想要的那个大珊瑚玉发饰带过来吧。

阿妙正盘算着,宗恩开口了。

"我去看看,还是放心不下。"

听了这话,阿妙很是惊慌。

——这个女人,在仰慕着夫君吗?

她还以为,成为寡妇的宗恩,只是为了生计才无奈成为小老婆的。

听方才的口气，不像是为了生活而屈意承欢的女人。那是恋爱中的女人的口吻。

"我也去。"阿长低声道。

被这么一说，阿妙也在意起来。

难道说夫君真的在海滨仓库里与什么人偷情作乐吗——

结果，三人都从家中出来了。

从宗恩的家到拖网的海滨只有几丁，不是太远。

"真是没救的男人……"阿妙走在最前面，自言自语道。

托亲爱夫君的福，一直以来，她不知受了多少委屈。度过了多少独守空闺、寂寞难眠的夜晚。

喜好女色是男人的天性，这也是没办法的事，只是丈夫爱的方式非比寻常。

她虽然没见过丈夫疼爱其他女人的场面，但看他赏玩茶道具时候的样子，便可想见他会多么执拗地爱抚女人的身体。在与阿妙刚办完喜事的时候也是——

回想起从前闺房中的热情，阿妙不禁脸红了。她的夫君对其他女人也应是如此的。

"真是个没救的男人……"

"真的吗？"阿长反问道。

这个狐狸精，过去是个白拍子。只要是有钱的客人，见谁都会立刻贴上去。

"宗易大人很温柔的。"阿长仿佛在叙述只有她自己才知道的秘密似的。

"哪里温柔了？没人像他那么冷冰冰的。那个人最爱的是他自己。"

"这个……"宗恩点点头，"也许夫人说得对。我也这么想过。"

"是吧？没人像他那么我行我素、絮叨又自私。"阿妙得到宗恩的赞同，感到有了依仗。

"可是……"宗恩又接着说，"老爷是个很有热情的人。不管欣赏的对象是什么，总是满腔激情，比火还要炽热。"

听了宗恩的话，阿长深深点头。"没错没错。我见过各种各样的男人，但就算是武士，也没有像宗易大人那样热忱的。"

宗恩对阿长的话表示赞同。

阿妙也很清楚丈夫心中的热情。确实，宗易这个男人，在欣赏美丽的事物时，总会迸发出异乎寻常的热情。

三人踩着沙地，来到了海滨的松林。

前方可以看到夏日清晨的明亮大海。

破旧的仓库边上放着货箱，有个男人坐在那里。那是宗易平素总带在身边的老佣人佐吉。

阿妙看到他站起来打算问安，便在嘴边做了个噤声的手势。

佐吉点点头,闭上了嘴。他的眼中流露出迷惑之色。

松林建有三座仓库。过去应该是拿来放干鱼之类的,仓库土墙已经剥落,木板屋顶也处处朽坏了,如今已不再使用。

最边上的那座仓库,贴着墙搭建了一间小屋。像是彻夜看守仓库的看守人的房间。边上有一株木槿,盛开着洁白的花朵。小屋装着格子窗。从纸拉门的破洞向内一瞧,便看到了丈夫的背影。

里面,只有丈夫一人。

没有女人。

丈夫坐在木板间,对面放着一枝白色的木槿花。

在阿妙眼中,那楚楚动人的花朵,就像是女人的替身。

花的前面,放着点了薄茶的高丽茶碗。

"……아름답다"

阿妙听不懂丈夫在说什么,她只是有一种强烈的感觉:宗易在对一个女人的幻影倾诉着衷肠。

绍鸥的邀请

武野绍鸥

与四郎（后来的利休）十九岁——
天文九年（一五四零）六月某日
泉州 堺城 武野府邸 四畳半

一

柔和的晨光洒在院子中的柳叶上。夏蝉已开始喧闹起来。

武野绍鸥坐在刚刚建好的四叠半茶室中。绍鸥体格高大魁梧,四叠半的茶室大小对他正恰到好处。

——造得很好。

他对自己指挥建造的茶室感到很满意。

绍鸥以茶道名匠而闻名,他所新建的茶室,在堺城数寄者之间评价极高。大家都想成为这个茶席的第一位客人。

绍鸥还没有邀请任何人。

要请,就要请一位出类拔萃的茶人。然而能让绍鸥看得上眼,并以之为客的人,却是凤毛麟角。

茶室面朝北方。身在其中,心中顿时风轻云淡,于闹市中生出一片隐逸心境。

以往的茶席,虽说是草庵,却因在墙上贴着白色的鸟子纸[①],缺少了闲寂的情趣。

绍鸥大胆地将茶室改造得更为简素。

墙壁不贴墙纸,裸露着粗土。窗格子与外廊使用了竹竿,令乡野的气息更加浓厚。地炉是为了冬日的茶席而挖的,也

[①]鸟子纸:和纸的一种。主要用于绘画和书法,或者纸拉门。据1444年成书的《下学集》记载:"纸色如鸟卵,故曰鸟子纸。"

是意在营造出山野人家的氛围。

中庭里只有一棵高大的柳树。繁茂低垂的柳叶,迎着海风轻轻摇摆。

清风絮语,快意极了。

绍鸥看向床之间。床之间宽为一间,纵深二尺三寸(约70公分)。床框用的是原色栗木,表面涂了黑漆。放着花入。

昨天他试着摆了伊贺烧双耳花入。

本以为表面粗糙的陶烧会适合闲寂的茶室,故选了伊贺烧摆上,却总觉得不甚协调。

难道是花不对?于是他又试着将各种夏季的花草组合起来插到花入中,如桔梗、木槿、矮桃、细叶芒之类,却仍是不大出彩。

正在琢磨该怎么办的当口,茶道口附近有了人的动静。

"老爷。"是婢女的声音。

"何事?"

"千与兵卫老爷来了。"

这么一大早听到与兵卫的名字,绍鸥心中不禁有些慌张。

他想起来,刚建好的这间茶室固然重要,但他还有另一件重要的工作。他将那件事拜托给鱼屋的千与兵卫了。

"把他请到书院。"

"是,老爷。"

从四叠半茶室穿过一叠的厨房,便是书院。

一般的客人,绍鸥都会在那边的书院招待。

他站起身来,再看了看床之间的花入。

——过犹不及么?

在连歌①的世界里,若付句过于紧扣前句,则反会败意。这被称为"过付",评价较低。

茶道亦与连歌同理。

粗土的墙壁与陶面的伊贺烧,这两者的造意极为相似,反而失了情趣。

——怎么办呢?

是该将花换掉,还是将花入换掉呢?绍鸥思索着走到书院,只见千与兵卫一脸苍白地等在那里。

他一见到绍鸥,就双手伏地将额头贴在草席上。

"实在是万死难辞其咎。犬子与四郎带着那个女人遁逃了。方才查看仓库的时候,已是人去屋空了……"

绍鸥咂了一下舌头。"这可麻烦了……"

寄放在与兵卫那里的女人,是高丽贵族的公主。本是绍鸥受最重要的顾客三好长庆所托,而购入的重要商品。

三好一族的势力范围在四国阿波一带,眼下长庆在摄津越水城。这里是控制西国官道的重要据点,对三好一族来说,也是窥视畿内的要塞。

---

①连歌:日本传统诗歌形式的一种,多人对咏,类似中国的"联诗"。先出的句为"前句",接续的句为"付句"。

长庆年方十九,已是当下畿内最有实力的男人了。

元服①之后,他立刻成了室町幕府管领②细川晴元③的被官④,但前些日子才因将军家领地代官职之事,与细川家起过争执。

长庆率两千五百士兵,大摇大摆地闯进京城。细川晴元大吃一惊,只得对长庆言听计从。长庆是个既有胆量又有谋略的男人。绍鸥想尽可能地与他搞好关系。

去年秋天,三好长庆出现在堺城,说是要买异国的贵族之女。

——包在我身上了。

绍鸥痛快地应承下来。

长庆的势头如日中天,只要是他想要的,不管是飞舞在天竺的妙音鸟,还是地狱里恶鬼的铁棒,绍鸥都会想法子找来。

正好有一艘可疑的宁波船⑤停靠在港口,绍鸥便将买女人的事情拜托给了船长。约定好只要能找来高贵的美女,付

---

①元服:奈良时期以降的男子成人礼,相当于中国的"冠礼"。一般在男子11~16岁间举行,结发、改服、加冠或乌帽子。

②管领:室町幕府官职名。辅佐将军,统管政务。

③细川晴元(1514—1563):室町末期的武将、战国大名。曾统一了在畿内处于内乱状态的细川一族,并就任管领,但因家臣三好长庆的叛乱而没落,并就此势衰。

④被官:指官吏的佣人、武家的家臣等。

⑤宁波船:来自中国宁波的船。

多少银子都可以。

那艘船在约半个月前回到了堺城。按照绍鸥的要求，带来了女人。

在充满恶臭的阴暗船底，一个被锁住脚的女人，安安静静地坐在薄席子上。

明国的船长用蜡烛照亮女人的脸。

女人白皙的脸颊被防水用的沥青涂得黢黑，但五官端正而优美。定是贵族出身无疑。

女人的目光坚定而锐利，光芒四射，诉说着不知是恨意、憎恶，还是轻蔑的情绪。

绍鸥感受到她的视线，不禁起了一身鸡皮疙瘩。

他感到一阵战栗：世上竟有如此傲然的女人么？

他至今见过许多被贱价交易的奴隶。皆因饱受毒打折磨，而显露出低三下四的眼神。

这个女人却很特别。美得凄绝，又充满了令人不敢冒犯的威严。同时，犹不失优雅。

她穿着阔式裙摆的浅韩红花色衣裳，用的是剪裁精良的高丽上布。这也佐证了其高贵的身份。

"这个女人是哪里弄来的？"绍鸥拿出纸笔，与船长笔谈。

"高丽。李王家的公主。"

"此话当真？"

"是你说要高贵的公主。便依样给你找来了。"

"我不跟你讨价还价。一定会付你大把的银子。我想知道她真正的出身。"

船长想了一会儿,写道:"这是继承了李王家血脉的大地主家的千金。两班①血统肯定没错。"

绍鸥点点头。

在堺城做生意的人,都听过两班的事。高丽自古就实行称为两班的官僚制度,颇为发达,官僚的地位与贵族无异。

两班有两大派阀。由李王家的亲族、功臣、地主们组成的勋旧派,和新兴官僚组成的士林派。

据说两派的对立十分激烈,大批高级官僚被处以死刑或惨遭流放。

"人是你抓来的?"

船长看了绍鸥的字后摇摇头。

"别把人说得那么难听。是他们自己人狗咬狗。那帮人贬逐对头的时候,眼睛都不带眨一下的。这个女人本来是要送进宫的。有人嫉妒她,就把她拐出来卖了。我是花钱把她买回来的。这个女人要恨,就得恨高丽人。"

原来如此,若此话当真,倒的确是这个道理。

"你买还是不买?"

---

①两班:高丽李氏王朝时期,支撑官僚机构和支配机构的阶级。与士大夫阶级基本相同,相当于贵族。

女人看着绍鸥与船长一来一往，柳眉冷冷皱起。她的眼神高高在上，透露出对买卖自己的男人们的蔑视。

撇去与王族的关系不谈，她出身之高贵，当是千真万确的了。三好长庆也一定会对这个女人感到满意的。

"买。"

绍鸥体内的商人血液沸腾了。

无论什么茶道具，只要是绍鸥看上的，就一定能高价售出。这个女人亦如是，若卖给三好长庆，定会为他带来巨大的利益。

绍鸥将重得抬不动的银子给了船长，买下了女人。

之所以将这个女人寄放在千与兵卫家中，皆因武野府中为建造新的茶室，把里面的仓库给拆了。

如此美貌的女子，随意放在哪个仓库让男人看守的话，实在太危险。绍鸥跟千与兵卫有生意往来，深知其为人可靠。把女人寄放在与兵卫的仓库里，本应是比交给任何人看守都放心的。

（二）

武野绍鸥府内有许多受雇的武士待命，他叫来了为首的人。

"火速到堺城的出入口严密监视，要看清楚每个人的长相！另外再拨一批人，到附近两个人可能藏身的仓库去搜！"

绍鸥描述了一男一女的相貌身材，下令一旦找到便立刻擒住带回来。

"但千万不能伤了他们。更不能杀掉！"

经营皮革店的绍鸥在堺城会合众当中也是数一数二的大财主，因而可以指挥负责堺城警备的雇佣武士们。

武士的首领立刻飞奔而去。他是个聪明的男人，一定能将人找到。

堺城被栅栏和护城河包围，入夜后城门便关了，无法进出。

就算趁夜逃出千家府中的仓库，也要等到天亮，方能出城。

这样一来，定有某处的看门人记得他们。只要知道逃跑的方向，就能派人去追了。

"很快就能知道他们的下落的。"

听到绍鸥的低语，千与兵卫垂下头去。

"实在是其咎难辞。真是个没用的浪荡子……"

鱼屋的千与兵卫和绍鸥年纪相仿，但身份却相差甚远。

武野家本是若狭武田氏出身，应仁之乱时落魄下来，自绍鸥父亲一代迁居堺城，在堺城经营军需用的皮革和武器，积累了大量的财富。

其父去年亡故，绍鸥遂继承了巨万家业，是个大地主，单土地就有百町步①之多，还拥有不少仓库，库藏的金银更是不计其数。

绍鸥从年轻时起就没为生计操劳过。

他住在武野家的京邸②之中，跟随身为公家的师父，专心于连歌的学习。

那时他本打算以连歌师的身份扬名立万，但三十岁时便放弃了。他实在是没有吟诗作赋的才情。

其后，他便拼命钻研茶道。

茶道很有趣。

唯持有名物道具者，方可谓之茶道名匠。

绍鸥收藏了六十件举世的名物道具。每一件都价值不菲，能以两三千贯的高价售出。

他持有的并非全是唐物。哪怕是随处锯根竹子制成的盖置，只要是为绍鸥所有，并且起了名字的，即可成为名物。随处可见的吊桶和面桶亦如是，讲个煞有介事的来头，用作水指或建水，也便摇身一变成了名物，叫价之高，令人咂舌。

寂茶是神乎其神的妖术，一本万利。再没有比这更有趣的买卖了。

---

①町步：以"町"为单位计算田地山林面积时的用语。
②京邸：江户时期诸藩设在京都的藩邸。

千家的与四郎虽年纪尚轻，却也是个资深的茶道数寄者。

"与四郎好像也是相当喜好茶道啊。"

绍鸥摸着粗糙的下巴，对与兵卫说道。

绍鸥对千与四郎很是了解。

与四郎本跟随一个叫作北向道陈的隐士，学习注重礼仪和形式的东山流书院台子茶，后来想拜绍鸥为师学习寂茶，曾数次登门拜访。

实际上，绍鸥认为他是一个颇有潜力的年轻人。

好几次，绍鸥想买的道具被这个年轻人抢先一步，令他大为遗憾。

绍鸥也曾应与四郎之邀前赴茶席。与四郎人虽年轻，道具的布设却颇有看头。

与四郎有着不凡的眼力。

之所以没有立刻答应他拜师的请求，是因为绍鸥还想再看看他作为茶人的资质。

"与四郎知道那个女人是我寄放的么？"

与兵卫点点头。"我特地叮嘱过他，这是武野老爷寄存的货物，万万不可起什么邪念，可还是……"

要是与四郎知道，也就难怪了。

若问绍鸥心中有没有向与四郎炫耀那个女人的念头，难说。但他确实暗暗期待，与四郎看到那个优雅美丽的女人会作何反应。

绍鸥想起了与四郎伶俐的脸。

大约去年秋天,与四郎登门造访,坚持要帮绍鸥做些事情。于是绍鸥就让他扫院子。与四郎将散落在青苔上的红叶仔仔细细地打扫干净。绍鸥暗地里观察着,以为他打扫完毕了,却见他摇了摇树,几片红叶悠然飘落,恰成极好的点缀。这不是一般人能做得到的。

"与四郎的茶道也是病入膏肓了啊。"

当然,自己也是病得不轻。

"可真不是闹着玩儿的。他明知道鱼屋生意没什么赚头,却一副要把我千辛万苦挣来的钱都投到茶道上去的劲头儿。真让我头疼得要命。骂他也是马耳东风。我只得当是父亲千阿弥附体,随他去了。"

与兵卫的父亲千阿弥,曾是侍奉足利将军家的同朋众。因谋反事件被连坐,潜逃到堺城,却不思劳作,只是成日哀叹自己命不好。

与兵卫替父亲千阿弥挑起养家的担子,开始做干鱼买卖,勤勤恳恳地赚钱,总算奋斗出现在这份家业。

然而他的儿子与四郎却是个浪荡子,恨不得将与兵卫辛苦积攒的家业败得一干二净。年轻时候就开始没日没夜地与白拍子混在一起玩乐,近来则是擅自拿家里的银子去买茶道具。

"这小子对生意一点不上心，看见美丽的道具，却说买就买，花钱如流水。那执着的厉害劲儿，真是个没救的茶道痴。"

"这才说明他的数寄心有多强烈。哎呀，他作为茶人的发展让人颇为期待啊。想必他也能成为一个成功的商人。"

"是这么回事儿么……我实在是担心他不管三七二十一地冲动行事。"

"冲动行事？"

"搞不好会杀了那个女人。"

"好不容易偷到手的女人，杀了多可惜。就跟把偷来的茶碗打破是一样的。他不会做出这种事吧。"

"不，犬子对美丽的东西的执着比别人要强上一倍。保不准他心里想着，那么一等一的女人，与其让与他人，干脆一不做二不休。"

这倒的确是茶道数寄者会做出来的事情。

"能做的都做了。无论怎样，也只好等着。武士们早晚会找到他们的。烦你也找找与四郎的朋友或是有线索的地方。"

"我知道了。"

绍鸥让与兵卫回去以后，又把自己关在新的四叠半茶室中。

女人跟与四郎的事，唯有顺其自然。多想亦是无用。不如不想。有着万贯家财的绍鸥，无论何事，都不甚斤斤计较。

他对着床之间坐下，又开始埋头思考花入应如何摆设。

高丽青瓷、长颈唐铜、南蛮砂张舟形、各种形状的竹笼等等，他在床之间来回摆上各式花入，又从各个角度前后左右地仔细端详。

每个花入皆各有千秋，不知为何，唯独这寂朴的伊贺烧花入，不甚搭调。

不知是否是陶面粗糙的缘故，茶室的枯寂氛围，反而令人生厌了。

——怎么办才好呢？

他绞尽脑汁地，将铺在下面的薄板和托盘换来换去。漆器、原木，又或是形状不同的东西，无论怎么尝试，都不甚满意。试来试去的，时间倏忽而过。

回过神来，发现一天中的大半天都耗在这件事上了。

傍晚时分，雇佣武士的首领回来了，绍鸥便在书院的外廊上见了他。

"万分抱歉。目前尚未掌握那两人的行踪。"首领单膝跪地，汗水已凝成白色的汗渍粘在盔甲上。

"辛苦了。找过哪里了？"

"因那两人并未通过任何一个城门，小的便到港口的船上，逐一地搜查。确实有船夫在今早黎明时分见过穿着高丽衣裳的女人和年轻男人。"

绍鸥探出身子。"是吗，果然是去了港口么？"

"是。但似乎是本来计划要乘的船已经出港了，错过了，没法子便去了别的地方。"

若黎明之前人在堺城的话，恐怕是还没出城。

"我等也找了港口所有的仓库。又扩大范围，找了城中神社里的神庙、寺庙的缘下①，都没发现。同时，小的还派人到大坂、奈良、纪州方向的官道分头去找了。沿途都问过了，没人见过那两人的踪迹。"

"或许女人换下了高丽的衣裳。"

"小的也让武士们拿着画像去问，还是没结果。"

"那两人要是坐小船逃了就麻烦了。"

"这个您尽管放心。小的在港口贴了告示，也通告了渔夫们，发现者、捉拿者有赏。官道沿途自然也布告过了，如有发现，应会有人来报讯。"

"告示说给多少赏钱？"

"银十枚。"

这个数的赏钱，应该有很多人在到处找了。仍然找不到的话，那可能是他们一直藏在某处。

"与四郎朋友的家呢？"

"小的请教了其父与兵卫老爷，知道的地方都派人去找

---

①缘下：干栏式建筑的地板与土地之间的架空部分。

了，路口也派人监视着，但眼下也没有动静。"

包围着城市的栅栏和护城河，若是与四郎独自一人或有可能，带着个女人是绝对翻不过去的。

"看来还在城里……"

"是。小的也如此认为。"

"好，多雇些人，把城里再找一遍。赏钱增加到银五十枚。这样能更快找到。"

可能的话，绍鸥本想暗暗地搜查，只是事已至此，也顾不得许多了。

绍鸥回到四叠半茶室，天色将暮未暮，余晖将中庭的柳叶渲染成浅浅的藤紫色。这悲切的色调，直让人黯然神伤。

——这，恰是幽玄。

绍鸥独自点点头，他确信自己的茶席已近乎完美了。如此雅趣，是书院茶绝对体会不到的。

"对了。"

他不由得说出声，一敲膝盖。

——叫与四郎来！

啊，这个男人有意思。居然带着女人跑了，还真是个茶人——

他认真地考虑着。

这个狂放的年轻人，正适合做这间茶室的第一位客人。

堺城所有的茶道数寄者都期望着被邀请到这间茶室。与四郎大概也是准备好了新裁的袴和肩衣，等得心焦了。

——那么，这个男人会怎么做呢？

会赴约，还是继续逃跑？

与四郎若是真正的茶道数寄者，应不会因一介女流之事而拒绝我的邀请。

又或者，他会舍茶而选择女人？

能成为这间新四叠半茶室首位客人的机会，一生仅这一次。

与四郎不是会拒绝这种机会的笨蛋。若他知道我绍鸥想邀请他的话，一定会现身的。

在路口竖个告示牌通知他。让与四郎可能会去拜访的人传话给他。也让武士们带话。他还在堺城。茶席的邀请，一定可以传达到。

打定主意后，绍鸥感到心满意足，开始点茶。

四叠半茶室越发昏暗了，白天目茶碗清逸的阴影，幽幽地触动了心弦。

在淡淡的、幽微的黄昏残光中，绍鸥尽情地品味着闲雅，将茶饮下。

恋

千与四郎

与四郎（后来的利休）十九岁——

天文九年（一五四零）六月某日

泉州 堺城海滨

一

那一夜很静。与四郎坐在自己的四叠半和室里削着茶杓。

茶杓最难的部分是竹节。没有竹节,则过于直白、有所不足。太近棹先①则碍事,太近尾部的切止②则显得浅薄。与四郎反复斟酌,大胆尝试,终于找到了最合适的位置。

他手握小刀削得竹屑纷飞,忽地听到店铺前庭那边出现窸窸窣窣的动静。

——这么晚了什么事?

深更半夜的,却像是在搬运大件货物,从前庭路过厨房,直往中庭而来。

透过苇子窗看去,只见前庭的两个伙计一前一后抬着个长衣柜。手持灯台的父亲与兵卫在前引路,看来是要把货物放到内庭深处的仓库里。

今日港口有宁波船靠岸。

难道是采购了什么稀罕的货物?他套上木屐走到院子里,在没有月光的黑暗中绽放的白色木槿花映入眼帘。

"这么晚了,是什么事?"

"你还没睡哪。没事没事。睡你的觉去。"

---

①棹先:茶杓的前端部分,形似棹,用于舀取茶粉。
②切止:茶杓的尾部。

父亲面露少见的严峻之色。

"好……"

与四郎听话地回到屋中。他铺了薄席子躺下,心里却仍放不下。他忍不住琢磨特地在大半夜搬进来的货物到底是什么,久久难以入眠。

听院子里的动静,大家似乎都进了仓库。于是他又穿过院子,走到仓库前。

厚厚的仓库门开了道缝。

窥视之下,正看到一个人被从长衣柜里抬出来,由前庭的两个伙计合抱着。

他开始以为是尸体,但那人被放到地上后,就支着一侧膝盖坐起。是活人——被绑着手,蒙着眼睛,堵着嘴。一头长长的黑发束起。

——是女人。

她的衣服由艳丽的韩红花色与白色组成,宽松的裙裾委地。这不是日本人的打扮。他在街上曾见过高丽人穿着这样的衣服。

父亲与兵卫拿下了女人的蒙眼布。

好美的女人!与四郎不由得把身子向前探了探。

女人的脸色虽有些憔悴,但五官极为端正。明眸、俏鼻、樱唇、秀耳、粉颊、丰额,无不雅致非常,姣好合度。

与四郎更为吃惊的是,女人的双眸,异常的乌黑清澈。

女人看向这边。两人视线相撞。

那一瞬间，与四郎不禁浑身一僵。

乌黑的眸子发出强烈的光芒，像锥子一般刺穿了与四郎的眼睛。女人的目光有着他生平未曾见过的光艳。这个女人和与四郎见过的女人全然不同。

背对着门口的父亲似乎是感觉到了与四郎惊惶的呼吸，遂转过身来。他打开门，环视四周，然后将与四郎叫进仓库。

"这个女人是重要的寄存物。暂时关在这里，决不可泄露出去。"

"是哪位主顾寄存的？"

父亲深知与四郎执拗的性格。如果他不回答，会勾起与四郎更大的兴趣。

"是皮革店的武野。这是三好长庆大人要的女人，你绝不可以动歪心思。"

与四郎再次打量了女人一番。

女人坐得笔直，明知自己是被买卖的商品，却丝毫没有卑躬屈节的样子。反倒是站着的几个男人，看起来像是在伺候她似的。

"我知道了。"

他没有多说，离开了仓库。

与四郎躺在自己的屋子里，眼睛和脑子却越来越清醒。

——那个女人。

该不会是皮革店武野绍鸥给他的挑战书吧？

绍鸥作为寂茶的名匠，在堺城素有名声。

与四郎曾向北向道陈学茶，但道陈为师，总让他觉得欠缺点什么。他为了拜擅长新式茶道的绍鸥为师，一直频繁地出入绍鸥的府邸。

虽还未拜师成功，但绍鸥曾在茶席上几次招待他。他也曾在自己的茶室里，招待过绍鸥。

前些日子去绍鸥府上的时候，绍鸥在书院给他看了一支茶杓。

"老夫削制的，如何？"

说起书院的茶道，茶杓常用象牙、玳瑁，有时也用金银制作，添其华奢。

最近兴起的寂茶茶人，喜好质朴的竹子。

开创寂茶的村田珠光，使用没有竹节的竹子做茶杓，将舀取抹茶的棹先削得很宽阔。

绍鸥的茶杓，从略细的棹先到尾部的切止附近，削得干净潇洒，但在尾部附近留下了竹节。这是他故意为之。

形状虽然潇洒，但有造作之嫌。

与四郎被问到工艺好坏时，不置可否地回答道："不坏。"

绍鸥皱起眉头。他似乎原本期待与四郎会称赞他将闲寂之度把握得出神入化。

"哦？这么说你可以削得更好了？"

"不错。我可以削出更美的茶杓。"

与四郎回家之后，便挑选好茶杓的竹子。他截取竹子的时候，有意让竹节处于茶杓正中略靠上的位置，削制的时候则是精益求精。

他拿着削好的茶杓再次拜访绍鸥府邸。

绍鸥看到茶杓，不禁赞叹出声。一时间竟说不出来话。

在珠光的时代，竹节被当作碍眼之物，被弃之不用。

绍鸥在末端使用竹节，酝酿出闲寂之风。

与四郎则大胆地将竹节用在正中略靠上的位置，赋予了茶杓草庵风格的闲寂和毅然的品格。

若要留下竹节，则留在与四郎削制的位置就是最美的。高一分则太强，低一分则太弱。与四郎选择的位置，恰能塑造出张弛有度的美。

绍鸥久久地看着手中的茶杓，终于低语道："……这茶杓很是端正。"

这支茶杓，已不是拿来舀取茶粉的道具，而是掌控茶道的神器了——与四郎内心如此自负。

"你虽年纪轻轻，倒是能发现有趣的美。"

对于言辞谨慎的绍鸥来说，该算是最大的赞赏了。

"您既如此赏识，可否大发慈悲，让我拜赏一下您的新茶室呢？"

绍鸥刚刚建好一座极尽闲寂风格的茶席。尚未听说招待过客人。

"我考虑考虑。"绍鸥虽如此说，却一直不曾相邀。

自那以米，与四郎一直觉得绍鸥在谋划着要一雪茶杓之耻。

这次将异国的女人托付给父亲与兵卫看管，莫非是在挑衅？

——你会怎么对待这个女人？

绍鸥一定是故意将这个问题摆在他面前的。

想到此处，与四郎躺在床铺上辗转反侧，彻夜难眠。

（二）

与四郎的心在躁动。

次日清早，几乎一夜没睡的与四郎睁开眼睛，感觉到胸口火热的心跳。

——不妙啊。

在意识到那是绍鸥寄存的商品之前，身为一个年轻男子，他已经对昨夜那个美丽的女人难以忘怀了。

近来与四郎一直坚信——女人……是一种无聊的生物。

他并不讨厌亲近女人，无论是良家的女孩儿，还是勾栏的艳妓。

第一次经历令他心口发疼的恋爱，是十二岁的时候。十六岁的洗碗婢女那柔婉的微笑，勾走了与四郎的魂儿，令他朝思暮想。

十四岁的时候，曾与朋辈结伴，流连于花街妓女的怀抱，充分领教了何谓温香软玉。

那之后，他也经历过几次恋爱。

写情书给商家的女儿，却遭人不理不睬，彻夜痛哭。

每晚与天真烂漫的婢女相互调情，沉溺于快乐。

对舞女假戏真做而嫉妒得发狂。

十六岁的时候，屡次幽会的白拍子有了身孕——前思后想了一番，应是与四郎的孩子。

"我想收养这孩子。"

他向父亲请求，却被大骂了一顿。后来给了那女人银子，就此分手了。

再后来，他放荡了一阵子。

堺城的花街热闹极了。环肥燕瘦，供君采撷。他见识过美而无趣的女人，也赞叹过丑女的深情。

与四郎是花街的常客，挥金如土。

与四郎喜欢过各种女人，但他不喜欢一夜风流。心心念念，钟情了，爱上了……在最后的最后结合在一起，这样的恋爱才有滋有味。他一次又一次地恋爱着。

面对儿子的放浪形骸，父亲与兵卫屡次训教，与四郎却只当是耳旁风。

"父亲您就是胆子小，生意才做不大。儿子绝不会做出那等沉溺女色的蠢行。我是为了培养男子的浩然之气，才出入花街的。若不谙此道，还算什么男人？能成什么大事？"

父亲面露怒色。

"照你这样不管不顾地玩乐，家里有多少银子也不够你败的！"

"好好好。那我以后再不向家里伸手要钱了。"

撂下这番狠话时，与四郎年方十七。

这时他已拜北向道陈为师，开始修行茶道了。

在与同门师兄弟接触的过程中，与四郎渐渐觉得世间的男子皆是愚蠢非常。

与四郎有着极为冷静的性子。至少他自己是这么认为的。

——是年少轻狂的缘故么？

他也曾经这样问过自己，但绝非如此。在仔细地观察过他人的言行后，仍然得出了同样的结论。

——像我一样深谙美之精髓的人，是凤毛麟角的。

道陈门下的弟子，几乎都比与四郎年长，也已修行多年，却对"什么是美"一窍不通。

师父北向道陈也是半斤八两。

"这个台子点前,床之间放什么花入好?"

道陈曾向聚集的弟子们抛出过这样一个问题。

众人议论纷纷,有的说这个好,有的说那个妙,但与四郎一布置,大家就鸦雀无声了。有时候刁难的师父和弟子们也会故意称赞别的布设,但在与四郎看来,那不过是偏见罢了。

美有着绝对的法则。

抱着心血来潮的玩票心态,是不会赢得美神的微笑的。

——我很清楚。

似乎在与四郎的体内,天生就有赏玩美、创造美的才能。

与四郎靠着自己的眼光,开始投身于茶道具的买卖。

将低价买进的茶道具摆在自己的茶室里,在客人面前使用,客人便会想要。他总是能以几倍于进价的价格转手。将自己削制的茶杓和柄杓拿出来用,也能立刻高价卖出。

他将赚来的钱拿去喝花酒。

只是,也有些腻了。

女人很有趣。随乐起舞时冶艳华丽,同床共枕时如入极乐仙境。

但——不过如此了。

女人很美。虽美却无味。

不论是良家的女孩儿，还是勾栏的艳妓，只要稍稍深入交往，多半女人的心思都能看得一清二楚。

长舌、虚假、善妒、高傲、工于心计又好发脾气。

——比起女人，茶道道具还更高贵美丽。

渐渐地，与四郎有了这样的想法。放荡了几年，他自以为对女人已经无所不知了。

然而——

此刻仓库中的那个女人，却截然不同。

——恐怕……是来自高丽王室的高贵出身。那个女人身上有着让人作如是想的高贵与优雅。年纪大约十有八九。

女人的五官凛然散发出与生俱来的高雅气质，深深烙印在与四郎的眼帘上。

"请让我照顾那个女人。"

翌日清晨，与四郎向父亲提出要求。

"胡说什么！你发烧了？"

"不行吗？"

"那还用问！"

"可是，那个女人若不好好照顾，搞不好会病死。"

"哼，就几天工夫，出不了什么大事。"

父亲说这女人只是暂放几日而已。三好家正在筹备长庆和丹波波多野家千金的婚礼，不能突然带个异国女人过去。那边也需要张罗一番。

"可她没吃早饭。"

"这你都知道了?"父亲目瞪口呆。

"我放心不下。"

仓库为了通风,打开了厚实的外门,但内侧的木门用虾形锁锁着。

里面有个婢女,一边做着针线活一边陪护。

与四郎从木门的金属网向内一看,正碰上女人直视的视线。四目相对,他的心脏又狂跳起来。黑色的瞳孔里,显露出惊诧之色。

"情况如何?"他问婢女。

"她一直看着外面。"

看来是女人隔着金属网望着天空的时候,与四郎突然冒了出来。

女人身上的绳子已经解了,但她并没有挣扎吵闹或是试图逃走的意思。仓库里面铺了一张红色羊毛毯,女人单膝立起坐在上面。她的姿态很是优雅,仿佛并没有将身陷囹圄的现实放在心上。

也不知她是怎么被带到这里来的。或许她已看透,既然陷身在异国他乡的土地上,沦为商品,注定是逃不掉的了。

然而女人姿态中所展现的沉着是更深层次的。那是一种尊严:不论身处何处,自己的脚下便是世界的中心。

与四郎和父亲一同向里张望,果然女人的早餐分毫未动。餐盘上有米饭、味噌汤、干鱼和腌菜。

"肚子饿了自然就会吃了。"父亲咕哝道。

"至少让我照顾她的饮食。"

父亲没有反对,与四郎就当是默许了。他去找了住在堺城的琉球人。这是一个去过好几次高丽的男人。堺城虽也住着高丽人,但此次却不便拜访。

与四郎给了琉球人一粒银子,求教高丽的料理和语言。

"你待怎的?"

"我想给来自高丽的疲劳旅人做顿饭。最好是能接待贵宾的那种架势。"

"高丽哪里来的?"

"不,还没有来。可能下次要来。"

男人没有再深究。

"高丽人喜欢吃牛肉。能准备吗?"

"不能用市场上有售的食材做吗?"

男人立刻点了点头。

"那就鲍鱼吧。粥他们也喜欢。"

"能麻烦您现在做吗?"

"你这人真是急性子。"

男人让仆人去市场买了鲍鱼和松子等物回来,然后走进厨房,在与四郎的注视下做好了料理。

与四郎端着香味四溢的锅子回到家中,拿给父亲看。

"我拿给她吃咯?"

父亲没有阻止。

鲍鱼是用干香菇汤、酱油、砂糖、葱煮过的。薄薄地切了,用贝壳装盘。

粥是将泡好的米用碾磨的碗稍稍碾了,和着松子、核桃、莲子、芝麻、杏仁一并熬制的。

与四郎在仓库前将料理交给了婢女。婢女将锅子放在女人面前,打开木盖的一瞬间,女人的黑瞳亮了起来。

她抬起脸,隔着金属网直勾勾地看着与四郎。

"진지 잡수세요."

与四郎低声用学到的高丽语说"请用膳"。女人的眼睛睁得更大了,脸上露出淡淡的微笑。

她开口说了什么。但与四郎听不懂。

"진지 잡수세요."

他重复了同样的话。

女人轻轻点头,拿起朱漆膳台上放着的汤匙,一口未剩地吃了下去。

那以后,准备女人的膳食就成了与四郎的工作。

他又去了琉球人家里学了几道料理。

与四郎在仓库入口处将盖着布的膳台交给婢女后,隔着金属网,短暂地注视着女人。

陪伴在她身边的婢女,为她洗好了韩红花色的裙子,还帮她入浴。那光景看起来，倒像是千家的人在服侍着她一般。

就这样过了两三日，与四郎心中对女人的思慕越发地膨胀起来。

——这是恋爱么……

不可能——与四郎对自己摇摇头。

在久经情场的与四郎看来，女人都是无聊的生物。

他会对名物的茶道具思之慕之憧憬之，但他从没想过，自己会对区区一个女人如此渴望。

然而这个女人却在与四郎心中攻城略地，如入无人之境。

他送餐过去的时候，在仓库入口处认真地盯着女人并问她："고려에 돌아가고 싶어요?"

他问：你想回高丽去吗？

"돌아가고 싶어요。"

女人的表情优雅而冷静，她点头回答：我想回去。

你叫什么名字？为什么会被抓到这里来？——与四郎想问的问题太多太多了。

他本想若是能进到仓库里面，用汉文笔谈的话，应该能沟通更多事情，却遭到父亲的极力反对。就算站在仓库门口，他也会被立刻赶走。

除了送餐的时候以外，与四郎只能从自己的屋子望着仓库的墙壁。

不可思议的是，只要想到那里面有一位美丽的公主，连褐色的土墙都焕发出光彩。

——真是荒谬。

他对自己摇摇头，却又转念一想：正因为里面隐藏着美丽的生命，粗土墙才能熠熠生辉。茶道也该有这般欢喜雀跃的爱恋之心。

——虽说是寂茶，若无光彩便是死的。

当下人们一股脑地追捧着简素、闲寂、枯淡这等暗淡风格的美学，但收集那些毫无光彩且故作乡野之风的俗气道具，并不能让他有心灵震颤的感觉。

——重要的应该是来自生命的美妙光辉。

他看着那个女人，这样想道。

爱恋自生命的光辉中诞生。

那个夜晚，与四郎注视着微微月光下的仓库墙壁，品味到了爱情的滋味。

（三）

——要救她。

在女人来的第五天，与四郎下定了决心。

哪怕是武野和三好，也没有权利买卖如此优雅美丽的女人。

与四郎攒下的银子，足够带着女人逃跑了。带她坐船到西面去。先到博多再说。

他暗暗计划着，开始在港口寻找船只。

他找到了筑紫①的船，跟船长说好让他们上船。

那船长说在花街见过与四郎，看到了他大手大脚寻欢作乐的样子。

"你是鱼屋的儿子吧？怎么的？玩儿过了头，在堺城混不下去了？"

"我就是在这个无聊地方待烦了，想到远处走走。"

"后天天一亮开船。就你一个？"

"不，我要带个女人。"

胡子邋遢的船长揶揄地笑道："大情圣，船钱要先付。"

于是与四郎交给船长一笔不菲的船资。

开船的前一个晚上，与四郎怎么也睡不着。他躺在褥子上，望着夜晚的庭院。

木槿花沐浴着柔和的月光，悄然绽放着。

快到丑时三刻了。

---

①筑紫：九州地方的旧称。

船天一亮就出发。是时候走了。

他竖起耳朵。听不到半点声响。家里的人都睡下了,安静极了。

他背起塞得满满的行囊,别上腰刀,蹑手蹑脚地走到院子里。

仓库木门上虾形锁的钥匙一向由父亲保管。父亲睡觉的时候都会放在枕箱的抽屉里,与四郎早就偷拿出来,用坚硬的黄杨削制了一把备用钥匙。

他轻轻地打开锁。

躺在黑暗中的婢女听到动静坐了起来。由于怕女人上吊,晚上也派人看着。

与四郎小声道:"这女人太可怜了,我要放了她。你就说被我持刀胁迫了。"

他亮出腰刀,婢女点点头。

他碰了碰正在睡觉的高丽女人的肩膀,低声道:"고려에 도망가자。"逃回高丽吧。

女人坐起身来,注视着与四郎。黑暗中的她,依然是那么优雅。

她静静地点点头。

与四郎将婢女绑起来,堵上嘴。免得她事后受责罚。

两人走到洒满月光的院子里,女人看到木槿花,忽然站住了。

"무궁화（木槿花）。"

见她自言自语地看呆了，与四郎便用小刀截下一枝递给她。

白色的花与女人，皆是那么凛然美丽。

穿过安静的前庭过道，从便门出来。与四郎拉着女人的手，快步走在街上。

他们十分警惕，一路躲躲闪闪地总算到了港口。

两天前停着筑紫船的地方，空无一物。

与四郎愣住了。

那艘船是最大的，可以装载千石货物，他不可能会看错。

他仔细寻找船是不是抛锚停在海上了，却仍然找不到船的影子，不禁惊慌得团团转。

找船的工夫，天色开始泛白了。港口明亮起来。

有其他的船夫起身了，与四郎一问，才知道筑紫的船昨天早上就开走了。

——上当了。

与四郎的感觉就像是被塞了满嘴的沙子。他彻彻底底地认识到了自己的幼稚和愚蠢。

"那个女的是怎么回事？"

船夫们从船上投过来疑惑的目光。

女人的衣着在明亮的早晨太显眼了。

与四郎又问了其他船家，但几天内都没有船出港。

——怎么办……

他只觉得脑中嗡嗡作响，气血翻腾。该怎么办？眼下不是懊悔愤怒的时候。

女人实在是太引人注目了。早起的船夫们的视线让他如芒在背。

——先离开此处为妙。

与四郎打定主意，抓住女人的手奔跑起来。

（四）

与四郎决定先去海边。

堺城的港口是一个小小的弧形海湾。

港口附近是一排排存放舶来品的仓库，还有很多住家和过往的人，颇为繁华，但只要离开此地，南面就是松林连绵的海滨，北面是盐田。

海滨的松林里有千家的干鱼仓库。

那一带的海滨，除了渔夫们拉拖网的时候，皆人迹罕至。或许可以悄悄地偷到一艘小船——

他拉着女人的手，边跑边想着。偶尔与女人对视，女人会默默地点点头。她相信他。

只要海滩上有小船，就先坐上划走——

他心里打定主意。

与四郎没有划过船，但总会有法子的。最好能划到兵库的港口去，要是不行，难波或是附近的住吉海滨也好。首要是离开堺城，这样就能踏实一些，不容易被找到。

无论怎样，绍鸥的人手很快会搜到堺港。没机会乘大船走了。加上他把大部分盘缠都给了筑紫的船长做船资，眼下是囊中羞涩。

与四郎的脑袋里交织着各种念头。他满心焦虑，拉着女人从港口跑过了街市。

他们进入海滨的松林。附近只有几间渔夫的房子。

——没有小船么。

为了不被发现，只能远远地打探，却只看见比较大的船只停靠在海滩上。没法凭两个人的力量把船推进海里。

——要不花钱买件和服，再雇船到难波？

他马上否定了这个想法。犹豫浮上心头——如果被人怀疑、拒绝了，该怎么办？

与四郎决定姑且先到千家的海滨仓库去。就在离这里不远的地方。

海滨的仓库本来堆放着干鱼，前阵子闹耗子，鱼都被啃了。如今荒废着。那里可以藏身。

两人踩着松林的沙地，匆匆赶往仓库。

仓库的土墙很结实。没有上锁。打开木板门向内一看,里面空荡荡的。地板上到处滚落着什么东西。凑近了,发现是老鼠的尸体,一共有五六只。墙脚放着几个被咬过的毒丸子。

他们钻进了紧贴着仓库外墙而建的看守人小屋。

这里虽是个狭窄的木板屋,但与四郎偶尔会在此处品味乡野的情趣,或点茶,或削制茶杓,慢慢地打发时间。

进去后,与四郎又反身扫视外面。

松林中没有人影。

清晨的海滨很明亮,海上没有波浪。唯有海风静静地吹拂着。

与四郎关上拉门,挡上支棍,卸下背上的行囊。

小屋有木格子窗,格子不甚结实,从外面可以轻而易举地破坏掉。

木板屋的正中间是一个小小的围炉里。与四郎用手示意,女人坐在了地炉前面,她挺直着脊背,单膝竖起。

女人滴汗未下,表情平静,优美地微笑着。令人吃惊的是,她手中仍然拿着木槿花。

花已经凋谢了。

"무궁화 지다。"

女人自言自语道。与四郎推测她是在说木槿枯萎了。她的表情带着些许忧伤,似乎是因为花的凋零,而不是有感于自己的境遇。

——怎么办？

与四郎需要拿主意。

唯一确定的，就是要尽快离开堺城。

可是怎么才能离开——

家里大概已经发现了两人的出逃。父亲会先通报给绍鸥，绍鸥立刻会派人追赶，估计此刻已在四处搜寻了。城里是回不去了。

堺城周围是围栏和护城河，只能从几个门出入。门都由雇佣的武士把守着。女人穿着这身衣服，实在太显眼了，要给她换上日本的小袖。在哪里能弄到小袖呢——

与四郎想破了头，也没有半个好主意。他判断不出应怎么做才好。

女人泰然自若。她的瓜子脸雪白如斯，目中流转着清澈的光芒。不论境遇如何，都能无所畏惧，保持着优雅的姿态，想来是出身高贵的缘故。

一直站着的与四郎，隔着地炉坐在女人的对面。他舔了舔随身携带的毛笔，在怀纸上如下写道：

俱渡高丽

他在旁边画上帆船。女人点点头。

松林里有动静——

把拉门打开一条缝看了看外面。没有人。是风——与四郎此刻已是惊弓之鸟。

——想喝茶。

心神不安的时候,唯有喝茶可解。他决定点茶。行囊中塞着点茶所需的最基本的茶道具。

他想拿出道具,又注意到了女人手中的木槿。

——先把花插好。

木板屋的角落里滚落着几段长度适中的竹子。他打算拿来做成花入,放在此处的。

他挑了一个,把腰间竹筒中的水倒了些进去。用小刀将木槿花枝的末端斜着削去一小截,这样可以让花枝更好地吸水。将花插入花入,立在墙边。枯了也无妨,只要有水就能再活过来。

一放上花,积尘的房间便有点茶室的样子了。

女人看着花。

与四郎到外面收集了些松叶和松枝,用打火石引燃,在地炉里生起火。

他从行囊中取出旅途用的茶道具。竹笼箱里严严实实地装着天目茶碗、茶筅、茶杓、枣罐、帛纱和茶巾。还有一个又薄又轻的小铁钵。烧两人份的热水、煮个粥,用这个小铁钵足够了。

与四郎把竹筒的水倒入铁钵,架在五德上。

茶道道具摆放完毕之后,与四郎的心情,不可思议地平静下来。连刚才没有察觉的松籁也听到了。

——一定可以顺利逃脱的。

他毫无根据地想着。

眼下首先需要盘缠。或许可以等天黑了,趁暗回城,去求助朋友——

与四郎想起了几个玩伴,皆是富商子弟,可以借到一些银子。

——如果不行……就算是偷也要弄到钱。

与四郎把心一横。他的腰间别着一柄短刀。就算要与人拔刀相向,也要帮这个女人逃回高丽。

热水烧好了。

他叠整帛纱,把铁钵里的热水倒入茶碗,挥动茶筅清洗。热水倒在小屋的木桶中。

他带了冰糖当点心。把小块冰糖放在怀纸上,递到女人面前。他做了个吃的动作,女人把冰糖放入口中,展颜一笑。

与四郎从枣罐中舀了茶粉,点好薄茶。他把茶碗放在女人面前,又做了双手捧着喝的动作。

女人将茶饮下。

本以为她会露出难喝的表情,她却将茶喝光了才放下茶碗，又露出淡淡的微笑。

他为自己也点了茶。

拿起茶碗正要喝的当口，就听到入口的拉门响起咯吱咯吱的声音。有人来了。因为放了支棍，门打不开。

——到此为止了么。

与四郎放弃挣扎。他不慌不忙地将天目茶碗举到略低于眼睛的位置行过礼，错开茶碗的正面，兀自饮下。

他从未喝过如此美味的茶。

"与四郎少爷，您在里面吧？"

门外的声音很耳熟，是家中帮佣的佐吉。他并不负责生意上的事，而是帮忙砍柴打水之类的家事。

与四郎站起来，拿开支棍。

"小的看见有烟。您太大意了。"

佐吉迅速钻进来，看了一眼外面又把门关上。

"大家都在找我们？"

"家里乱了套了。表面上装作没事儿，但年轻的都出去搜寻了。武野老爷一声令下，雇佣的武士们已是遍布四面八方了。"

"……"

"小的想着您一定在这边，才求了老爷让小的来这边搜。"

"这样啊。"

"一时半会儿还不要紧,但过会儿雇佣的武士们就要来这边找了。"

"……"

"海滨的船已经不能坐了。武士们到处放话决不能让你们上船。"

万事休矣——已经没有逃跑的法子了么?

"您过会儿躲到盐田的小屋去吧。"

"盐田吗……"

城北的海滨有盐田。那一带平常人烟稀少。

"武士们现在怀疑你们去了那边,正在搜索。过会儿应该就没那么多人了。"

"难为你知会我们。就这么办吧。"

"小的这就去住吉附近雇船。让船靠在海滨,送你们去兵库的码头。"

"这能行吗?"

与四郎虽如此说着,现在也只能依靠佐吉了。说到底,女人穿着如此显眼的高丽衣服,哪里都去不了。

"公主大人,请您换上这个吧。"

佐吉拿出一个包袱。解开一看,里面是一件红色小袖。虽是件发旧的棉布衣裳,却是浆洗过的。

"难为你想得周全!"

"不知道能不能成功。成不了,就只好被抓了。"

四十上下的佐吉一向正义感很强。他一定是难以忍受买卖人口这种事。

"全靠你了。"

"不要再用火了。搞不好渔夫会发现的。"

"明白了。"

"小的拿了饭团和水来。祝你们一路平安。"

佐吉又拿出竹子皮的小包和竹筒。

"感激不尽！"

与四郎对着离去的佐吉，双手合十拜谢。

㊄

与四郎将小袖递给女人，女人点了点头。

他面向小窗坐下。

背后响起衣物窸窣的声音。想是她脱下了韩红花色的高丽服。过了一会儿，与四郎转过身来，只见女人已穿上了小袖，但果然有些凌乱。

"得罪。"

与四郎行了一礼，为女人重整衣装。理好领口，重结腰带。他的脸靠近前襟时，闻到甜美芳馥的香气，不禁心旌摇动。

女人的长发束起,垂在身后。这身打扮也是优雅非常。她双膝并拢跪坐着。想来是在仓库里看过婢女们端坐的样子。

与四郎双手伏地低头行了一礼。

女人也有样学样。

他拿出怀纸和毛笔,想要笔谈,怎奈素日汉文汉诗的学业不精,真是悔之不及。他不知道该从何问起。

女人对与四郎伸出手,他便将笔纸递给她。女人看了一眼木槿花才下笔。木槿吸收了水分,稍稍恢复了生气。

槿花一日自为荣

"白居易!"

与四郎不由得狂喜。他知道这首诗。

曾有一日,院子里的木槿开了,他问北向道陈请教歌咏木槿的汉诗①。道陈教给他的,正是白居易的诗句。歌咏木槿花虽只开一日,却有着无比的荣华。

与四郎接过纸笔,在女人所写的边上,添上一行。

何须恋世常忧死

---

①汉诗:汉诗在日语中泛指中国的诗。

留恋人世忧患生死是徒劳的。

但是，唾弃自身、厌恶生命也是错的。生死皆是虚幻。为何要追求虚幻中的哀乐呢——诗是如此作结的[1]。

与四郎将自己所写的文字给女人看了，她露出满面的笑容，似乎很是欢喜，反复读了数次，眼含泪光。

与四郎决定午前离开仓库的看守人小屋。

收拾行李的时候，他注意到放在土间角落的罐子。

——里面还剩一些。

罐子里装着大红的纸袋。纸袋里有一个折得小小的药包。

这是剩下的灭鼠药。毒药是在石见银山炼制的，只要一耳挖勺的量，就可夺人性命。无味无嗅。

若是在半途被抓，进退维谷的时候——可以饮毒自尽。

想到这儿，与四郎的心情轻松起来。无论如何，我已经无颜面对武野绍鸥。千家也会与我断绝关系吧。女人大概也不想成为陌生男人的妾室。干脆死了痛快。这并不可耻。我是为了救人。失败了，死了便是。他下定决心。

他把红袋子悄悄塞进了行李。正要将女人脱下的高丽服

---

[1] 该诗为白居易《放言五首》之一，原文：泰山不要欺毫末，颜子无心羡老彭。松树千年终是朽，槿花一日自为荣。何须恋世常忧死，亦莫嫌身漫厌生。生去死来都是幻，幻人哀乐系何情？

也收到行囊里时，只见叠得整整齐齐的衣服上，放着一个小罐子。那是一个绿釉的美丽小壶。

——毒药吗？

与四郎心头一惊，因为他自己也准备了毒药。

女人拿起小壶，取下小小的盖子，用手半遮着送到与四郎的鼻子下面。

甜美柔和的香气充满了与四郎的鼻间。

"白檀么……"

女人淘气一笑，将小壶包在白绢里，小心地收入小袖的怀中。

六

与四郎将佐吉留下的市女笠①给女人戴上，准备进城。

快出松林的时候，只见一群武士迎面而来。是城里的雇佣武士。两人闪身躲在一棵高大的松树背后，屏息静气。武士们身着胴丸②，威风凛凛的。没人发现他们。

——真是好险。

---

①市女笠：本为市女（在集市上卖东西的女人）所戴的斗笠，平安中期开始，演变为贵族女性外出时用的斗笠，男人在下雨天时也会使用。

②胴丸：日本平安时期到室町时期流行的一种适合步行作战的盔甲，包裹住使用者的身体，右侧可以开合。

武士们大概是要去搜索千家的仓库。他们险险逃过了。

为了不被发现,两人迂回前进,但这条路的前方也有几名武士。

——这可麻烦了。

盐田在这片松林的北侧,中间隔着港湾。要想到达那里,就得经过城里。

武士们在搜查松林中的渔网小屋。看来他们是打算搜查所有的海滨小屋。两人静静地躲在草丛的阴影中。

武士们离开后,为小心起见,他们又等了很长时间,才进入渔网小屋。里面放着巨大的拖网和鱼篓等渔具。这里才刚被搜查过,暂时是安全的。

与四郎放下行囊,在泛着尘土的土间铺上蓝染的棉布。他以手示意,女人随即坐下。他自己倚墙而坐。

——天黑之前走不了。

城里有大批的武士。等天黑了再出去吧。但愿在那之前不会再有人来搜查这间小屋——

女人靠着渔网闭目养神。毕竟她从半夜就一直处于精神紧张的状态。一定累坏了。

与四郎也累了。他整晚没合眼。一坐下,睡意便席卷而来。他不再硬撑,阖上眼睛,就这么睡着了。

他睡得不深,中途醒过几次,女人则一直睡着。外面只有海风吹拂松枝的声音。与四郎又睡着了。

这一次他睡了很久，再睁开眼，已是薄暮时分。带着黄昏色彩的阳光从木板的缝隙间射入。

他喝下竹筒中的水，恢复了些力气。

女人也醒了，他便把竹筒递了过去。女人不沾口唇，灵巧地喝下竹筒中的水。

"고려에 도망가자。"

与四郎低声重复回高丽的话。看到女人点点头，他再次背起了行囊。

打开门，橙色的天空与大海扑面而来。

夕阳正向淡路岛的另一侧落下。右侧凸出来的地方是明石。淡路岛和明石之间有水路。只要从那里一直向西航行，就能到达九州。只要到了九州，离高丽就不远了。

两人穿过薄暗的松林，看到护城河的桥。他们选择了一座最窄的桥，上面没人，但总觉得桥对面的城里比平日要嘈杂许多。他们没有过桥，沿着护城河走了一会儿，便看到了小船。

——太好了！

两人步下石阶，上了船，解开缆绳。与四郎让女人躺下，盖上草席。他把竹竿朝着护城河的石墙一撑，离开岸边。

所幸城西的护城河与其他三个方向不同，没有围栏，警备松懈。只要这样一路向前，就能到达盐田。如果可以，他多想乘着这条船直奔明石，无奈船小无桨。这艘船只能到盐田。

距离不远，至多半里地，但到达盐田的时候，天已经全黑了。与四郎紧张得手腕都僵硬了。

他用力撑着竹竿让船接近沙滩，而后跳入海浪中。他正想将船拉上岸时，只见女人摇摇头，伸出了手。

这是要他拉一把的意思吧。与四郎伸出手去，帮女人下船。两手交叠，女人的手，有着难以置信的柔软。

与四郎盯着被上弦月微微照亮的海滩，没有船，也没有人。

——佐吉还没来么？

他在海上也找了好一会儿，还是没发现佐吉说的船。

盐田上散布着几座小房子。有的屋顶很宽大，这是为了在沙滩煮海水制盐用的。还有小小的茅草屋，这是供在盐田干活的人们休息用的。

与四郎在沙滩上写下大大的"待舟"二字，而后指了指小茅草屋。女人点点头。与四郎走在前头。

走近一看，是间十分寒酸的小屋子。竹排墙加上低矮的茅草顶。大概是嫌海风太强的关系，入口装着一扇勉强可以弯腰爬进去的木板门。打开门，里面漆黑一片。与四郎手脚并用，摸索着爬了进去。里面铺着薄席子。

"进来吧。"

他用日语招呼女人。女人也弯下腰,爬了进来。

因为可以看见大海,门就开着没关。

月光下的大海与沙滩,被收进四方的木框中,自成一幅美丽的风景画。

与四郎让女人坐在暗处,自己坐在稍远的地方,从四方的门口紧紧地盯着大海。

若是佐吉的船来了,应该看得见。这会儿还不来,莫不是在家里被父亲与兵卫怀疑了?父亲知道佐吉经常照看与四郎,怀疑佐吉会帮他逃跑也很正常。

耳边响起窸窣声。

女人摸黑移动起来。她向着与四郎靠近。她的手,碰到了他的膝盖。女人挨着他坐下,依偎在他肩头。大概是觉得害怕了。

与四郎握住女人的手。她的手柔滑细腻。虽看不清,但与四郎知道,这双手非常的美丽。形状优美的指甲,带着鲜润的樱粉色。

女人就这样依偎着,好一会儿没动。她身上散发出白檀的柔和香气。

女人的脸颊靠了过来。然后,又安静不动了。

月光下。海无波。无船。

不约而同地,两人向彼此靠近。四唇交叠。

女人的唇瓣，超乎想象的柔软香甜。

缓缓地、轻轻地，贴合着。

然后，与四郎小心翼翼地吸吮起她的嘴唇。

女人回应了。

彼此贪婪地索取着。

他们相互寻求着，浑然不觉时间的流逝。

外面忽地有了动静。大概四五个人。"去那边找！""这边没有！""会被头儿骂的！"……断断续续地，听到外面人的对话。是城里的雇佣武士们。

与四郎紧抱了女人一下，站起身来。他站在入口附近，手摸着腰刀准备迎敌。

"这边门开着！"

松明的火靠近了。

与四郎拔出腰刀。

松明的火光照到入口的那一刹那，与四郎刀锋先行，蹦出屋子。

身着具足的武士惊得仰倒在地。

"在、在这里！人在这里！"

武士将松明丢在沙滩上，一个劲儿地后退。

几个男人奔了过来。

"啊，原来在这儿！女人呢？"

"女人也在。我看见了。在里面！"

被吓退一旁的武士站起身来。

与四郎手持腰刀，捡起松明。

一个满面胡须的武士拔出了刀。

"把女人交出来！你以为凭你一个人能打得过我们吗！"

"别过来！你们要是敢闯，我就划花女人的脸！武野命令过你们吧，不能伤了女人。"

胡须武士竖起眼睛。

"放弃吧！你们横竖是逃不掉的。不要浪费工夫，将女人还来！"

"做梦！与其被抓住，我宁愿杀了女人再自杀！"

"别胡来！那样做对你有甚好处?!"

"我管它好处歹处！退下退下！不退下，我就把房子烧了！"

与四郎将松明举向茅草屋的屋顶。干燥的茅草，瞬间就能烧起来。

"大不了我跳进去一起烧死。了我心愿。"

"等等！你想要什么？"

"我想要让这个女人回高丽。"

"那办不到！"

"要是办不到，我就在这里跟她一起死！"

与四郎撇下这句话，钻入茅草屋，关上了门。

武士们吵闹起来。

"立刻闯进去!"

"烧了房子,把女人抓住就行了!"

"不,等等,先给头儿报个信儿。"

"是!"

与四郎听到一个武士的脚步声远去。

松明照亮了茅草屋。

女人一动不动。表情虽严峻,却不见害怕的样子。

小屋中,茅草铺的屋顶内侧很是显眼。脑袋几乎可以碰到粗削的圆柱和房梁。

与四郎将松明插在土间的沙地上。

女人盯着火焰。与四郎不知该说些什么。好一会儿,两人只是盯着火焰。

外面响起许多脚步声。十个人,也可能是几十个人。武士们将茅草屋团团围住。与四郎手持腰刀准备迎击。

木板门被忽地打开,一个武士钻了进来。

与四郎将腰刀抵在女人的喉咙上。

"别过来!出去!"

武士冷笑着:"放弃吧。你们已经无路可逃了。"

"我没打算逃。就死在这里。你不出去,我就捅死这个女人。"

与四郎是认真的。如此优雅美丽的女人,怎可让她做三好的小妾!

武士只好退出去。

与四郎移开刀,低下头去。

"对不住。"他用日语道歉。

女人表情凝重地点点头。

"听好了!我是头领。传武野老爷的话。"

方才的武者蹲在打开的门口前。

"听着,绍鸥老爷特别示下,邀请你作为新茶室的第一位客人。老爷还说,只要立刻带着女人过去,既往不咎。本次的事儿,就当作是茶席的余兴,不予追究。"

——居然……

与四郎顿时说不出话来。

"你打算在里面藏多久?横竖是逃不掉了。还要饿肚子。难得绍鸥老爷一片心意,感恩戴德地受了吧!"

"……"

"明白了?"

武士又想探头进来,与四郎当面把门关上。

"你进来试试!我杀了这个女人!"

情绪亢奋的与四郎越发坚定了这个念头。就在这里,两个人,一死百了。我意已决。

女人侧坐着,闭着眼睛。似乎是在细细咀嚼自己被卷入漩涡的激荡命运。

与四郎搜肠刮肚地想出一句话来,拿笔写在怀纸上。

汝欲成蛮王奴婢乎

他问女人是否愿意成为蛮族王爷的奴婢。
"请看。"
他说话的同时，递出怀纸。女人读了，立刻摇摇头。
与四郎又写道：

难以归国汝欲生乎欲死乎

女人没有动。不惊，亦不叹。似乎是在生死抉择之间，思考着自己人生的意义。
女人要笔。与四郎递给她，她写道：

槿花一日

这是今早白居易的诗句。与四郎被女人的决绝折服了。
——就用这把腰刀……
他先是想横刀自裁，又怕自己下不了狠手。
——用茶。
我要贯彻茶人的正义，作为一名茶人死去——
与四郎决定为女人和自己点上最后一服茶。

他将固定小屋柱子的石头挪开，摆成一圈，再把松明的火放进去，加上屋顶的茅草助燃。

他把竹筒中的水倒入铁钵。所剩无多，勉强可拿来点茶。

"喂！里面在听吗？快断了念头出来吧。"门外传来头领的声音。

与四郎站起来，稍稍打开木板门。

"我不会白白把女人交出去的！等到早上吧！早上会出去的。"说完，他又关上了门。

"喂，这小子说要跟这女人亲热哎！"

外面传来武士们的笑声。

"年轻小子就是这样。"

"容易热血沸腾啊。"

"胡说什么！"这是头领的声音，"等不到早上。可怜你们，就再等一会儿。完事儿了就出来！明白了？"

"知道了。行行好！完事儿之前不要打扰！"

与四郎大叫，引得外面的污言秽语沸腾起来。

"赶紧完事儿吧！"

"这可得好好参观啊！"

"有没有可以偷窥的地方啊？"

继而又是一阵哄笑。

热水已烧开。

与四郎将道具摆在面前，又取出装着石见银山毒药的红色袋子给女人看。女人眨眼示意知道了。他从袋中取出药包，用茶杓取了一点点放入茶碗。其后又放入抹茶，倒入铁钵中的热水，挥动茶筅。最后，他用茶筅慢慢划了个"の"字，停下手。

他把茶碗放到女人面前，女人紧紧地盯着绿色的泡沫。

她没有拿起茶碗，反而抬起头来，直勾勾地注视着与四郎。她似乎是想说什么，嘴唇翕动着。

与四郎点点头。他想抱紧她，却又放弃了。他怕自己会丑态毕露。

与四郎拍了拍胸口，又指指小小的门口。

被暗夜包裹着的门外面，有海。有高丽。

女人点点头。

她双手捧起茶碗，举高致谢。略看了碗中一会儿后，凑上嘴唇，一饮而尽。

她面向与四郎，微微地笑了。

下一瞬间，女人的脸扭曲了。

茶碗滚落在地。

她胡乱地抓着喉咙躺倒在地，睁大眼睛痛苦地呻吟，翻滚，抽搐着。没一会儿，便一动不动了。

与四郎捡起滚落的茶碗，又点了一服毒茶。点着点着，他的手微微地颤抖起来。

他端起茶碗，打算一饮而尽。可碗到嘴边，手却抖得更厉害了。颤抖越来越剧烈，想止也止不住。

碗中的薄茶洒了出来。

茶碗怎么也送不到嘴边。自己的嘴也无法靠近茶碗。他喘不上来气，手抖得像筛子一般。

茶碗中的茶洒出去大半。

即便如此，仍止不住颤抖。手臂乃至全身都颤抖起来，终于跌落了茶碗。

战栗由下而上地席卷而来。

眼泪、呜咽、恐惧、愤怒、窝囊、憎恶、绝望，混诸一体，撼摇着与四郎。

与四郎扑在倒地的女人身上。

他伏着脸，搂住女人，狠狠地，放声大哭。

（七）

出逃骚乱的两天后，与四郎造访了武野绍鸥府。

那个晚上，与四郎被带到武野府门前，他求绍鸥大发慈悲，宽限他一日再来投案。无论如何，他是准备承担责罚的。他承诺决不逃跑。

这一天时间，是为了去南宗寺出家。剃光头发，穿上墨染的僧衣。得法号宗易。这是他祭奠那个女人的方式。

穿过武野府的门，与四郎被带到了中庭。

"请从这边进来。"

他很意外。他本已准备好会被招呼坐在院子里。就算被扭断一条手臂也无可厚非。

中庭的柳树低垂着枝条。

茶室的外廊是用竹排铺成的，由此可进入茶室。

然而此时此刻的与四郎实在没有心思欣赏新的设计。

绍鸥坐在茶室中。与四郎深深地低下头去。

"此次给您添了天大的麻烦。"

"的确是麻烦……却也有趣。"

绍鸥苦笑着。看起来并不太生气。

"那么美丽的异国公主，平安无事、一帆风顺地送到三好长庆的枕头边，一定无趣得很。如今这样或许更好。"

"三好大人那边……"

"好办，就说是病死了。反正人是真的死了，再追究也无济于事。"

"这……"

正如绍鸥所言。逝者长已矣。自己却没死，苟活了下来。羞愧难当地活了下来。

"虽是一笔损失，但以银子来说，远不及名物茶碗。那样的女人十个，才勉强抵得上一个茶碗。不是什么大事。"

绍鸥自言付了八贯银子给宁波船的船长，买下了女人。若换成钱就是三百贯，的确只有大名物十分之一的价值。

与四郎没有说话。面对将人命当儿戏的绍鸥，唯有哑然而已。

"话说回来，这间茶室如何？"

看来女人的话题到此为止了。绍鸥开始准备茶席。他端出点心，摆好道具。他虽一边说着话，却丝毫不影响点前的流畅。

与四郎再次环视茶室。

墙壁未贴墙纸，裸露着粗土，一派村野陋室的模样。角落里有冬天用的地炉。意在酝酿出山野人家的枯寂味道。然而床框却用了涂漆的栗木，又流露出几分典雅。

"别具匠心。高贵与不羁并存，实乃耳目一新的草庵。以真行草论，则是既有'真'的典雅，又兼之'草'的枯寂，旗鼓相当、平分秋色。"

"眼力不错。"

绍鸥点点头。与四郎被人称赞反觉难堪。这点儿事情都不懂，岂可称得上是茶道数寄者？

"床之间如何？"

床之间未挂书画，而是放着一个伊贺烧的双耳花入。粗糙的陶面很有味道，只是墙壁本就是粗土，反而相杀了彼此的意趣。

与四郎进入茶室的时候就注意到了洁白的木槿花。

他先是猜忌这是不是绍鸥的报复，但绍鸥不可能知道女人与木槿的事情，应该只是选了当季的鲜花而已。

"坏是不坏，但觉少了点情致。"

"不错。其实老夫也这么想。只是不知该如何理会。"

年轻的半东将绍鸥点的薄茶端到与四郎面前。他缓缓饮下。浓淡适度。庭院中的柳枝迎风舞动。女人的事，莫非是场梦吗——

他放下茶碗，定定地看着花入，立刻有了主意。

"如此，可否容我一试？"

"有趣。你尽管试试。"

"恕我冒犯。"

与四郎跪行到风炉前，手拿帛纱取下茶釜的盖子。他拿着盖子移动到床之间前，左手扶住伊贺烧花入，右手举起盖子。他没有半点犹豫，手起盖落，直击花入。

双耳中的其中一侧碎掉了。

"您觉得如何？"

绍鸥睁大眼睛失声道："这……真是……"

"私以为，寂寂粗粗中，方存物之数寄。"

美在枯寂残缺之中。无瑕的美，没有任何动人之处。

"说起来，我听头领说，女人的尸首不见了小指头。是怎么回事？"

"有这回事么?我对此一无所知。"

女人的小手指,樱粉色的指甲美得不可方物,于是与四郎便咬了下来。咬下来,放入绿釉的小壶,收在怀中随身携带。

"只是当时若有茶道的数寄者在场,想来不会原封不动地将女人的尸首交还吧。"

"……"

绍鸥双臂交叠,疑惑地看着与四郎。

"承蒙盛情款待。这四叠半,意趣新颖,令人大饱眼福。"

与四郎深深地低下头去。

院中的柳枝,兀自随风悦舞着。

梦的过去与未来

天正十九年（一五九一）二月二十八日晨

利休切腹当天——

京都 聚乐第 利休府邸

宗恩

宗恩双手覆面坐在利休府邸的灵堂中。她一直在诵经。这会儿嗓子已哑不成声了。

从半夜便开始下的倾盆大雨,雨势似乎转小了,在屋里已听不到雨声。

宽阔的宅子里,悄无人声。虽有几个帮工和女仆,但大家都屏声静气的。

灵堂里除了宗恩,还有女儿阿龟。

阿龟是利休在外面生下的孩子,如今是宗恩前夫之子少庵的妻子。利休一向偏爱这个女儿。阿龟性情柔和,对宗恩也很照顾。

"雨停了。啊,蓝天也……"阿龟打开拉门,低声道。

宗恩垂下覆在脸上的手。掌心被泪浸湿。胸口发紧,连呼吸都是痛苦的。她望向外面。灰色云层的缝隙间,果然露出了一点点蓝天。

每个人咀嚼悲伤的方式是不同的。阿龟是在强颜欢笑。这份刚强,是随了利休。

丈夫留给阿龟一首打油诗。

管他三七二十一　利休老儿行大运　且当做了菅丞相

他自比菅原道真公,将自己的境遇付之一笑。丈夫是如此的,女儿阿龟的刚强也就不奇怪了。

——我到底是在悲伤什么呢？

宗恩冒出这个念头。

丈夫被赐死，必然是悲伤的。

但还有某种不一样的情绪，在宗恩内心深处回旋翻滚着。

——是怨吧……

她想。其实自己很清楚。夫君是喜爱、疼惜我的。他总是很温柔，从没有恶声恶气的时候，也没有动过粗。与夫君的生活是满足的。再也不会有这么好的夫君了。

然而心中仍是痛的，苦闷挣扎的。

她的丈夫，心中一直有个女人。

男人在外面有女人是无可奈何的事。利休前妻还在世的时候，宗恩也是同样的立场。

她怨的是，她的对手并不是活着的女人。她的丈夫在心底一直思慕着的女人——

利休从未提及过，是宗恩的直觉告诉她的。

那个女人便是绿釉香合曾经的主人。

但这种嫉妒也立刻变得索然空虚。

走廊下传来小跑的脚步声。来人发出颤抖的声音，打开了拉门。是帮佣的少严。

少严跪在宗恩面前，俯下头去。他一言不发，垂首哭了起来。她的丈夫，已经切腹死了。

宗恩点了点头，站起身来。

她在隔壁的房间内对镜重整过妆容，拿起事先准备好的白色练绢①小袖，向一叠半的茶室走去。

她的情绪很镇定，腰板挺得笔直。悲伤，便任它悲伤吧。

她跪坐在茶道口前，扬声道："失礼了。"

狭窄的茶室里站着三个武士。

丈夫扑倒在血海之中。他的侧脸痛苦地扭曲着。一定很难受、很懊恼吧。

宗恩把纯白的小袖披在丈夫身上。血立刻浸湿了衣服，鲜血的赤红在白绢上渲染开来。

床之间放着木槿的花枝和绿釉香合。宗恩将香合拿起。

"那是……"监视的武士欲言又止。

"敢问何事？"

宗恩直勾勾地盯着武士。武士把话吞了回去。

"没有……"

"有劳各位为拙夫送行了。"

宗恩回到茶道口，双手伏地低下头去。

她的心震颤着，茫然得感受不到悲伤。她不甚明白到底发生了什么。为何她的丈夫必得切腹？为何必得被赐死？

她只清楚地知道一件事。

---

①练绢：洁白的熟绢。

——是怨。

她行至走廊，只见茶庭中靠近外廊的地方，放着手水钵和丈夫喜欢的石灯笼。

宗恩将手高高举起，用力地把握在手中的绿釉香合砸了上去。

香合撞在石灯笼上，应声粉碎。

云层之间透出蓝色的天空，春阳正灿烂。

香合的碎片散落在青苔之上，闪烁着明亮的光辉。

（完）

参考文献

《古溪宗陈》竹贯元胜　淡交社
《武野绍鸥》矢部良明　淡交社
《"乐"为何物》乐吉左卫门　淡交社
《香合》责任编辑池田严　淡交社
《茶室欣赏》中村昌生　主妇之友社
《千利休》芳贺幸四郎　吉川弘文馆
《利休的书信》桑田忠亲　河原书店
《利休　茶室之谜》濑地山澪子　创元社
《利休　寂茶的世界》久田宗也　日本放送出版协会
《表千家》千宗左编　角川书店
《利休大事典》千宗左、千宗室、千宗守监修　淡交社
并敬参其他诸多史料、资料。

敬承大德寺瑞峰院习茶坐忘会诸贤悉心指教，谨致以衷心的感谢。

山本兼一

译后记

翻译这本书，是因缘际会，也是意料之外。

第一次接触茶道，是在北京外国语大学日语系为大三学生开设的茶道课上。犹记得"割稽古"（单项练习）时的笨拙，"盆略点前"（入门练习）时的僵硬，第一次品尝浓茶时的退却。那时的自己，只是一味沉浸在求知的喜悦当中，丝毫没有预料到有一天会因此与一本闻名日本的茶道小说结缘。

大学毕业后，承蒙张老师和南里老师的照顾，允许我继续在学校的茶室学习茶道。后至北海道大学留学，幸运地拜入德高望重的大场老师门下，从学校茶道进入了"社中1"的世界。大场老师视我如孙，悉心教导一年有余。悲痛的是，师恩未报，老师便因病与世长辞了。其后谷田老师继承大场老师遗志，率领社中，不才如我，承教至今。不知不觉间，接触茶道已近13年时间。不敢妄用"浸淫"二字，实因自己于此道始终是个"初心者"。

常有人问：学了那么久，到底在学什么？什么时候能学完？

这样的问题总是令我的内心很是窘迫，最终只能给出一些似是而非的答案。

我既不能用语言描述我学了什么，也无从知道什么时候能学完。每当踏入茶室，一道拉门将我与"日常的世界"隔绝开来，我便成了世界上最无知的人，谦卑地聆听老师的教诲。如果说广阔的天地可以释放灵魂与自我，那么狭窄的茶室则可以令人沉静、专致。当傲慢与焦躁被挡在拉门之外，狭窄的茶室就变成了最舒适的空间，就像是胎儿甜睡在母亲腹中一般，一切是那么的恰到好处、安然舒适。

然而《寻访千利休》所构建的世界却并非一味的沉静安详。书中的利休，为了点出一服好茶，日夜钻研，穷尽一生心血。他的内心火热而炽烈；他所追寻的道具亦非一味枯淡无味，而是焕发着动人的光彩。这种炽热与光彩来自于人与人之间的相互激荡。这种激荡建立在坦诚与谦卑的基础之上，抛却成见与偏见，折断时刻都在衡量他人的尺子，真正的"美"便自然而然地呈现在眼前了。

茶道虽是一门传统的文化或说艺术，却并不泥古，随着时代的变迁而不断焕发出新的生命力。利休将"青出于蓝而胜于蓝"作为评价弟子的重要标准，所以他批评细川忠兴只会模仿，赞扬古田织部个性张扬。这两位弟子分别代表了两种截然不同的类型，前者墨守成规，继承了"招式"；后者锐意创新,深得"心法"。利休的后人亦未辜负他的良苦,将他的理念发扬光大,传承至今。

译者素日不求甚解、才疏学浅,在翻译的过程中,只好一面翻阅各种典籍,一面求助于茶道的老师和前辈,甚至北海道大学研究室的诸位同门也被我拉下水。作为一个不成熟的译者,与其说是在翻译,不如说是在学习,难得魏雯编辑对我百般耐心。

对于热情伸出援手的每一位贵人,我心中有万分的惭愧,更有万分的感激。唯望译者拙笔,不掩原著之光彩。

陈丽佳
2016年5月 草笔于日本札幌